EMMANUEL GONZALÈS

LA MAITRESSE D'UN VENDÉEN

(SUITE ET FIN DES MÉMOIRES D'UN ANGE)

Edition illustrée par Ed. COPPIN

SUIVIE DU

CURÉ DE SAINT GERMAIN-DES-PRÉS.

Prix : 1 fr. 10 cent.

PARIS

HIPPOLYTE BOISGARD, ÉDITEUR

LIBRAIRIE CENTRALE   GUSTAVE HAVARD

DES PUBLICATIONS ILLUSTRÉES A 20 CENTIMES   LIBRAIRE

Rue du Pont-de-Lodi, 5   Rue Guénégaud, 45

1855

Il me semble qu'elle montait les dégrés de l'escalier de la tour. — Page 6, col. 1.

LA MAITRESSE D'UN VENDÉEN

PAR EMMANUEL GONZALÈS.

LA COLLIBERTE.

Un matin, Octave venait de sortir et avait sans doute laissé la porte entr'ouverte. La chaleur était excessive. Je m'habillais lentement; mon col était découvert; mes cheveux se bouclaient en tombant sur mes épaules, — et je rêvais devant mon miroir. Tout à coup je levai les yeux et je crus voir derrière moi, réfléchie par le miroir, une figure qui me rappela Octave tel qu'il était lorsque mon père le prit pour secrétaire intime.

C'était le *Collibert*. En effet, il ressemblait à Octave; mais sa figure était plus douce, plus ingénue, plus grêle, et surtout, en voyant l'expression douloureuse de ses yeux bleus, on eût dit que les deux frères s'étaient partagé les deux parts d'une âme, — que l'Innocent avait eu la part blanche et immaculée, tandis que la part terrestre et impure était échue à Octave, comme la lie qui reste au fond de la dernière coupe.

Je poussai un cri d'effroi. Mais l'Innocent joignit ses deux mains sur mes lèvres, geste familier aux enfants qui aiment à bâillonner ainsi leurs mères, et me dit avec un sourire distrait et naïf ces mots terribles :

— Tu es une femme!

— Non! tu te trompes! m'écriai-je épouvantée, car Octave avait exigé de moi la promesse de garder soigneusement le secret de mon sexe jusqu'au moment où il déclarerait publiquement son intention de m'épouser.

— Tu es une femme! insista le Collibert. C'est mal de mentir à nos amis.

Je me sentis rougir, — et une larme de honte vint, à ce reproche, trembler au bord de mes cils.

— Tu es une femme, car tu pleures, reprit-il, et

jamais je n'ai vu les hommes pleurer. Moi, je n'ai jamais pleuré, ajouta-t-il avec son petit rire naïf, — et cependant mes frères m'ont souvent battu, battu plus fort que leurs chiens ; — mais il est honteux à un homme de pleurer. Aussi je riais sous les coups, et cela les rendait furieux.

— Tu vas donc me trahir ? lui demandai-je.

— Te trahir ! répliqua-t-il en faisant une moue dédaigneuse. Oh ! non. Je suis fidèle à Dieu et au roi, tout faible que je suis. Mon âme est à Dieu, et mon corps est au roi. Je prie le premier et je me battrai pour l'autre. Pour toi aussi, Camille.

— Pour moi, pauvre enfant ! que pourrais-tu faire avec tes bras débiles ?

— Beaucoup, dit Jacques en secouant sa tête d'un air orgueilleux. Je suis entré aujourd'hui pour te dire de ne rien craindre. Je veille sur toi ! Toutes les pierres de ce château me connaissent, et, grâce à elles, je sais bien des choses. On ne se défie pas de moi, parce que je suis un innocent. On me laisse errer et rôder, comme une bête vagabonde. On me force à chercher la solitude en me chassant et en m'humiliant sans cesse. Aussi je pourrais te guider, les yeux fermés, dans les haies, les marais et les traînes du Bocage. — J'y ai beaucoup d'amis qui viennent à moi, parce qu'ils ne sont pas des hommes, — et qu'ils ne me craignent pas. Dans les bois, les petits oiseaux chantent avec moi ; les serines vertes viennent couver dans ma toque bleu de ciel ; les chevreuils timides viennent lécher ma main.

Et cette vie solitaire ne t'attriste pas ? interrompis-je avec étonnement ; elle ne te semble pas amère et monotone ?

— Monotone ! s'écria cet enfant de la nature. Monotone ! mais c'est la vie de mes frères qui est monotone. Toujours boire le même vin dans le même verre, monter le même cheval, chasser la même chasse, dire les mêmes choses, s'amuser régulièrement le lendemain comme la veille, c'est une vie d'horloges vivantes. Moi, au contraire, j'ai toujours des plaisirs et des spectacles nouveaux : un soleil couchant ressemble-t-il jamais à un autre ! Si tu savais, Camille, dans quelle variété infinie de lits de pourpre et d'or le grand astre éteint ses rayons, et comme on pense au bon Dieu en admirant ces splendeurs toujours nouvelles ! Et puis je converse avec les plantes et les fleurs. Je surprends les secrets des insectes couchés dans leurs calices ou grimpant le long de leurs tiges. J'assiste à leurs guerres et à leurs amours. Et quand leurs derniers bourdonnements s'endorment à la nuit, quand la main de Dieu sème de pâles diamants sur la coupole azurée de son ciel, je me sens heureux de n'être point renfermé dans des murailles qui étouffent la voix du cœur, d'aspirer l'air libre et de me plonger dans une contemplation d'amour infini pour l'auteur de toutes choses. Et le matin au réveil, j'unis ma voix à celles des oiseaux, mes frères, et de mes sœurs, les fleurs, à ce chœur immense de toute la nature, qui remercie Dieu par un hymne de chants, de murmures et de parfums, de la vivifier et de la caresser avec les rayons d'or de son soleil.

— Et tu n'envies rien aux autres hommes, pauvre enfant ? dis-je de plus en plus surprise.

— Je n'envie rien, car je n'ai besoin de rien, répliqua-t-il.

— Il ne te monte pas au cœur de sourdes fureurs contre ceux qui sont riches et heureux ?

Il me regarda d'un air étonné et dit :

— Mais ne suis-je pas assez riche ? Le bon Dieu ne fait pas un soleil plus beau pour mes frères que pour moi. La pluie tombe sur les habits dorés comme sur mes haillons. Mes frères disent bien que ce château leur appartient. Hélas ! il est à eux comme la chambre d'hôtellerie au voyageur qui la loue. D'autres y ont trinqué, chanté, croisé le fer et dormi avant eux, et ces maîtres orgueilleux ne sont plus qu'une pincée de cendre. Mes frères mourront, et le château restera debout pour abriter de nouveaux hôtes. Croient-ils donc emporter dans leur cercueil plus de richesses que le Collibert dans le sien ? Et lorsque, pendant leur sommeil, je nage dans leur étang, je foule leurs bruyères, je grimpe sur leurs arbres, il me semble que tout cela est bien plus à moi qu'à eux. — S'ils m'entendaient parler ainsi, ils hausseraient les épaules de mépris pour mon ignorance. Je ne suis qu'un innocent, mais je ne m'en plains pas. Mon ignorance me rend heureux.

— Ainsi, tu méprises l'or, ce dieu des hommes ?

— Non, dit-il ; je voudrais avoir beaucoup d'or pour faire l'aumône aux mendiants, aux veuves et aux orphelins. On n'a jamais besoin d'être riche que pour les autres. — Les mauvais riches, eux, ne se servent-ils pas de leur or pour éblouir et amuser leurs faux amis, et exciter leur envie en entassant sous leurs yeux des choses merveilleuses, splendides et inutiles à eux-mêmes ?

— Mais enfin, repris-je, ne souffres-tu pas d'être, pour ainsi dire, le valet et l'esclave de tes frères ?

— Bah ! dit l'Innocent, Armand n'est-il pas le valet de son cheval ? Quel est le but et l'emploi de sa vie sur la terre, si ce n'est de panser, d'étriller et de nourrir son cheval et de converser avec lui ? Quel est le manant qui pourrait être pour Richard un serviteur aussi zélé et aussi dévoué qu'il l'est lui-même pour ses chiens favoris. Chacun porte sa livrée ici-bas.

Je restai confondue de l'élévation d'esprit, du bon sens et de l'instinct poétique de cette pauvre créature, que les rustres gentillâtres de la Bauge osaient traiter d'idiot.

En ce moment, je crus entendre du bruit dans le corridor, et, craignant qu'Octave ne revînt et ne surprît le Collibert, je lui dis vivement :

— Laisse-moi seule, Jacques. Ton frère n'aime pas à te voir rôder par ici.

— Oh ! merci, Camille, murmura l'enfant ; tu me parles avec douceur comme ma mère qui est morte. Mais ne t'inquiète pas, Octave est occupé ailleurs ; il ne viendra pas m'empêcher de t'écouter.

— Est-il donc déjà parti pour la chasse ? lui demandai-je aussitôt.

— Non, dit naïvement le Collibert ; mais il cause sur la berge de l'étang avec mademoiselle de Béjarry.

Cette réponse me perça le cœur. Je répliquai avec effort :

— Elle est bien belle, n'est-ce pas, la cousine d'Octave ?

— Elle doit être bien riche et bien belle, puisque tous mes frères lui font la cour.

— Tous ! murmurai-je avec un tremblement nerveux. Et Octave ?

— Octave, répondit-il, Octave écoute Renée lui parler de la levée des paroisses, et, lui, il l'entretient des jours d'autrefois, du temps où il la portait tout entière dans ses bras. Et alors il la regarde, il la

egarde comme nous regarderions la sainte Vierge, Camille.

— Assez ! lui dis-je durement.

Mon cœur se brisait. Une sorte de frénésie désespérée s'emparait de moi. Le sang empourpra mes joues. Je dis tout à coup au Collibert dans un transport de douleur folle :

— Et moi, suis-je belle aussi, dis-je, Jacques ? Tu ne sais pas mentir ; je te croirai.

L'Innocent resta comme hébété à cette question, les yeux fixes et tout grands ouverts sans répondre.

— Regarde-moi bien, Jacques, repris-je avec impatience. Suis-je belle, ou suis-je laide ? Prononce. Ne crains pas de m'affliger.

— Té, mam'zelle Camille, dit le pauvre diable, tout honteux et fort embarrassé, je n'ai jamais pensé à cela, moi, et je ne suis pas un bon juge.

— Comment, tu ne saurais pas distinguer, toi le frère des fleurs, si ma figure peut charmer ou repousser les regards.

— Oh! moi, je sais, répliqua-t-il, que j'ai passé bien des heures à vous regarder et à sentir mon cœur se fendre dans ma poitrine. Vous contempler, c'était pour moi comme une extase et un parfum. Mais je ne me suis jamais demandé si vous étiez belle et pourquoi j'aimais ainsi à vous regarder.

— Oh! je ne vaux pas mademoiselle Renée de Béjarry, murmurai-je avec un sourire navré. Avouez-le franchement, Jacques.

— Ecoute donc, Camille, dit l'Innocent, tu n'as pas comme elle de belles robes tout en velours, des chapeaux avec des plumes, des diamants aux oreilles et aux doigts. Tout cela embellit joliment les femmes. Et puis j'ai entendu aussi mes frères vanter les grands yeux de la cousine qui rayonnent comme des soleils.

— Et moi, je n'ai que des yeux bleus bien timides et gonflés par les insomnies, rougis par les larmes...

— La cousine est grande, reprit l'Innocent ; elle a des cheveux si longs, et un petit pied si mignon, et une si fière démarche... Je crois bien que c'est pour tout cela qu'on la nomme la belle Renée... et...

— Achève donc, lui dis-je. Et comme moi, je n'ai pas cette noble taille, que mes cheveux blonds sont coupés ainsi que ceux d'un homme, que mes joues sont pâles et mes mains amaigries, dis-moi nettement la vérité, Jacques, je suis laide.

— Et cependant, c'est étrange, interrompit l'Innocent d'un air réfléchi, — je t'aime mieux ainsi que toutes les autres que l'on appelle des belles femmes. Je t'aime parce que ta figure est si douce et ton regard si bon, que je suis toujours tenté de m'agenouiller devant toi et de te prier comme une sainte, car tu ressembles à celles que j'ai vues dans les églises. Les saintes seraient donc laides, Camille ?

— Ne blasphème pas, Jacques, lui dis-je. Je ne suis qu'une misérable pécheresse, encore tout engagée dans les liens de la vanité et de l'erreur. N'outrage pas les saintes martyres en me comparant à elles.

— Mon Dieu ! dit Jacques en joignant ses mains, quel malheur si tu étais laide, toi qui es si bonne, Camille! Mais non, tu es belle ; autrement je ne sentirais pas mon cœur s'épanouir à ta vue, comme si je voyais le ciel ouvert.

— N'essaie pas de me tromper, pauvre enfant, repris-je avec un sourire amer. Pour être belle, il faut ressembler à mademoiselle Renée de Béjarry. Oh ! que je souffre, mon Dieu ! Il me semble que si Octave pouvait deviner ce qui se passe maintenant dans mon cœur, il aurait pitié de moi !

A ces mots, le Collibert fixa sur moi un regard troublé et singulier, puis il dit sourdement :

— Tu aimes Octave, Camille! malheur à toi! Tu ne sais donc pas comment ont expié leur amour toutes celles qui ont cru aux paroles menteuses des seigneurs de la Bauge? Tu ne sais donc pas comment ils tiennent leurs serments, et combien la misère la plus horrible serait cent fois préférable au malheur d'être flétrie par la séduction d'un gentilhomme de la maison de Chavannes? Si tu aimes Octave, tu as tout à craindre.

— Que voulez-vous dire, Jacques? m'écriai-je épouvantée de l'expression sombre de sa parole et de son regard. Est-ce bien au frère à accuser son frère?

Sans doute, il craignit de s'être avancé trop loin, et, reprenant l'air naïf qui lui était habituel, il répondit non sans quelque embarras :

— Tu as raison, Camille. Jacques l'Innocent ne doit accuser personne. Souvent il comprend mal et s'effraie à tort. C'est que Jacques se défie des hommes ; il a eu tant à souffrir de leur méchanceté !

— Mais tu me disais tout à l'heure, pauvre enfant, que tu étais heureux ?

— Heureux quand j'oublie le passé, parce que maintenant je suis résigné, dit amèrement le Collibert. J'ai eu la triste enfance de tous les êtres de ma race. A peine suspendu au sein de ma mère, j'étais déjà baigné de ses larmes. Alors du moins je voyais le ciel dans ses yeux et je souriais à son sourire. Jusqu'à l'âge de six ans, elle me garda dans la solitude, caché dans une hutte de chappuseurs aussi infortunés que nous. A cette époque, elle vint habiter une cabane près d'un village que vous avez dû traverser en venant à la Bauge. Le lendemain de notre arrivée, je vis des enfants de mon âge qui se roulaient gaiement sur l'herbe, remplissant l'air de leurs cris et de leurs rires bruyants. Je courus à eux, bien joyeux, et je voulus me mêler à leurs ébats. O souvenir ineffaçable ! les plus poltrons s'enfuirent en me montrant au doigt et en criant : Au sorcier ! aux yeux bleus! au Collibert ! — Je ne comprenais pas et je regardai derrière moi, croyant qu'ils avaient peur de quelque taureau échappé et furieux. Je ne vis rien et continuai de courir à eux. Alors les plus robustes et les plus braves se mirent à ricaner et à me frapper. Dans le premier moment de surprise et d'effroi, j'eus envie de pleurer et de fuir. Mais tout petit que j'étais, j'avais de la fierté. Croyant d'ailleurs que c'était un jeu, je mordis mes lèvres, je dévorai mes larmes, et je renversai un de ces enfants à terre. Alors ils se dispersèrent comme un essaim de frélons, — et me jetèrent une grêle de cailloux et et de pierres, les lâches ! Je restai immobile, étourdi, tremblant, jusqu'à ce que des paysans ameutés par tout ce tapage eussent fait mine de me poursuivre. Cette fois je me sauvai tout honteux, les yeux gros de larmes, le cœur gonflé, les bras étendus vers ma mère; je vins cacher les palpitations qui me suffoquaient dans le sein de la pauvre femme, comme ces oiseaux effarés qui reviennent au nid, l'aile meurtrie et tout déplumés par le bec et les serres du vautour chauve. Chère et sainte mère, comme elle me pressa dans ses bras en étouffant ses sanglots ! comme elle m'embrassa pour toute la douleur qui me navrait, première épreuve des misères que le sort me gardait! Quand je pus parler, je lui dis en la caressant :

— Pourquoi donc, mère, ces méchants gars ne veulent-ils pas jouer avec ton petit Jacques? pourquoi l'ont-ils battu? Je ne leur ai jamais fait de mal cependant, — et j'ai été bien sage, n'est-ce pas?

— Pauvre enfant! tu es condamné comme ta mère, répondit-elle en pleurant. Que n'es-tu sorti des flancs d'une autre femme! hélas! Tu ne dois pas en vouloir à ces enfants. Tu n'es qu'un Collibert!

— Un Collibert! répétai-je effrayé instinctivement de ce nom étrange qu'elle prononça avec un accent sinistre. Un Collibert est-il donc plus méchant qu'un autre gars, pour que les autres le repoussent ainsi? Eh bien! ajoutai-je résolûment, ne pleure pas, mère. Si tout le monde nous abandonne, seuls nous nous aimerons mieux, car toi, tu ne me repousses pas, tu n'as pas honte de ton petit Jacques, tu l'embrasses, tu lui apprends à aimer et à prier Dieu. Dieu, non plus, ne s'offense point, lui, des prières d'un Collibert, n'est-ce pas?

La pauvre femme ne savait que me répondre, elle me serrait convulsivement sur son cœur, et je n'osai répéter mes questions, de peur de l'affliger davantage.

Mais dès lors je souffris silencieusement des tortures indicibles et qui vieillirent prématurément mon esprit. Je m'habituai presque à n'inspirer que l'aversion et le mépris. Enfin je parvins au comble de l'humiliation; je me méprisai moi-même. Je rougis de n'avoir pas la force de devenir cruel et insensible. Mais je restai juste et bon, — parce que Dieu n'avait pas fait mon âme pour le mal; seulement je me réfugiai pendant mes longues journées dans les solitudes les plus sauvages, — et je n'approchais des villages que le soir pour n'être pas reconnu. Je me glissais derrière les haies comme un rôdeur coupable, et j'aimais à voir les lumières s'allumer une à une aux fenêtres dans les ténèbres, comme les étoiles au ciel; — j'aimais à entendre les rumeurs confuses qui sortaient de ces ruches humaines, — le son mélancolique des cloches et le tourbillon joyeux des rondes et des danses. Mais ces plaisirs furtifs m'étaient toujours amers et douloureux, car ils me rappelaient mon isolement. J'étais seul, toujours seul à cet âge qui vit surtout d'expansion et de mouvement.

J'eus un jour une grande joie : ma mère me donna un compagnon, — un chien avec lequel je pus me rouler sur l'herbe verte au soleil. Un jour qu'elle me vit plus triste qu'à l'ordinaire et indifférent aux bonds et aux agaceries de mon chien, elle ouvrit un petit coffret noir rempli d'objets brillants : c'étaient des bijoux et des pierreries; elle en vendit en soupirant quelques-uns à un colporteur qui passait, et versa ensuite des pièces d'argent dans mes mains, en me disant d'aller les porter comme une offrande dans de pauvres chaumières; avec quelle joie j'obéis! Mais les vieillards infirmes, mais les malades abandonnés, mais les familles hâves de faim et de misère, rejetèrent mon argent comme s'il les eût souillés, et retrouvèrent des forces pour me chasser de leur seuil. Ils se défiaient de l'aumône du sorcier. Les mendiants eux-mêmes n'en voulaient pas. Eux, si humbles sous la besace, le vaient leur bâton poudreux sur moi, comme si je les eusse insultés et outragés en leur parlant!

— Et pourtant, mon pauvre Jacques, m'écriai-je attendrie par ce tableau douloureux, tu étais le fils du marquis Ollivier de Sanglier-Chavannes.

— Tu veux dire son bâtard, Camille; mais encore je l'ignorais. Le marquis, quoique moins esclave des préjugés que tout autre gentilhomme de la province, car c'était un homme à braver Dieu et le diable, le marquis avait honte de la folle passion que la beauté extraordinaire de ma mère lui avait inspirée. Il l'avait donc toujours exilée dans quelque retraite obscure, et il venait la voir en cachette. Peut-être sa jalousie trouvait-elle son compte à la vie solitaire qu'il exigeait d'elle. Mais ma mère était si belle dans sa pâleur, si douce et si pure dans sa résignation, que le marquis sentit le besoin de la voir sans cesse, et, comme il était veuf, un beau jour il vint la chercher, suivi de tous ses gens, et l'installa au château. Ce fut un grand scandale. Les paysans et les valets enrageaient de voir une Colliberte devenir presque leur maîtresse. Les jeunes messieurs de Chavannes voulurent se plaindre tout haut, mais le despotisme du marquis les força à se taire. Il les emprisonna quinze jours dans leurs chambres : la solitude et la privation de leurs amusements favoris firent plier ces natures robustes, pour qui l'action seule était la vie. Ils n'osèrent donc pas insulter ma mère, mais je portai la peine de la rage sourde qu'ils couvaient contre elle. Je devins leur bouffon, le but de leurs grossières railleries, la risée des valets. Parfois ils me forçaient à coucher au chenil; ils m'employaient à des travaux serviles; ils ne me permettaient pas de monter à cheval, ni de manier un fusil. J'en vins à regretter, dans ce riche château, ma vie libre et solitaire dans les forêts. La nature, elle, ne me reprochait pas ma naissance. Elle se faisait belle, verdoyante et dorée de soleil, pour le Collibert, comme pour les héritiers de la Bauge. J'aurais pu me plaindre au marquis, mais je craignais d'irriter encore plus mes frères et d'attirer sur eux une colère trop terrible. Cependant, le marquis tenait ma mère étroitement enfermée, par crainte ou par jalousie. Elle ne sortait jamais du château, ni même de sa chambre. J'entrais seul dans cette chambre somptueuse, tapissée de velours grenat et encadrée de baguettes d'or, à certaines heures fixées. Oui, Camille, j'avais mes heures pour embrasser ma mère. Chaque fois, je la trouvais vêtue d'un costume nouveau et magnifique. C'était pour complaire au marquis. Il passait une grande partie de ses journées avec elle, à l'aimer à sa manière, c'est-à-dire d'un amour mêlé de tendresses furieuses, de doutes outrageants et de colères absurdes. Je voyais bien que toutes ces secousses la minaient et qu'elle avait le cœur aussi pâle que le visage. Elle aimait le marquis; mais c'était une nature, si naïve, si loyale et si impressionnable, que chaque reproche de mon père remplissait ses yeux de larmes, que chaque emportement lui tournait le sang dans les veines. Et quand il revenait ensuite, tout embarrassé, le fier seigneur, s'agenouiller devant elle et prendre les petits pieds de ma mère dans ses mains frémissantes et y coller ses lèvres, elle le regardait alors avec un regard troublé, humide et souriant à la fois, qui faisait mal à voir. Pauvre! pauvre femme! ton cœur humble et sincère et ennemi de tout mensonge, ton esprit droit et incapable de ruse et de coquetterie, n'étaient pas de ce monde, et tu avais hâte de retourner dans un meilleur séjour. A la fin, la passion du marquis Ollivier arriva à ce point qu'il ne pouvait plus se séparer d'elle un instant et qu'il était presque jaloux de la tendresse qu'elle me témoignait. Elle dut se cacher pour me donner quelques baisers furtifs. On craignait alors qu'il ne l'épousât secrètement. Il paraîtrait qu'il en avait parlé au recteur de Kerbader, son ami. Ce fut, comme tu penses, un motif de redoublement de haine. On fit plusieurs tentatives pour détourner le marquis d'une si monstrueuse folie. Rendre l'honneur à une fille d'une race déshonorée, n'était-ce pas un attentat aux lois de la noblesse? On essaya de rendre la Colliberte coupable d'infidélité aux yeux du marquis, d'inspirer des soupçons à l'altier seigneur, et même de lui fournir des preuves du crime de sa maîtresse. Un homme se dévoua, qui s'introduisit, au milieu de la nuit, dans la chambre de la malheureuse femme, pendant son sommeil, avec ordre de ne pas la réveiller, mais d'oublier dans cette chambre sa ceinture et ses gants, — et de sortir par la fenêtre aux yeux de quelques témoins apostés. Heureusement, cette nuit même, le marquis veillait ma mère, qui était souffrante. Caché derrière les rideaux, il vit entrer le traître, et, au moment où ce misérable allait ouvrir doucement la fenêtre, il se jeta sur lui comme un lion, le coucha sur le plancher, lui fit avouer l'odieux complot dont il était le vil outil payé, le traîna ensuite jusqu'au lit de ma mère, à laquelle il le força de demander pardon; puis, sans pitié, malgré les larmes et les supplications de la malade épouvantée, il le poignarda et jeta son corps sanglant et tiède par la fenêtre d'où il devait descendre vivant. Après cette scène terrible, la haine dut faire silence quelque temps. Plus tard, comme le marquis d'Ollivier était fort jaloux de son rang et de ses priviléges, on s'attacha tout doucement à lui faire sentir la bassesse de son affection et à l'en faire rougir. On ne le blâma plus, mais on eut l'air de le plaindre et de le prendre en pitié. Le marquis commença alors à devenir plus dur, plus fantasque pour ma mère, et deux ou trois fois il la traita avec une sorte de mépris et lui reprocha l'honneur qu'il lui avait fait en l'aimant, sans réparer ces humiliations par de tendres retours comme auparavant. La pauvre Colliberte aimait trop le noble seigneur; elle s'avouait elle-même indigne d'une si haute flétrissure; son amour était mêlé d'une vénération et d'une terreur infinies pour son puissant séducteur. Elle ne se défendit pas, elle ne se plaignit pas, mais elle s'affligea profondément de ces injustes fureurs. Cependant le marquis ne pouvait cesser de l'aimer, et plus il se sentait rivé par son cœur à la pauvre créature, plus il s'emportait contre elle, comme si elle eût été maîtresse de se faire haïr de lui. Eh bien! elle avait le courage, toute brisée qu'elle était par ces horribles luttes, de se faire gaie pour le remettre de belle humeur. Cela dura quelques mois. Puis elle tomba malade...

Le Collibert s'arrêta; sa voix était altérée. Je respectai sa douleur et je lui dis doucement :

— Tu as été bien malheureux, Jacques; mais quand je pense que tant de souffrances n'ont d'autre source que ton origine de Collibert, — je m'indigne contre l'atroce préjugé qui veut que les enfants soient les héritiers des vices et de l'opprobre de leurs parents. A ce compte, toutes les familles humaines seraient éternellement et fatalement vertueuses ou criminelles.

— Il faut courber la tête devant ce que Dieu même nous enseigne, répliqua le Collibert d'une voix mélancolique. La tache originelle du premier homme n'a-t-elle pas souillé à jamais tous ses descendants? Le sang du Crucifié n'a-t-il pas coulé sous les clous infâmes pour la laver de nos fronts? Dieu n'a-t-il pas dû se faire homme pour racheter la race humaine de l'expiation?

— Je me souviens maintenant, lui dis-je chaleureusement, que mon père s'éleva souvent devant moi contre l'influence funeste de cette grande tradition. Il abhorrait ces préjugés qui décrètent le malheur d'une foule de générations à naître, qui leur gâtent l'avenir et leur préparent un abîme, tandis qu'ils élèvent sur un trône inviolable, qu'ils enivrent d'orgueil et qu'ils arment du pouvoir d'autres races nobles et sacrées. C'est là une erreur fatale que notre cœur refuse d'admettre. Que celui qui veut connaître la vérité et la séparer de l'erreur, comme l'ivraie du bon grain, ne consulte que l'instinct et le premier mouvement de cette conscience infaillible, le cœur simple et pur que nous a donné la nature avec notre premier souffle. Toutes les vérités naissent de Dieu, comme toute lumière du soleil. Quant à ceux qui se laisseront garrotter dans les langes des préjugés reçus, qui consulteront les mœurs et les coutumes des hommes, ils deviendront sourds et aveugles à la vérité comme les autres et augmenteront le nombre des serfs de l'erreur. Voilà ce que disait mon père, Jacques.

— Ton père était un homme juste et qui cherchait la sainte vérité, Camille. Heureuse sois-tu d'être la fille d'un tel père, repartit l'Innocent.

Oh! comme le rouge me monta au visage en entendant ces simples paroles, qui pénétrèrent comme un dard aigu dans mon âme. Je rompis brusquement l'entretien sur ce sujet et je dis au Collibert :

— Mais vous me parliez de votre mère, Jacques. Que devint-elle?

Il regarda d'un air inquiet autour de lui, puis il se rapprocha de moi et dit avec quelque hésitation :

— Je crus alors que la douleur seule était cause de sa maladie... mais il se passa de si étranges choses, que j'ai eu des doutes... des soupçons... mais je ne les ai jamais confiés à personne... et je ne sais...

En ce moment je crus entendre comme une plainte, — une lamentation, — d'une douceur si plaintive, — d'un charme si pénétrant, qu'on eût dit la voix expirante d'un être de l'autre monde. Le Collibert changea de visage.

— D'où vient cette voix? lui demandai-je en tremblant. On dirait qu'elle monte des profondeurs de la terre.

— L'avez-vous entendue? dit l'Innocent tout troublé; vraiment? vous l'avez bien entendue? Ce n'est donc point une illusion. Je ne me suis pas trompé. Eh bien! merci à vous, mon Dieu! car c'est certainement là un signe que je dois me confier à toi, Camille. Tu vas tout savoir. Mais ne me trahis pas. Que le Collibert reste toujours pour tous un innocent, un imbécile, un idiot. J'ai déjà entendu cette voix. Il y avait trois ans que ma mère était morte. La nuit était obscure et orageuse. Un vent froid gémissait dans les corridors et les cours du château. Je rêvais au bas de la tour de l'Eau, sous laquelle sont creusés les anciens souterrains de la Bauge. Les souterrains où se cachait la justice seigneuriale avec ses iniquités et ses tortures, où des anneaux de fer rouillés de sang pendent encore aux murs humides, où s'aiguisait le couperet du bourreau, où, dans dans les coins de caveaux bas et étouffés, des ossements cliquotaient sous les pieds, ces souterrains sont aujourd'hui abolis et l'entrée murée. Dans cette tour se trouvait l'appartement de ma mère, la chambre où elle vécut et mourut. Mais, depuis sa mort, les portes avaient été condamnées. Personne n'y était entré. On avait tout laissé dans le même état qu'au moment où la mort lui souffla son haleine glacée. L'escalier avait été à moitié brisé par ordre de mon père. Un silence mortel enveloppait le château tout entier, qui avait été abandonné, et, pour avoir le courage de venir chercher, dans les ténèbres, quelques souvenirs, quelques parfums, quelques traces du bonheur passé, il me fallait toute l'énergie de mon amour filial. Peu à peu cependant mes pensées devinrent si sombres, en pensant aux circonstances singulières qui avaient accompagné la mort de ma mère, que j'eus peur. Le vent avait cessé de hurler. Le silence devint si profond et si sinistre, que, du fond du cœur, je désirais entendre quelque bruit pour me rassurer, pour me prouver que j'étais bien éveillé et vivant. En ce moment, la voix brutale d'un de mes frères m'eût fait plaisir. Tout à coup, ne crois-je pas voir passer comme une ombre blanche devant moi. Folie! il me semble qu'elle montait les degrés délabrés de l'escalier de la tour, et que, parvenue au haut, elle me faisait du doigt signe de la suivre. Mes cheveux se dressèrent sur mon front. J'allais néanmoins essayer de gravir les marches chancelantes, au risque de les sentir manquer sous moi et de tomber dans quelque gouffre, lorsque je ne vis plus rien. L'ombre s'était évanouie. Mais alors un chant d'une douceur divine, semblable à celui que nous venons d'entendre, vibra à mes oreilles. Je n'eus plus la force de faire un pas. Je restai sous le charme, enivré, n'osant respirer, de peur de troubler ou de faire évanouir cette mélodie si pure, mais je me dis que c'était la voix de ma mère, et des larmes involontaires gonflèrent mes paupières. Je me dis : Les âmes ne meurent pas; elle veille sur moi; elle sait que je suis là. Il me semblait que sa voix me caressait, moi, que nul, depuis sa mort, n'avait baisé au front, et mon cœur tressaillit comme s'il eût été à l'étroit dans ma poitrine. Mon cœur voulait aller à elle. C'est qu'elle avait une si belle voix, ma mère! vivante, je me plaisais à l'écouter chanter des complaintes si tristes et si harmonieuses ! O Camille! dis-moi, tout ceci n'est-il pas bien étrange?

— C'est une aventure effrayante, Jacques, lui répondis-je. Mais, depuis lors, n'as-tu pas essayé de découvrir quelque chose, d'aller au fond de ce mystère... Voyons, raconte-moi les derniers moments de ta mère... Peut-être ce récit pourra-t-il éclaircir quelques-uns des doutes épouvantables qui m'obsèdent depuis mon arrivée à la Bauge.

— Ce sera court, continua tristement le Collibert; quand ma mère se trouva mal, pendant la nuit, mon père et le chasseur du roi étaient absents. Mes autres frères furent avertis, mais ils eurent l'air de regarder ses souffrances comme une bagatelle. Comme on n'avait pas de médecin sous la main, ce fut le recteur de Kerbader, notre hôte en ce moment, qui la saigna d'abord. Elle ne voulait prendre aucune de ses potions, mais il le lui ordonnait durément au nom du marquis; elle était si douce qu'elle obéissait comme un agneau. Je m'étais cramponné à son lit, et je la regardai fixement. Sa figure changeait de moment en moment. Elle devint blanche comme un linge,

puis verte, puis livide. Ses lèvres remuaient convulsivement et balbutiaient des sons confus comme ceux des petits enfants qui souffrent. Par moments elle se tordait sous la douleur et se croyait prise entre des tenailles ardentes, puis elle s'apaisait, anéantie, brisée et baisant avec ferveur un crucifix que le recteur lui présentait. Enfin, elle parut s'endormir et mourut dans mes bras avec le calme d'une sainte. Son dernier souffle effleura mes lèvres. Le recteur ne voulut pas qu'on l'enterrât en terre bénite ni qu'on la veillât à la chapelle. Le préjugé poursuivait la Coliberte jusqu'au seuil du ciel. On me fit emporter de force, malgré mes cris, hors de la chambre. Ma mère resta exposée sur son lit, seule, pendant la nuit. Vers quatre heures du matin Orré arriva ; — et sans écouter le recteur ni ses frères, il monta aussitôt dans la chambre mortuaire. Quand il redescendit, son visage était pâle et bouleversé. Il dit qu'il avait enseveli la morte de ses propres mains dans son linceul, — qu'il allait la clouer dans sa bière, — et qu'on devait se hâter de l'enterrer avant le retour du marquis. Les gens du château refusèrent d'aider l'ensevelissement d'une femme de la race proscrite. Mais cette fois, mes frères se montrèrent bons et généreux. Ils se chargèrent eux-mêmes d'être les porteurs du cercueil et les fossoyeurs. Mais ils ne me permirent pas de les accompagner à la fosse. Ils y allèrent seuls, et ils s'engagèrent par les plus horribles serments à ne pas révéler le lieu au marquis, car ils lui avaient souvent entendu dire que si la Coliberte mourait jamais avant lui et loin de lui, il l'aimait assez pour aller arracher son corps hors de la terre, dût-il le faire avec ses ongles, — et pour déposer un dernier baiser sur ses lèvres mortes. Quand le marquis Ollivier revint, il fut saisi en effet d'une douleur si violente qu'elle sembla, dans le premier moment, égarer un peu son esprit. Il accusa presque ses enfants avec des imprécations furieuses d'avoir fait périr sa bien-aimée. Je dus attester que j'avais assisté à la crise tout entière de son agonie. Mes frères répandirent ensuite le bruit, quand il eut quitté avec eux le château, qu'il était tombé en enfance à la suite de ce malheur inattendu... Mais je puis affirmer le contraire, Camille. Mon père est toujours un plus digne descendant des Sanglier-Chavannes qu'eux tous ensemble.

— Cette histoire est horrible, murmurai-je quand le Collibert eut fini. Je crois sortir d'un mauvais rêve. Mais il y a dans ton récit, Jacques, quelque chose d'obscur qui me fait pressentir une trame odieuse et infernale dont ta mère doit avoir été la victime. Ce château et ses habitants me font horreur, mais j'adjure le nom de Dieu que je veux t'aider à découvrir la vérité, et que pour cela je braverai le ressentiment de tous ces démons déchaînés.

— Mais que pourrons-nous faire, Camille? demanda douloureusement le Collibert.

— Ce que nous pourrons faire, lui dis-je vivement, comme entraînée par un ascendant divin et irrésistible. Ecoute Jacques, n'y a-t-il aucun moyen de parvenir jusqu'à la chambre de ta mère dans la Tour de l'Eau?

— Depuis notre retour au château, répliqua le Collibert en hésitant, j'ai gravi l'escalier délabré et j'ai vu la porte de l'appartement entr'ouverte. Mais je n'ai pas osé y entrer. Je me suis caché dans l'angle du mur et j'ai bien fait. Au bout de quelques minutes d'attente, j'ai vu sortir de cet appartement...

— Qui donc ? interrompis-je.

— Mon frère Orré, le chasseur du roi, balbutia l'Innocent. D'où venait-il? Qui le sait? Je l'entendis soupirer. Puis il descendit avec précaution, et je vis que l'escalier, malgré son apparence de vétusté, était ménagé de façon à faciliter l'ascension et la sortie de gens assez hardis pour risquer l'aventure.

— Nous la risquerons ensemble, Jacques, lui dis-je.

— As-tu bien réfléchi, Camille, aux dangers que cette résolution téméraire peut attirer sur toi?

— Hésites-tu, Jacques? Au nom de ta mère, promets-moi de m'accompagner dans cette périlleuse recherche..

— Je te le jure, Camille, s'écria le Collibert avec attendrissement... Quand tu le voudras, nous pénétrerons dans la Tour de l'Eau.

— Il n'y a pas de temps à perdre, Jacques. Viens me chercher cette nuit même à une heure. Octave m'a annoncé qu'il partirait pour la paroisse de Béjarry après le dîner.

— C'est bien, Camille; à cette heure, en effet, les oursons dormiront tous dans leur lit ou ronfleront sous la table, dit le Collibert; j'aurai soin d'endormir les chiens de garde. Maintenant recueille bien tout ton courage et prie Dieu de bénir notre entreprise.

— Et toi, pense à ta mère qui veillera sur nous, Jacques.

— A cette nuit, Camille, murmura le pauvre Innocent.

— A cette nuit! répétai-je en fixant mes yeux à terre; car j'étais comme éblouie par ma pensée qui faisait passer devant moi les visions de ce singulier récit.

Quand je ramenai mes yeux vers le Collibert, il avait disparu. Et presque aussitôt Octave de Chavannes rentra dans la chambre.

LA CHAPELLE.

A l'heure convenue, le Collibert vint me chercher.

Il connaissait si bien les détours du château qu'il n'eut pas besoin de se munir de la lanterne sourde, si fort en usage chez les brigands de romans.

Nous parcourûmes les corridors, et nous descendîmes plusieurs escaliers sans être troublés par aucune apparition fâcheuse. Enfin, nous parvînmes à la chapelle qui était comme adossée à la Tour de l'Eau, et sous les sombres arceaux de laquelle on n'entrait qu'en descendant quelques marches. Je demandai au Collibert pourquoi il me faisait suivre ce chemin singulier. Il me répondit que c'était afin d'éviter de traverser les cours, où nous aurions pu être facilement remarqués. Puis il croyait bon de prier Dieu qu'il ne nous advînt rien de fâcheux de notre étrange expédition.

— La chapelle, ajouta-t-il, est au-dessous du niveau de l'étang. Mais une ancienne digue de terre et de mortier contient les eaux; il est vrai que lorsque les torrents grossissent, ces eaux filtrent souvent à travers les fissures et les lézardes de la digue et couvrent les dalles de la chapelle. Mais elle est si abandonnée des habitants actuels du château qu'on se soucie médiocrement de cela. On parle bien de réparer la digue, mais je suis sûr qu'ils n'y toucheront pas qu'elle ne leur ait joué quelque méchant tour. Derrière le chœur s'ouvre dans la muraille une petite porte secrète qui communique à l'entrée de la tour, et que seul peut-être ici je connais.

Nous entrâmes dans la chapelle où nous fûmes tout d'abord suffoqués par une atmosphère humide.

Les dalles suintaient comme les murs. Cependant nous allions nous agenouiller devant l'autel, lorsque nous entendîmes résonner sourdement un bruit de pas qui s'avançait vers la grande porte de la chapelle. Nous nous regardâmes avec terreur. Avait-on deviné nos projets? Mais nous n'osâmes échanger une parole. Le Collibert n'eut que le temps de me prendre la main et de me conduire derrière des piliers à colonnettes qui nous cachèrent. Je ne pus m'empêcher de tressaillir en entendant cliqueter sous mes pieds comme un froissement de ferrailles.

— Pas un cri! pas un mot! me dit l'Innocent. Ce sont des armes entassées, sans doute des épées, des fusils... Ils ont fait un arsenal de la maison de Dieu.

La porte de la chapelle s'ouvrit et, à la lueur de quelques torches, nous vîmes entrer le redoutable recteur accompagné de la belle Renée, d'Octave et de tous ses frères, à l'exception du cadet de Chavannes.

— Que va-t-il se passer ici? murmurai-je en frissonnant à l'oreille du Collibert.

— Ils vont sans doute organiser la nouvelle levée des paroisses qui dépendent de la Bauge et faire jurer aux épais héritiers du marquis d'abandonner leurs stériles plaisirs pour la défense du pays et des droits du roi.

La troupe s'avança au milieu de la chapelle. Nous n'osions bouger ni respirer. Le recteur fit un signe. Le silence se rétablit.

— Messieurs, dit le prêtre, vous savez pourquoi nous nous réunissons à cette heure, dans ce lieu sacré:

— Oui, répliqua Armand, vous voulez nous prouver qu'au lieu d'aller à la chasse aux bêtes, il nous faut aller à la chasse aux hommes.

— Vous l'avez dit, Armand, reprit le fanatique recteur. Il faut aller tuer les bleus, les bleus qui ont tué le roi, les bleus qui veulent vous enrôler à leur service et vous forcer à vous battre contre vos amis les Prussiens, les bleus qui ont juré ne ne pas laisser un clocher debout ni un gentilhomme vivant dans tout le Bocage, les bleus qui veulent raser vos haies, brûler vos manoirs et couper vos têtes. Messieurs, les paysans vous ont déjà donné l'exemple. Ils ont tout remué dans la province et contraint leurs seigneurs à se mettre à leur tête.

— Oui, interrompit Richard. Les chefs sont tués, on incendie leurs châteaux, et les paysans retournent faire leur récolte. Je connais ça.

— Monsieur, dit sévèrement le recteur, Dieu aime les audacieux, mais la peur n'a jamais profité à personne; pour les patriotes, c'est un crime d'être noble et Vendéen. Et prenez garde! si vous ne faites pas oublier aux paysans, par votre courage et votre dévoûment, les méfaits de votre famille, les paysans pourraient bien vous traiter comme des Bleus.

Si je vous ai donné rendez-vous ici, messieurs de Sanglier-Chavannes, c'est pour qu'à ma voix se joignent celles de tous vos ancêtres dont les ossements dorment sous vos pieds. Tâchez de continuer dignement cette lignée de guerriers fidèles. Ils ne seront pas morts tout à fait, tant que les gouttes de sang loyal qu'ils vous ont transmis gonfleront vos cœurs d'élans généreux. Imitez un de vos voisins, ce jeune compagnon de chasse, dont vous railliez autrefois la timidité, M. Henri de Larochejaquelein! Savez-vous son premier mot à ses paysans:

— Mes amis, a-t-il dit, si mon père était ici, vous auriez confiance en lui. Pour moi, je ne suis qu'un

La troupe s'avança au milieu de la chapelle. — Page 7, col. 2.

enfant, mais, par mon courage, je me montrerai digne de vous commander. Si j'avance, suivez-moi ; si je recule, tuez-moi ; si je meurs, vengez-moi !

— J'avais deviné un cœur intrépide sous l'air réservé de M. Henri, dit mademoiselle Renée. Il a un regard d'aigle.

— Vous avez bien des avantages sur les bleus, continua le recteur. Ils ne connaissent pas le pays. Vous n'aurez qu'à vous glisser derrière les haies et à viser tranquillement votre gibier. Vous ne perdrez pas un seul coup, tandis qu'eux ils tirent en soldats, sans viser, à hauteur d'homme. Que risquez-vous ?

— Mais les bleus ont des canons, s'écria Richard, et nous, nous n'avons pas dix sacs de poudre.

— Des canons ! répéta le recteur. Eh bien, prenez-les !

— Et le moyen ! dit Armand avec un sourire goguenard.

— Le voici, répliqua gravement le prêtre. Dès que la lumière annoncera une décharge, faites jeter vos hommes à terre pour l'éviter ; ils se relèvent, courent en avant pendant que les bleus rechargent, se baissent pendant l'explosion, arrivent sur la batterie, tuent les canonniers et sautent à cheval sur les canons. Voilà comment nos paysans ont conquis dernièrement la terrible *Marie-Jeanne* des patriotes. Songez bien que si vous êtes vainqueurs, les bleus une fois dispersés s'égareront dans le labyrinthe des sentiers du Bocage et qu'ils tomberont tous infailliblement en vos mains. Vaincus, vous n'avez qu'à vous égailler par les fossés et les *rotes*, et vous êtes

sauvés à vingt pas du lieu de la déroute. D'ailleurs il n'y a pas à hésiter. La troupe est allée faire faire le tirage à Beaulieu et à Saint-Sauveur. Comme elle n'y a trouvé ni homme, ni femme, ni enfants ; elle a brûlé Beaulieu et Saint-Sauveur. Attendrez-vous que l'incendie vienne envelopper les murs de la Bauge ? Vous n'avez plus qu'à vous armer, et vous trouverez ici tout un arsenal !

— Bah ! dit Richard, des ferrailles, des poignards dont la rouille scelle le manche au fourreau, des épées du temps des croisades que deux hommes soulèveraient à peine, des étouffoirs de fer que vous appelez des casques.

— Les paysans, reprit le recteur avec une ironie méprisante, ont des bâtons, des faux emmanchées à l'envers, des broches et des couteaux, et avec ces armes ils ont pris des canons. Les bleus vous appellent des brigands. Armez-vous en brigands. Plantez des faucilles et des lames de couteaux au bout des bâtons. Portez, comme moi, de grosses massues de bois noueux, taillées dans les arbres de la liberté. Vous, gentilshommes, serez-vous moins résolus que le colporteur de laines Catelineau ? Le brave homme pétrissait son pain lorsqu'il entendit proclamer la levée de trois cent mille hommes ; il essuya ses bras, alla rassembler ses voisins, sonna le tocsin et prêcha la révolte. Aujourd'hui, il est général d'une armée.

— Et les vivres, qui nous en fournira ? interrompit Michel l'ivrogne.

— Tous les villages se cotisent pour envoyer des

Il s'éloigne, emportant son fardeau. — Page 13, col. 2.

charrettes de pain sur le passage de nos hommes, répliqua le recteur sans cacher un sourire de mépris. Les paysannes disent leur chapelet à genoux sur la route, dans la boue, sous le vent et la pluie, et elles offrent des vivres aux soldats du roi : car notre armée ne traîne avec elle ni tentes, ni chariots, ni bagages.

— Tu ne saurais croire, Gabriel, comme je me sentais humiliée pour la cause que servait Octave, en entendant ces discussions misérables dans lesquelles ces gentilshommes marchandaient si mesquinement leur courage et leur dévouement. Ils semblaient encore hésiter à prendre une résolution lorsque la belle Renée, les toisant tous d'un regard de reine, s'écria :

— N'ajoutez pas un mot, monsieur le recteur. Mes dignes cousins ont une humeur trop pacifique pour que votre éloquence puisse les entraîner à faire ce que l'honneur eût dû leur conseiller depuis longtemps. Laissez ces gentilshommes de table et d'écurie attendre que les bleus les enfument dans leur terrier. Je vois que j'avais trop espéré d'eux, et il ne me reste plus qu'à brûler ces cocardes blanches que je comptais attacher à leurs chapeaux.

Elle jeta brusquement les cocardes à terre, et, arrachant une torche des mains d'Armand, elle en pencha la flamme sur ces pauvres insignes.

— Arrêtez ! cria Octave. Attachez-moi une de ces cocardes au chapeau, cousine, et je jure Dieu qu'elle ne tombera pas aux mains des bleus, moi vivant.

Ces mots électrisèrent enfin les autres jeunes gens.

Ils tendirent tous leurs chapeaux à mademoiselle Renée. Au bout de quelques instants, ils eurent aussi le chapelet suspendu à la boutonnière et le sacré-cœur cousu à l'habit.

— Vive le roi ! messieurs, dit alors Renée. Et quant aux cocardes et aux épaulettes des bleus, jurez de les rapporter attachées à la queue de vos chevaux. Ce seront là des trophées qui vous vaudront bien des faveurs, des grades et des pensions quand le trône sera rétabli.

— Vive le roi ! crièrent tous les frères singulièrement émus par cette perspective.

Hélas ! oui, Gabriel, j'ai regret de t'enlever, à toi, si jeune et si loyal, tant de naïves illusions. Mais de même que le lac limpide et azuré dans lequel se reflètent les étoiles d'or de la nuit, les bandes pourpres du couchant, les images des grands arbres, de même que ce lac si pur balance ses eaux au-dessus d'un fond de vase où s'agitent de hideux reptiles, — de même presque toutes les actions des hommes, fussent-elles les plus généreuses du monde en apparence, ont leur source impure dans quelque sordide et lâche mobile d'intérêt personnel. Cette héroïque guerre de Vendée, qui fit des demi-dieux d'hommes assez médiocres, ne mérite pas toute l'admiration que tu lui as souvent prodiguée devant moi. Parmi les nobles, les uns furent forcés de prendre les armes ; les autres calculèrent le prix de leur sang et taxèrent pour l'avenir la reconnaissance des princes : quelques-uns crurent à la contre-révolution et voulurent aveuglément maintenir leurs pri v_ lôges. Les paysans, eux, se battirent pour ne pas quitter le pays et aller défendre la patrie sur la frontière.

Cependant le recteur poursuivait :

— Il faut essayer, messieurs, ces vieilles armes couvertes de rouille et de poussière qui ne doivent plus dormir dans le château comme d'inutiles trophées. Ces débris, nobles vestiges de la gloire de vos ancêtres, serviront aussi à la vôtre.

Et il se dirigea vers l'endroit où nous étions cachés. Mes genoux tremblaient sous moi.

Cette scène était vraiment terrible; ces torches dont les lueurs rouges faisaient vaciller comme des balayures de flamme dans ces froides ténèbres, le langage farouche du prêtre, l'heure sinistre à laquelle nous nous trouvions dans le lieu saint, dégradé par l'abandon, et qui ressemblait alors à ces salles où les inquisiteurs et les francs-juges faisaient leurs exécutions secrètes, tout m'effrayait. Qu'allais-je répondre pour expliquer notre présence? Qui croirait nos mensonges? Involontairement je me sentais coupable aux yeux de ces conspirateurs qui m'accuseraient, moi, leur hôte, d'avoir violé l'hospitalité et essayé de surprendre leurs secrets. Et le Collibert! que deviendrait-il? Il allait avoir pour accusateur et pour juge ce recteur, qui le haïssait, et son unique soutien, Orré, était absent. Voilà quel amas de pensées foudroya ma pauvre tête pendant les quelques secondes dont les pas du prêtre marquèrent la durée dans mon cœur.

Dès que le recteur nous aperçut il s'arrêta de surprise et cria d'une voix tonnante :

— Des espions ici! veillez aux portes!

Une exclamation générale d'étonnement et de fureur suivit ces paroles. Epouvantée alors plus que jamais, je m'avançai en chancelant vers le formidable prêtre, traînant par la main avec une force convulsive le Collibert, auquel l'effroi avait rendu son air idiot et timide.

Dès qu'on nous eut reconnus, il se fit un profond silence. Tous les regards se fixèrent sur nous avec une sorte de curiosité cruelle. Le recteur sourit. et, reprenant une physionomie calme et froide, il me demanda :

— Comment vous trouvez-vous ici, monsieur, au milieu de la nuit, en compagnie de cette misérable créature?

Je gardai le silence. Je ne crois pas que dans ce moment j'eusse pu prononcer une parole. Toutes mes idées se brouillaient dans mon cerveau. Je jetai un regard désespéré à Octave, comme pour lui demander de venir à mon secours. Mais sa surprise avait fait place à une irritation concentrée, et je vis bien à son teint enflammé, à l'expression dure de ses yeux, que j'aurais en lui un juge encore plus sévère que tous les autres. Dans ce moment où tout m'abandonnait, ce fut encore l'Innocent qui se dévoua pour moi et chercha à me protéger; lui toujours si tremblant devant le recteur, dont le regard cruel et profond semblait le fasciner, il fit un grand effort sur lui-même et répliqua :

— C'est moi, mon père, qui ai entraîné le Parisien dans la chapelle. J'avais promis de lui montrer les tombes des aïeux de la famille, avec les belles inscriptions et les emblèmes.

— Tais-toi, vermisseau, interrompit le recteur. Je ne t'ai point interrogé encore, et tu es bien hardi de répondre pour les autres. Mais tu ne perdras rien

pour attendre. Tout à l'heure, nous réglerons notre compte ensemble.

L'Innocent frissonna de tout son corps à cette menace. Néanmoins il eut le courage de mentir encore.

— Le Parisien m'avait aussi demandé de le conduire à la chapelle, parce qu'il voulait prier Dieu pour le succès des soldats du roi.

Le recteur laissa éclater un rire sauvage et strident.

— Avez-vous entendu, messieurs, cet idiot qui veut nous tromper, qui veut jouer au fin avec nous, qui vous prend tous sans doute pour des imbéciles et des niais? Mais laissons-là cette sotte créature. A vous de répondre, monsieur.

Comme je me taisais toujours, Octave s'approcha de moi et me dit à voix basse :

Il faut répondre, Camille. Je ne crois pas, comme le recteur, que vous ayez voulu surprendre nos secrets de royalistes. Mais votre conduite est si étrange qu'elle demande une explication franche et complète.

— Octave, répondis-je, croyez-vous donc que je n'aie pas assez de motifs pour venir prier Dieu, la nuit, sur ces dalles glacées, loin de tous les regards? Cet Innocent a été mon guide : voilà tout son crime. Oui, je venais prier Dieu de me conserver votre amour, de ne pas se servir de vous une seconde fois comme un instrument terrible pour me châtier de ma faiblesse. Voyons, Octave, faut-il que j'avoue ma faute à tous ces hommes assemblés, que je profite de cet instant solennel pour réclamer de vous l'exécution de vos promesses? Sauvez-moi de cet interrogatoire cruel, Octave, ou je proclame votre secret. Peut-être le recteur l'a-t-il déjà deviné, car ses yeux s'attachent sur moi comme s'ils voulaient pénétrer jusqu'au fond de mon âme et en arracher l'aveu de la vérité. Enfin, votre cousine Renée s'impatiente.

A ces derniers mots le front d'Octave se plissa; il me dit d'une voix creuse et altérée : Silence! puis se retournant vers ses frères, il s'écria :

— Je réponds de mon compagnon de route, messieurs. Il aura été abusé par quelques contes absurdes du Collibert qui se mêle d'être le chroniqueur de la Bauge, et il aura voulu entendre sur place une des légendes merveilleuses dont cette chapelle a été le théâtre.

— Vous êtes bien doux et bien tolérant pour vos amis, monsieur le comte, répliqua le recteur avec son sourire ironique. Monsieur Camille, ajouta-t-il en appuyant sur le nom, doit vous rendre grâce, car, si nous l'avions seulement soupçonné d'espionnage, nous eussions pu lui apprendre que, nous aussi, nous connaissons les mystères de cette chapelle, et que les tombes qu'il venait visiter pouvaient, à notre gré, ouvrir leurs couvercles de marbre, l'engloutir dans leur profondeur et se fermer à jamais sur lui. Alors, il eût pu voir face à face les ancêtres de la famille Chavannes : non plus statues, mais cadavres, non plus marbre, mais poussière.

A ce tableau affreux, je poussai un cri d'angoisse, mademoiselle Renée haussa les épaules.

— Laissez cet adolescent tranquille, s'écria-t-elle d'une voix qui eût cinglé un soufflet sur la joue d'un homme; ménagez ce cœur de lièvre, il est trop lâche pour être à craindre.

Le recteur, qui avait suivi les progrès de l'effroi sur mon visage, sourit d'un air de triomphe. Me croyant devinée, voulant me venger de tant d'humiliations, j'essayai de parler; un geste d'Octave me ferma la bouche, et au même instant mon attention fut captivée par le danger qui se détournait de moi pour gronder sur la tête du Collibert.

— Écoutez tous, messieurs, dit à voix haute le recteur, il faut prendre un parti à l'égard de ce Collibert qui rôde sans cesse autour de nous et de nos projets comme une ombre malfaisante; s'il ne trahit pas notre sainte cause, il lui porte malheur; toutes les missions dont il a été chargé ont mal réussi; plusieurs fois, déjà, j'ai voulu lui donner une sévère leçon, mais Orré, qu'il a séduit sans doute par ses sortiléges, l'a protégé. Aujourd'hui, nous allons faire justice!

— C'est cela, justice! justice! s'écria toute la troupe.

— Créature maudite, pourquoi as-tu osé pénétrer dans le lieu saint? demanda le recteur; est-ce dans quelque intention sacrilége?

— Dieu n'est-il pas Dieu pour tous les hommes? répondit l'Innocent. Est-ce donc un sacrilége que de le prier? N'est-ce pas lui qui a dit à ses disciples qui repoussaient les enfants innocents avec des paroles rudes : « Laissez venir à moi les petits enfants, car le royaume des cieux est pour ceux qui leur ressemblent? »

— L'entendez-vous blasphémer? interrompit le recteur dont les yeux étincelèrent. C'est le démon qui parle par sa bouche. Ne sais-tu donc pas, malheureux, que tes pareils ont été partout un objet d'horreur?

En Bretagne, on les appelle des Caqueux, des Caëvas, des Cacous. Ils ne pouvaient autrefois voyager dans le duché que vêtus de rouge. Il a fallu un arrêt du parlement de Rennes pour leur faire donner la sépulture, car la proscription les suivait jusque dans la mort. Les Colliberts du Poitou sont les frères des Cahets de Guienne, des Cagots de Béarn, des Agotas, des Caffas et des Crétins de Bigorre. Dans l'ancien for de Béarn, il fallait la déposition de sept Cagots ou Crétins pour valoir un témoignage. Le parlement de Bordeaux leur défendit, sous peine du fouet, de paraître en public s'ils n'étaient chaussés et vêtus de rouge. Ils doivent avoir une porte et un bénitier à part dans l'église. Les Etats du Béarn demandèrent même à Gaston qu'il leur fût défendu de marcher pieds nus dans les rues sous peine d'avoir les pieds percés d'un fer chaud, et ordonnèrent qu'ils portassent sur leurs vêtements la vieille marque d'un pied d'oie.

Toi et tes semblables, Jacques, vous faites un peuple à part, un peuple maudit et proscrit au milieu de la grande famille chrétienne. Nous ne pouvons donc ni écouter tes paroles, ni avoir pitié de toi.

— Mes frères, s'écria douloureusement le Collibert, serez-vous donc impitoyables pour celui qui vous a aimés et servis malgré votre dureté?

— Damné vagabond, répliqua Armand, tu es un insolent drôle d'oser m'appeler ton frère. Je n'ai rien de commun avec l'enfant de la Colliberte.

— Mais dois-je porter la peine de ma naissance! n'en suis-je pas innocent? murmura le Collibert. Ezéchiel n'a-t-il pas répondu aux juifs, au nom du Seigneur : — Dieu a dit : « Toutes les âmes sont à moi, l'âme du fils comme l'âme du père. Le fils ne portera pas l'iniquité du père et le père ne portera pas l'iniquité du fils. La justice du juste sera sur lui et l'impiété de l'impie sera sur lui! » — Dieu m'a-t-il donc dévoué au malheur, lui qui s'est fait clouer sur la croix pour racheter le monde, mendiants ou riches, faibles ou puissants, tous enfin! Si j'ai toujours été juste et bon, si je n'ai fait de tort à personne, si je n'ai jamais détourné le bien du prochain, dois-je être présenté comme un méchant qui aurait volé, qui aurait baigné ses mains dans le sang, qui aurait trahi sa parole! Mais alors le Seigneur ne serait pas un Dieu de miséricorde, mais de vengeance et de colère, — et nous autres, créatures proscrites, nous tomberions dans un désespoir amer et sans bornes, et nous n'oserions plus regarder le ciel, où trônerait une divinité impitoyable dont nous serions les jouets et les victimes de génération en génération.

— Il blasphème le nom du Seigneur! s'écria le prêtre qui avait entendu, dans une indicible stupeur, ce hardi et généreux langage. Le Collibert ne veut pas s'humilier devant l'arrêt de Dieu. L'idiot veut raisonner. Le ver de terre veut braver la foudre.

— Qu'on l'attache à un pilier, dit brutalement Richard, et je réponds, avec mon fouet de chasse, de lui faire bientôt chanter une autre chanson.

— Frappez ma chair, elle pourra souffrir et crier, reprit fièrement le Collibert. Mais mon sang retombera sur vous comme une malédiction et n'empêchera pas la vérité de sortir de ma bouche. La vieille loi a dit : OEil pour œil, dent pour dent! Celui qui frappera avec l'épée périra par l'épée.

En ce moment les yeux du Collibert s'agrandirent comme dans un paroxisme d'enthousiasme; ses oreilles semblaient écouter un bruit perceptible pour lui seul; ses lèvres balbutièrent quelques paroles indistinctes.

— Il nous menace, je crois, dit le recteur. L'idiot croit peut-être nous faire peur par ses grimaces de sorcier. Tout à l'heure, il y aura ici des sanglots et des grincements de dents.

— Tout à l'heure il y aura ici des sanglots et des grincements de dents, répéta l'idiot dont le visage redevint calme et même souriant; mais l'accent de sa voix était lugubre.

Je crus entendre au dehors comme un bruit vague et singulier qui ne ressemblait ni aux plaintes du vent dans les cours, ni au bruissement des arbres, ni au bruit des pas de l'homme.

LA PORTE DU COLLIBERT.

Le recteur regardait le Collibert avec ce calme de l'homme qui est certain de sa vengeance et qui ne se hâte point d'en venir au dénouement.

— Tu es un lâche, dit-il à l'Innocent. C'est le signe de la dégénération de ta race; car tous les autres fils du marquis Ollivier sont braves.

— Mettez la main sur mon cœur! dit le Collibert.

Le recteur posa sa main sur la poitrine de l'enfant et ne sentit rien battre.

— Nous verrons tout à l'heure, reprit-il.

— J'attends, dit le Collibert. Et je louerais Dieu si tout mon sang répandu pouvait faire comprendre aux hommes que les enfants ne sont point les héritiers des vices ni des vertus de leurs pères. Je ne crains pas de mourir, moi; car Jésus a promis à mes semblables les huit béatitudes du ciel. Mais il a menacé des huit malédictions de l'enfer ceux qui, sous le nom de docteurs de la loi, ferment aux hommes le royaume des cieux, dévorent les maisons des veuves sous prétexte de leurs prières, dispensent des serments et sacrifient la justice et la miséricorde à leur intérêt.

— Tu oses m'insulter, misérable idiot! s'écria le recteur.

— Tu t'es reconnu ; je ne t'avais pas nommé, répondit froidement le Collibert triomphant. Ah ! tu es bien de ceux qui ne nettoient que les bords de la coupe et qui, semblables à des sépulcres blanchis, élèvent des monuments religieux pour en imposer aux hommes.

— Au pilier ! au pilier ! commanda le recteur avec un geste furieux.

— La mort se glisse quelquefois entre le verre et les lèvres, dit le Collibert.

— Encore une menace ! s'écria le prêtre. Ah ! la chose est vraiment risible. Quoi ! tu est seul, sans armes, sans appui, au milieu de nous, qui te jugeons, et tu te plais à nous irriter encore par tes bravades, au lieu de nous prier , de nous demander grâce, de te mettre à genoux devant nous comme un suppliant et un coupable.

— On m'a dit que les Indiens attachés au bûcher entonnaient un chant de guerre contre leurs ennemis, en souriant, tandis qu'on scalpait leurs chevelures, que la flamme faisait crépiter la chair sanglante de leurs pieds et enveloppait leur corps déchiqueté de blessures d'un voile de fumée, répondit le chétif Collibert.

— Sans doute ils empruntent comme toi cette audace à la protection du démon, dit le recteur ; mais nous allons voir si nous ne saurons pas, à nous tous, te rendre timide et lâche comme tous tes pareils.

— Si Dieu reste avec moi, je serai plus fort que vous tous, s'écria le Collibert, et c'est vous qui tremblerez devant moi, et qui serez lâches, et qui demandez grâce, et qui m'implorerez tout à l'heure.

Le bruit que j'avais cru entendre était devenu plus distinct, malgré la discussion animée du prêtre et de l'Innocent. Déjà il couvrait leurs voix retentissantes, et sans l'ardente attention que tout le monde prêtait à cette lutte étrange, on s'en fût déjà préoccupé. C'était un grondement continuel qui augmentait de violence à chaque instant, comme les tempêtes dont on entend les éclats dans le lointain et qui poussent vers vous leurs nuages noirs zébrés d'éclairs, pour les faire crever en trombe d'eau sur votre toit ; mais le recteur, tout entier absorbé par sa colère, n'entendait rien, et il s'écria avec un accent farouche :

— C'en est trop ! Richard , allez chercher votre fouet de chasse pour châtier cet insolent !

Mais les yeux du Collibert se dila tèrent de nouveau ; ses narines se gonflèrent, et, les bras toujours croisés sur sa poitrine, il psalmodia ironiquement ces mots :

— Mon frère Richard n'ira pas chercher son fouet de chasse pour châtier le fils de son père.

— C'est ce que nous allons voir, répliqua brutalement Richard.

Et il se dirigea vers la porte.

— Le Seigneur l'a dit, répéta d'une voix plaintive le Collibert : « Ils auront des yeux pour ne pas voir et des oreilles pour ne pas entendre. »

Richard ouvrit la porte, mais il recula presque aussitôt avec terreur.

— Ecoutez ce bruit ! s'écria l'Innocent en étendant la main vers son frère. Voici Dieu qui vient à mon secours !

— Voilà les eaux ! murmura Richard en revenant vers nous.

Tous les frères devinrent pâles comme la mort. Par un mouvement instinctif, je me rapprochai d'Octave. Pour moi, lui seul était en danger en ce moment.

— C'est le sorcier qui veut nous faire périr, dit le gros Michel. Les Colliberts adorent la pluie et les torrents. Il appelle l'inondation à son secours.

— Et les eaux viennent à mon secours, à mon secours ! répéta Jacques en sautant d'un bond sur les degrés de l'autel. Les entendez-vous parler, et gémir, et hurler ? Elles montent, elles montent, elles écument contre les murs de la chapelle ; elles viennent chercher leur proie. Elles ont entendu ma voix. Leur sourd clâpottement a répondu à mon appel.

— Vous l'entendez, s'écria avec rage le recteur. Laisserons-nous cet idiot s'applaudir de son œuvre, se réjouir de son triomphe ? ce misérable ver aura pris comme dans un filet les nobles lionceaux de la maison de Chavannes. Eh bien ! vengeons-nous. Vous êtes tous témoins qu'il a confessé lui-même qu'il est sorcier.

— Pensez à Dieu, au lieu de penser à la vengeance ! dit la voix du Collibert, car vous êtes perdus !

Pendant ces fureurs insensées, la belle Renée n'avait pas perdu son sang-froid. Elle avait laissé ses nobles cousins s'ameuter autour de Jacques et l'accabler d'injures, et elle avait essayé de refermer la porte ouverte par Richard. Mais elle ne put y réussir ; l'eau, qui remplissait les cours, se précipitait contre cette porte avec trop d'impétuosité et ne tarda pas à ruisseler dans la chapelle et à couvrir les dalles. Renée revint vers le recteur et l'arrêtant par le bras au moment où il allait se jeter sur le Collibert :

— Mon père, dit-elle d'une voix brève, laissez cet idiot attendre sa destinée. Si nous devons périr ici, il périra avec nous, et ses sortiléges ne le sauveront pas, vous le savez. Il n'est pas digne de gentilshommes de se désespérer lâchement dans un danger si éminent, et, au lieu de chercher des chances de salut, de ne penser qu'à torturer ce misérable enfant. La digue est rompue ; quand vous tueriez ce Colli bert, ce meurtre ne diminuerait pas le péril.

— Ce sacrifice apaiserait le ciel courroucé contre lui, interrompit le recteur d'une voix sombre.

— Vous perdriez du temps et voilà tout, répliquat-elle fermement. Aidons-nous, le ciel nous aidera. N'imitons pas ces matelots d'Italie qui, pour conjurer la tempête, jettent à la mer les passagers qu'ils suspectent de sortilége avec force tumulte et malédiction, et qui prient ensuite la Madone, au lieu de plier leurs voiles, d'abattre leurs mâts et de faire jouer les pompes. Qu'en arrive-t-il ? le vaisseau périt et souvent le passager sacrifié se sauve, accroché à un des débris du vaisseau. Si le Collibert s'était douté de la rupture de la digue, il ne se serait pas hasardé à venir dans la chapelle avec son compagnon.

— Mais que faire ? comment nous sauver ? s'écrièrent les jeunes gentilshommes blêmes à faire peur sous la clarté vacillante des torches.

— Dans vingt minutes, répondit-elle, l'eau aura monté au-dessus de nos têtes.

— Dans vingt minutes ! répéta la voix du Collibert toujours debout devant l'autel.

Renée haussa les épaules et continua :

— Il faut donc nous décider à remonter à la nage contre le courant de l'inondation. Il y a six chances pour périr, mais il y en a une pour se sauver.

Il y eut un instant de silence, pendant lequel on entendit l'agitation croissante des eaux qui montaient, montaient toujours, jaunâtres et bourbeuses.

— Mais ceux qui ne savent pas nager, observa le recteur, comment feront-ils ?

Ils attendront qu'on vienne à leur secours, répliqua sèchement la belle Renée.

Je ne fus pas seule à frissonner. La plupart des frères de Chavannes ne savaient pas nager.

— Il est étrange, dit la jeune fille, qu'il n'y ait aucune porte secrète de communication entre le château et la chapelle.

— Il y en avait une autrefois, répliqua précipitamment le recteur ; mais je crois qu'elle fut murée lors de l'abandon de la Beauge.

— Le marquis en avait donné l'ordre, dit une voix, mais il ne fut pas exécuté.

— Où est cette porte ? demanda Renée.

— Derrière le chœur, répliqua le recteur. Mais c'est là un vain espoir.

Les jeunes gens qui s'élançaient déjà à la recherche de la précieuse porte s'arrêtèrent.

— C'est un vain espoir, continua-t-il, car elle est doublée de barres de fer, et tous nos efforts réunis ne sauraient pas plus la remuer sur ses gonds que le doigt d'un enfant. Il faudrait avoir la clef et connaître le secret de la serrure. Cette clef aura été perdue sans doute, et le marquis Ollivier seul sait le secret.

— Quelqu'un a ramassé cette clef et a appris ce secret, dit encore la voix.

Tous les yeux se tournèrent vers l'endroit d'où partait cette voix. C'était celle du Collibert qui venait de grimper par un escalier de chêne à moitié écroulé de vétusté, et dont la rampe seule tenait encore, jusqu'à la tribune où les anciennes châtelaines de la Beauge venaient faire leurs dévotions.

— La porte secrète est là, poursuivit-il, dans l'enfoncement de cette tribune, et non pas derrière le chœur.

Un rayon de joie illumina tous les visages. Ce ne fut qu'un cri : Nous sommes sauvés ! Mais cette joie ne fut pas de longue durée.

— Sauvés ! et pourquoi cela, messieurs ? s'écria le Collibert. Je suis sauvé, moi ; mais qu'ai-je de commun avec de nobles seigneurs tels que vous ?

— Que veut-il dire ? murmura Richard.

— Je veux dire, reprit le Collibert, que je ne veux pas plus longtemps vous souiller de ma présence, que je vais quitter la chapelle et vous y laisser.

— Tu ne feras pas cela ? s'écria Armand en s'avançant vers l'escalier.

Le Collibert fit crier la clef dans la serrure.

— Faites un pas de plus, monsieur, et cette porte s'ouvre pour moi seul et je la ferme sur vous.

L'eau montait toujours. Elle glaçait mes pieds ; elle arrivait à nos genoux. Armand s'arrêta.

— Tu ne seras pas si cruel, reprit-il, tu ne laisseras pas périr obscurément, comme des taupes dans un trou, la vigoureuse lignée des Chavannes. Pense à la douleur de notre père, s'il perdait d'un coup tous ses enfants. Que deviendrait ce noble héritage ?

— Ah ! vous pensez maintenant à celui que vous appelez notre père, dit amèrement Jacques. Mais la peur vous égare, monsieur Armand ; si je suis sauvé, il ne perdra pas tous ses enfants. Croyez-vous donc que je ne fasse pas une assez belle figure pour un héritier ; que je ne sache pas monter vos chevaux, manier vos fusils, battre les valets, vider la cave et fêter le gibier ?

— Sauve-nous ! sauve-nous ! répétèrent tous les Chavannes, à l'exception d'Octave, qui resta silencieux et résigné comme le recteur et Renée.

— Pourquoi vous sauver ? dit le Collibert, parce

que tout à l'heure vous vouliez déchirer mon corps à coups de fouet.

— Nous avons eu tort, s'écria Richard en grinçant les dents de rage.

— Nous te demandons grâce et oubli, ajouta Armand.

— Et si je vous arrache à cette mort qui vous entoure et qui vous appelle, qui me répondra qu'à votre tour vous ne vous vengerez pas de mon hésitation ?

— Moi, dit Renée, moi qui n'accepte pas ton secours et qui saurai me protéger moi-même ! Sauve ces gentilshommes, Jacques, sauve-les, parce qu'ils ont du même sang que toi dans les veines, sauve-les parce qu'ils sont tes frères devant Dieu, et ne leur fais plus d'humiliantes conditions. Ta hardiesse me plaît, Collibert, et je te réponds qu'ils ne te demanderont pas de compte de ce qui vient de se passer ici. Mais l'eau va obstruer notre unique issue, à nous, Octave, dit la fière jeune fille en se tournant vers le comte et lui montrant la grande porte du doigt. Je vous attends.

Je ne pourrais te rendre le geste souverain par lequel elle ordonna à Octave de la sauver et le regard plein de folie passionnée par lequel il lui répondit. Je compris qu'il faisait bon marché de sa vie et qu'il bénissait le ciel de lui fournir, en échange, l'occasion d'étreindre dans ses bras la belle Renée et de sentir son souffle sur son cou. Néanmoins, je ne pus croire qu'il m'oubliât et m'abandonnât ainsi pour elle. J'accusai en moi-même la téméraire jeune fille d'une présomption effrontée ; je gardai mon aveuglement en le voyant s'incliner avec respect devant elle, mais n'oser la toucher, comme s'il respectait en elle une reine et une idole sacrée ; je me disais qu'elle lui était indifférente et que son cœur luttait entre son amour pour moi et les apparences de dévoûment qu'il lui devait. Mais mademoiselle de Béjarry, elle, lui jetant à peine un regard, lui dit d'une voix impérieuse :

— Emportez-moi !

Il la saisit avec un transport de frénésie et lui cria de se bien cramponner à lui. Puis, il voulut avancer vers la porte. J'essayai de le suivre, car je voulais mourir, et je lui dis à mon tour, d'une voix étranglée :

— Octave, voilà donc le choix que vous deviez faire ? Vous me sacrifiez lâchement ; vous m'abandonnez ainsi, moi qui, pour vous...

— Camille, murmura-t-il éperdu, je reviendrai.

Et il s'éloigna emportant son fardeau. Je restai anéantie et je regardai avec une joie sombre et stupide l'eau qui montait, car je voulus mourir. J'avais vu une autre femme préférée par le seul homme que je sentais pouvoir aimer ; je ne pouvais plus m'obstiner dans mon illusion. J'avais vu l'éclair de l'amour dans son regard enivré, lorsqu'il avait vu, lui, la belle Renée croire et espérer en lui plus qu'en tous les autres, et prendre possession du lui par un mot d'une autorité suprême. Il savait que la femme qui commande se donne. Et moi, j'avais compris que j'étais perdue, que du moment où il me condamnait à mourir sans hésitation pour sauver cette jeune fille riche, belle, noble, presque sa fiancée, il rougirait de remplir la promesse qu'il m'avait faite à moi, pauvre fille déshonorée, roturière et reniée par son père. Oh ! cette fois, j'avais dû laisser toute espérance sortir de mon cœur et le néant y rentrer pour jamais. Mais sous le néant couvaient encore l'amour et la jalousie.

Cependant le Collibert avait regardé avec une admiration étonnée la fuite hardie d'Octave et de Renée, et il murmura :

— Après tout, c'est une vaillante fille, et j'aurais aimé à la sauver.

Les gentilshommes consternés avaient tous les yeux tournés vers la tribune, et leurs visages portaient l'empreinte de la frayeur et de l'égarement.

— Mon frère, mon frère, laisse-nous monter l'escalier, lui cria Gaspard..

— Ah ! vous m'appelez votre frère à présent, reprit le Collibert en ricanant. Ce nom ne vous écorche plus la bouche, il ne vous semble plus un outrage. Je suis votre frère, votre frère bien-aimé, n'est-ce pas ? Mais non, je suis un insolent drôle, un damné vagabond. Vous me demandez de vous sauver, mais ne rougiriez-vous pas d'être sauvé par un Collibert qui ose paraître devant vous sans être chaussé et vêtu de rouge ? J'oublie que j'ai encouru la peine du fouet, pour cela, aux termes du parlement de Bordeaux.

— Si tu n'es pas un démon, interrompit Armand, si tu es ce bon et inoffensif Jacques qui a mangé le pain du marquis Ollivier, tu n'auras pas la lâcheté de laisser cinq de ses fils périr dans cette eau fangeuse ; car demain il te demanderait : « Jacques, qu'as-tu fait de tes frères ? »

— Laissez donc ! répéta le Collibert. Nous n'avons rien de commun ensemble, messieurs de Chavannes. Je suis un idiot, moi, et non pas un brave et riche et beau gentilhomme comme vous. Ah ! certes on doit s'enorgueillir d'être fort et vaillant, de ne craindre personne, d'écraser le faible sous les sabots de son cheval ! Servez-vous donc, messieurs, de cette force et de ce courage contre cette petite flaque d'eau qui, tout à l'heure montera à vos lèvres. — Il est doux d'avoir de grands bois où l'on peut courir la chasse des jours entiers sans sortir de son bien, des meutes aboyant au chenil, des chevaux plein ses écuries, des valets nombreux à rudoyer ! — Servez-vous donc de ces richesses pour retarder votre mort ! appelez-donc ces valets, montez donc ces chevaux pour fuir au plus vite cette misérable flaque d'eau noire qui, tout à l'heure, couvrira votre front et vos longs cheveux.

Et le Collibert éclata alors d'un rire presque insensé qui me fit frémir.

— Assez ! assez ! rugirent les jeunes nobles. L'eau nous vient à la ceinture. Nous montons.

— Tant pis, répliqua le Collibert. Moi je me retire, car j'ai les pieds nus, et j'encourrais la peine d'avoir les pieds percés d'un fer chaud. Vous voyez que je me souviens de tout, digne recteur. Oh ! j'ai bonne mémoire !

— Malheur ! cria le recteur, Sois maudit, toi qui te venges si cruellement.

— Silence, mon père, lui dit Armand. N'irritez pas le Collibert. Il aura pitié de nous.

— Le recteur n'a-t-il pas dit que les Colliberts devaient avoir un bénitier et une porte à part dans l'église, s'écria l'Innocent d'une voix stridente ! Eh bien ! messieurs mes frères, voici votre porte, ajouta-t-il en montrant la grande entrée par où l'eau affluait, et voici la mienne ! la porte infâme par laquelle vous ne voudriez pas passer, vous autres gentilshommes chrétiens.

Et il ouvrit bruyamment la porte dérobée qui communiquait aux corridors du château. MM. de Chavannes poussèrent un cri d'angoisse désespérée.

— Au nom de notre père qui est le tien, s'écria Armand ; au nom du marquis Ollivier qui te demandera compte de notre vie, sauve-nous, Jacques !

— Que le Parisien monte le premier, répliqua le Collibert d'une voix émue, lui qui n'a pas crié grâce, lui qui n'a pas eu peur de mourir, lui qui n'a pas douté de moi.

— Il ne montera pas avant nous, cria Richard avec l'accent d'une frayeur égoïste et brutale.

Et il me saisit violemment par le bras, s'attachant à moi comme à une ancre de salut.

— Pas avant nous ! répétèrent tous les frères.

— Si vous n'avez pas cette confiance en moi, vous êtes perdus, reprit le Collibert. Comment voulez-vous que je croie en vos promesses de pardon et d'oubli, si vous ne croyez pas en la parole que je vous donne de laisser cette porte ouverte pour vous tous ?

Jacques, dit le recteur, fais-tu cette promesse au nom de ton père ?

— Au nom de mon père, je le jure, s'écria l'Innocent.

Tous les frères étaient groupés au bas de l'escalier, dont les premières marches se cachaient déjà sous l'eau. Ils s'appuyaient des mains à la rampe. Ils s'écartèrent pour me laisser monter seule.

Lorsque je fus parvenue à la tribune, le Collibert sourit joyeusement et dit à ses frères :

— Vous pouvez monter, maintenant !

Puis me prenant la main et laissant la porte ouverte, il m'entraîna dans les noirs corridors plus morte que vive, et au bout de quelques minutes il me ramena dans ma chambre ; puis il disparut. Presque aussitôt j'entendis des cris d'alarme dans le château et un grand tumulte succéda au profond silence dans lequel il était enseveli.

UN CONFESSIONAL.

Le danger ne fut pas aussi grand qu'on aurait pu le craindre. La digue n'avait pas été enlevée, mais seulement trouée et lézardée en deux endroits, par où les eaux des torrents avaient fui. En quelques heures on parvint à se rendre maître de l'inondation et les dégâts ne furent pas considérables. Je ne sais trop quelle récompense le Collibert eût reçue de sa conduite, si mademoiselle de Béjarry n'eût pas reparu. Dois-je te confesser ici que je caressai involontairement l'effreux espoir de sa mort et du salut d'Octave ; oui, il faut bien que tu pénètres dans ces honteux replis du cœur humain. Certes, il eût dépendu de moi de contribuer à sa mort par un seul geste, un seul regard, un seul mot, que je n'eusse pas fait ce geste, pas lancé ce regard, pas prononcé ce mot. Il eût dépendu de moi de la tirer de l'abîme en exposant ma vie, j'eusse regardé comme un devoir d'exposer ma vie. Et néanmoins, en songeant que peut-être elle avait péri victime de son audace, je sentais en moi-même comme un secret et hideux tressaillement de joie. Je respirais plus librement, la vie me semblait plus riante ; j'étais comme une captive arrachée de la fange humide des cachots et qui rêvait le ciel bleu et le soleil ; comme l'esclave affranchi tout à coup, je ne sentais plus de carcan à mon cou, de boulet à mes pieds. Cette sensation toute physique me fit comprendre ce que c'était que la haine et comment le monde pouvait être quelquefois trop étroit pour porter deux créatures ennemies.

Maintenant, je dois te dire aussi que je fus heureuse en voyant reparaître Octave et en apprenant qu'il avait sauvé sa cousine. Je fus heureuse de ce démenti donné par Dieu à ma lâche espérance, heureuse comme le coupable qui a eu la tentation d'un crime, qui l'a commencé en pensée et en rêve, et qui, au réveil, la sueur froide au front, le cœur remué par le remords, le billot sous les yeux, cherche à rassembler ses idées troublées et comprend enfin que le crime n'a pas été accompli. Je me fis horreur à moi-même.

Cependant, Mademoiselle de Béjarry, fière du succès de sa témérité qui la plaçait si haut dans l'admiration et le respect des jeunes de Chavannes, voulut qu'on respectât l'engagement qu'elle avait pris envers l'Innocent et que personne ne revînt sur ce qui s'était passé dans la chapelle. Elle se montra aussi grande et aussi généreuse par cette amnistie qu'elle s'était montrée vaillante et résolue dans le péril. Le Collibert et moi nous ne pûmes nous empêcher d'admirer ce caractère indomptable, et je me plus à me punir de mes vœux secrets contre elle en exagérant encore, dans mes paroles, la grandeur de son action et en excusant la fascination d'Octave. Mais c'est en vain que j'essayai de me vaincre ainsi. Un instinct secret du cœur me disait que cette fière jeune fille était aussi méchante qu'altière, et que sa générosité apparente n'était que de l'orgueil, qu'un essai suprême d'une volonté absolue et despotique. Quant à Octave, je ne lui avais adressé aucun reproche. Il s'était contenté de me dire qu'il avait dû obéir à l'ordre de sa cousine, sous peine de passer pour un lâche, et qu'il savait bien que son frère Jacques m'aimait trop pour m'abandonner dans un péril où il m'avait jeté. Encore me donna-t-il cette espèce d'explication avec un air de raillerie mordante que je ne pus comprendre.

Hélas! je ne devais obtenir que trop tôt l'affreuse révélation des nouveaux malheurs qui m'attendaient. Deux jours après la scène que je viens de te raconter, je voulus revoir la chapelle qui en avait été le théâtre, et y remercier Dieu de la protection qu'il nous avait accordée à tous. Je pensais bien ne pas être troublée dans ce lieu qui avait failli nous être si fatal, et j'éprouvai une sombre joie à me rappeler les souvenirs de cette nuit terrible où j'aurais dû mourir.

La mort me semblait donc un bienfait. Insensiblement, en me retraçant tous les détails de la catastrophe, je pensais au Collibert, je le revis dominant ses nobles frères par une fière énergie alliée à tant de faiblesse; je retrouvais en lui toutes les qualités que j'avais rêvées dans Octave. Je compris que si je l'avais connu en même temps que son frère, le brillant gentilhomme ne m'eût pas trompée par les séductions d'une habile comédie. Si j'avais été entourée par la passion vraie d'un autre homme, j'eusse facilement démêlé les mensonges de l'amour factice d'Octave; le silence du premier eût touché plus éloquemment mon cœur que les déclarations romanesques du second; les regards timides, les gestes gauches du pauvre Jacques m'eussent bien plus troublée que les regards ardents et hardis, que les gestes passionnés du courtisan, car j'aurais reconnu l'âme qui palpitait à l'unisson de la mienne. Cependant, je finis par m'effrayer et rougir de ces singulières réflexions, et l'air railleur dont Octave m'avait parlé de l'affection du Collibert me revint à la mémoire. Je chassai donc ces pensées vagues enfantées par la solitude, et j'allais me retirer, lorsque j'entendis des pas marcher doucement sur les dalles et deux voix échanger tout bas des paroles. Je restai

immobile. Les voix passèrent à côté de moi et devinrent plus distinctes.

Voici ce que j'entendis.

— Vous êtes fidèle au rendez-vous, mon père.

— C'est une étrange idée que vous avez eue de revenir dans un pareil endroit, ma fille.

— C'est que j'étais certaine que notre entretien ne serait ni troublé ni entendu dans cette chapelle, qui est devenue un lieu d'épouvante pour tous les habitants du château.

J'avais reconnu le recteur et la belle Renée; je restai glacée d'horreur et n'osai fuir, car le bruit de mes pas eût bien vite révélé ma présence. Les deux interlocuteurs s'étaient tus et avaient gagné un confessionnal délabré, presque en face du pilier derrière lequel je me trouvais. Là ils reprirent leur entretien. Leurs voix furent d'abord si étouffées que je ne pus rien entendre, puis peu à peu elles montèrent à un diapason plus élevé, et le silence qui régnait dans la chapelle et le château était si profond que je ne perdis plus une seule de leurs paroles.

— Il vous a donc avoué qu'il vous aimait, ma fille? dit le recteur à mademoiselle de Béjarry.

Avec quelle affreuse anxiété j'attendis la réponse de la jeune fille.

— Oui, mon père, dit-elle nettement. Le comte Octave m'a rappelé les anciens projets de nos familles. Il a ajouté que notre union était jurée depuis notre naissance, que c'était un mariage au berceau. Pour moi il se sentait capable de tous les dévouements. Jamais la cour ne lui avait montré une plus belle créature que l'éblouissante vision qui l'attendait dans ce vieux château mangé par la mousse. J'étais une reine perdue dans une caverne; que sais-je encore? Enfin il a égrené tout le chapelet des litanies amoureuses.

— Et vous avez cru ces belles paroles? demanda le recteur d'une voix rauque.

— Si je l'ai cru? s'écria-t-elle impétueusement. Certes, oui. Suis-je, à votre compte, mon père, une humble fille du peuple, ou une niaise pensionnaire que l'on trompe? Tout enfant sauvage que je suis, je sais que je suis riche et belle, et que celui à qui j'accorderai ma main regardera ce don comme le bonheur le plus extrême qu'il puisse ambitionner.

— Et s'il vous trompait cependant? insista le prêtre avec la même rudesse.

— S'il me trompait, répondit-elle en éclatant de rire, tant cette idée lui paraissait bouffonne et impossible. A quoi bon? et pourquoi? En vérité, ajouta-t-elle en paraissant réfléchir, je plaindrais celle pour qui le comte Octave me trahirait.

Elle dit ce peu de mots d'uns voix métallique qui me tourna le sang dans les veines.

— Eh bien, ma fille, reprit le recteur, avez-vous demandé à votre noble poursuivant pourquoi il ne se hâtait pas, au milieu de ces circonstances critiques, de demander officiellement votre main au marquis Ollivier, votre tuteur?

— En effet, dit mademoiselle de Béjarry après un instant de silence, lorsque j'ai tourné sa déclaration en plaisanterie, et que je lui ai dit brusquement qu'au lieu de s'adresser à moi il devait s'adresser au marquis, je me souviens qu'alors il a pâli et a paru troublé. Y aurait-il donc entre lui et moi quelque obstacle mystérieux? Oh! quel qu'il soit, je le briserai; mais comment savoir?

— Et si je connaissais cet obstacle, moi! interrompit le recteur.

Calmez-vous, ma fille, rien n'est encore désespéré. — Page 16, col. 2.

— Révélez-le à votre pénitente, mon père, et elle vous servira de tout son pouvoir dans les projets que vous formez, répliqua vivement Renée.

— Vous aimez donc le comte Octave, ma fille? demanda le prêtre.

— Peut-être, répondit-elle. Mais je l'aime sans vouloir plier sous son joug, sans le craindre, sans lui faire un autel de mon cœur. Je l'aime comme doivent aimer les hommes. Je veux faire de lui mon esclave. Je l'aime tremblant et soumis devant moi, faisant dépendre son bonheur de mon sourire. Pour un maître, je ne veux pas en avoir. Parlez maintenant.

Le recteur baissa la voix et murmura :

— Vous êtes femme, mon enfant, et vous n'avez pas deviné que sous le toit de la Bauge respirait une autre femme.

— Une autre femme!.. une rivale?..

Elle bondit en criant ces mots comme le sourd rugissement d'une hyène blessée au flanc. Ce fut une crise de fureur si violente, que ses mains se meurtrirent aux planches du confessionnal et que le recteur dut essayer de la calmer par des paroles de douceur qui étaient peu familières à ses lèvres. Mais elle était tombée comme foudroyée sur les dalles et cachait obstinément dans sa mante son visage altéré. Ses dents contractées mordaient son mouchoir pour étouffer sa plainte. Tout à coup elle se releva et, d'une voix brisée, saccadée, elle laissa échapper les paroles suivantes :

— Ce n'est pas possible. Je serais mise en comparaison avec quelque baladine effrontée ou quelque bourgeoise séduite! Non. Je mépriserais trop Octave. Oser me tromper moi! On ne sait donc pas que je saurais me venger mieux qu'un homme!... Je n'ai peur de rien, moi; de rien, de rien, entendez-vous, monsieur le recteur. Ah! elle doit rire, la petite bourgeoise. Elle est donc bien belle! apparemment. Ah! qu'elle ose lever les yeux sur moi, et elle verra. Mais il faut la chasser. Oui, et bien vite! Richard! votre fouet! Oh! si elle était là, si elle me voyait, si elle se doutait que j'ai souffert à cause d'elle. Non, il faut sourire pour l'écraser. Elle croit m'humilier de son triomphe. Dites, mon père, comment est-elle? Mais répondez donc! suis-je folle! Oh! on ne l'emporte pas si facilement sur Renée de Béjarry. Oh! la haine et la jalousie, je les sens, les deux serpents, qui me mordent là, au cœur. Mais la vengeance! la vengeance soulage. Elle a de beaux yeux, dites-vous? Je les ternirai sous les larmes, ces soleils. Ah! un duel de femme à femme, ce sera original, n'est-ce pas, mon père? Et ne craignez pas ce mal voir reculer. Chez moi, la jalousie n'est pas de me louche et boiteux qui fait douter de soi et qui épie en pleurant les regards que l'on vous vole. Je sais ce que je vaux.

— Calmez-vous, ma fille, interrompit le recteur, effrayé lui-même de ce déchaînement de fureur. Rien n'est encore désespéré.

— Non, en vérité, continua-t-elle avec le même accent farouche. Je n'aurais jamais cru qu'une femme osât se mettre sur mon chemin, qu'une rivale cher-

Elle entendit un froissement de feuillage. — Page 21, col. 2

chât à m'enlever le cœur que je désignais comme
ma conquête. Cela me semble de la folie. Suis-je
donc devenue laide? mon front est-il grimé de rides
soudaines? ne sais-je plus sourire? Les pleurs ont-
ils dévoré le feu de mes yeux? la misère a-t-elle
rendu ma main sèche et anguleuse? Non, j'ai toujours un pied de fée, comme me disait Octave. Je
m'appelle toujours Renée de Béjarry. J'ai des terres
et des métairies à profusion autour de mon château,
des bahuts où dorment des sacs de louis d'or, des
parchemins qui ont eu le temps de jaunir depuis les
croisades. Ah! j'étais folle. Le comte Octave ne
peut répudier tant de bonheur. Un caprice de passage ne détruira pas de si grands projets. Je veux
qu'il devienne chef de l'armée vendéenne, et ce que
j'ai voulu fermement a toujours réussi jusqu'à ce
jour.

— A la bonne heure! vous devenez sage, mon enfant, dit le recteur; mais vous m'aviez vraiment ef-
f.ayé. Le comte Octave n'est réellement coupable
en ceci que de trop de légèreté. Il s'est laissé entraîner par un faux point d'honneur et de conscience.
La personne dont je vous parlais lui a sauvé deux
fois la vie.

— Eh! ne suis-je pas assez riche pour la payer de
ses services? reprit la pénitente. Le comte Octave
tient-il donc à sa vie plus qu'à son honneur? De
quels charmes est douée cette Agnès poltronne? Je
n'en doute pas, vous parlez du Parisien. Ce nom de
Camille eût dû m'éclairer.

— Ce serait sans nul doute un grand malheur,

dit le prêtre qu'il s'attachât à cette petite bourgeoise.
Elle n'est propre qu'à annuler les grandes qualités
qui dorment en lui et qui n'ont besoin que d'une
étincelle pour s'éveiller. Il lui faudrait pour compagne une femme telle que vous, qui le soutînt et l'en-
courageât sans cesse, qui lui fît exécuter de grands
desseins, et qui fût digne de partager avec lui l'honneur du succès.

— Oh! vous me comprenez, vous, mon père; on
dirait que vous lisez dans mon esprit.

— Vous êtes belle et vaillante, ma fille; vous lui
gagnerez le cœur de nos paysans. Vous saurez coucher sur la dure, enveloppée dans le même manteau
que lui; dans le combat, vous monterez à cheval à
côté de lui; votre sang-froid l'éclairera, votre enthousiasme l'inspirera aux heures décisives. Vous
serez pour Octave de Chavannes un compagnon cher,
qui le pousserez à faire de grandes choses. Après
tout, il a du cœur, et sa faiblesse même pour cette
femme le prouve, ajouta perfidement le prêtre en
touchant au vif la plaie saignante à l'âme de Renée,
après avoir déroulé devant elle une si triomphante
perspective.

— O! en pensant à cette femme, je crois haïr Octave, reprit-elle; oui, l'amour est plus voisin de la
haine qu'il ne semble. Je préférerais la mort d'Octave à son bonheur avec ma rivale.

— Mais nous disons des folies, dit le recteur; peut-
être n'est-il plus temps de s'occuper de tout cela.
J'ai lieu de craindre que le comte Octave ne soit se-

crètement marié. Alors il n'y aurait plus de remède.

— Mais ce serait un crime inexcusable, s'écria la
fière Renée, si ce mariage était accompli, si rien au
monde ne pouvait briser ces nœuds infâmes!

— Rien au monde, c'est peut-être beaucoup dire,
hasarda le recteur d'une voix douce qui me fit frémir, et que je comparai involontairement en moi-
même au sifflement d'un serpent qui rampe sous les
fleurs?

— Y aurait-il donc un moyen? s'écria la pénitente.

— Qui sait? répondit-il.

Et il fit silence comme pour réfléchir plus profondément.

J'étouffais dans mes vêtements : je dénouai le
nœud de ma cravate, je mis la main sur mon cœur
pour en comprimer les battements.

La pénitente s'impatienta du silence du recteur.

— Parlez, dit-elle.

— Il est probable, reprit le prêtre, que le comte
Octave conservait l'espoir de faire casser ce mariage secret, lorsqu'il vous a rappelé les anciens
projets de vos familles...

— Ce n'est pas cela que vous vouliez me dire, répliqua vivement Renée.

Le recteur se tut de nouveau et soupira, comme si
sa poitrine était chargée d'un poids énorme.

— Oh! parlez vite, poursuivit la pénitente. J'ai la
mort dans le cœur. Donnez-moi un moyen d'humilier cette rivale, de l'anéantir, de la mettre sous
mes pieds, d'arracher sa main de la main d'Octave.
Vraiment, je ris quand je songe que si ce mariage
est réel, que s'il est reconnu, ce sera à moi de cacher mon amour, comme une passion furtive, défen-
due, coupable, — et que cette femme aura publiquement le droit de vivre près de lui et de sourire à ses
doux regards. Oh! dites-moi bien vite quel moyen
vous avez d'empêcher que je subisse cette honte,
mon père, ajouta-t-elle d'une voix convulsive.

— Non, ma fille, reparit humblement le recteur.
Je me trompais. Ce n'était qu'une idée vague, une
illusion trompeuse que m'inspirait mon zèle pour
l'honneur de cette noble maison de Chavannes. Mon
affection pour vous m'emportait dans des rêveries
insensées. Je ferai mieux de ne pas m'occuper de
choses si terrestres et d'en détacher mon esprit.

— Vous êtes cruel, mon père, dit mademoiselle
de Béjarry avec impatience. Vous faites germer dans
mon cœur de folles espérances, et puis d'un mot
vous les anéantissez. Je vous croyais mon ami sincère et dévoué. Mais je vois que je me suis trompée.
Vous autres hommes vous vous ressemblez tous.

— Mon conseil eût été trop difficile à suivre, reprit-il, et peut-être serait-il condamnable aux yeux
des personnes qui n'aiment à agir que par des sentiments de charité et de générosité.

— On ne doit pas de charité à ses ennemis, répliqua la pénitente avec violence, et vous serez généreux envers moi si vous m'aidez de vos conseils.

— Veuillez donc excuser ma hardiesse, dit le recteur. Mais je n'ai pu songer au déshonneur que cette
mésalliance ferait rejaillir sur la famille de Chavannes et sur vous, sans qu'il me roulât dans l'esprit
quelques idées sans doute impraticables; mais il me
semblait que nous devions à tout prix empêcher que
vous soyez atteinte d'une telle flétrissure.

— Flétrissure, c'est le mot! répéta la belle Re-

née. Croyez-vous donc maintenant, mon père, que
je doive la subir?

— Si cependant vous ne trouvez pas de moyen naturel d'écarter ce malheur loin de vous, répliqua le
recteur.

— N'est-il pas affreux que les lois divines ou humaines ne nous donnent aucun aide pour prévenir ou
châtier des unions si coupables? demanda la pénitente.

— Affreux, en effet, répéta le prêtre.

— Employer la ruse et la séduction pour se faire
aimer, reprit mademoiselle de Béjarry; s'introduire,
pauvre et sans nom, dans une famille qui vous donne
tout, qui vous couvre de sa noblesse comme d'un
manteau, qui vous fait riche de toute sa fortune pa-
tricienne, n'est-ce pas dérober des armoiries et des
châteaux, comme un filou vole une bourse ou un
mouchoir? n'est-ce pas joindre l'hypocrisie au vol?
n'est-ce pas spéculer bassement sur l'amour et faire
trafic de son cœur? Quels risques a courus cette
femme en échange de ce gain immense? Elle a dépouillé Octave de son consentement. Est-ce une excuse? Oh! ne devrait-on pas punir un tel crime
comme ceux des gens qui volent et qui tuent?

— Vous avez raison, ma fille! dit le lugubre prêtre.

Et moi je rougissais de honte et je dévorais mes
larmes, car la frayeur commençait à faire place à
l'indignation dans mon cœur. Je remerciai Dieu de
m'avoir amenée en ce lieu pour entendre mes ennemis dévoiler ainsi le fond de leur pensée.

Cependant mademoiselle de Béjarry s'était tue
après la réponse terrible du recteur. Je l'entendis
respirer fortement et soupirer comme une personne
oppressée. Elle se leva et fit quelques pas au hasard.
Elle était en proie à une agitation violente.

— Vous avez raison, reprit plus bas le recteur.
La mort seule peut effacer la honte de cette mésalliance et en empêcher l'éclat scandaleux.

La belle Renée ne répondit pas.

— Le châtiment serait juste, continua l'odieux
prêtre. Et peut-être hésiterez-vous à en prononcer
l'arrêt, ma fille. C'est que nous sommes faibles, nous,
pauvres créatures d'argile, qui marchons au hasard
sur cette terre. Le sentiment inné de la justice est
bien en nous; souvent nous comprenons la nécessité
et nous éprouvons le désir d'accomplir ainsi quelque
grand acte de justice légitime. Notre pensée ne craint
pas de concevoir, mais notre volonté recule devant
l'action. Nous sommes emmaillotés par de vieux
préjugés; nous ressemblons à ces hardis capitaines
qui ont conservé les peurs superstitieuses apprises
sur les genoux de leurs nourrices; ils craignent les
visions des ténèbres, eux qui chantent sous une pluie
de balles; eux si braves contre les vivants, ils sont
lâches contre des fantômes. Ainsi de nous : notre
pensée tue et condamne, mais notre bouche n'ose
pas prononcer l'arrêt, mais notre bras n'ose pas
l'exécuter. Ce n'est pas remords de conscience, c'est
faiblesse et peur; c'est une question de nerfs. Un
homme qui a bien sondé le cœur de l'homme, a dit
que la volonté peut tout. En effet, il y a des voies
ouvertes pour tous les desseins par une volonté ac-
tive et impitoyable; aussi, a-t-on soin, dès le berceau, de nous brider des langes d'une foule de préjugés qui font bien vite partie de nous et nous créent
une seconde nature; mais un esprit mâle et fier s'é-
lève au-dessus de ces sottises, comme le mât d'un
vaisseau submergé dans les sables mouvants poind
au-dessus des flots. Qui ne se trahit pas soi-même

est sûr de réussir. Aussi ne pas faire ce qu'on croit juste, ce n'est pas vertu, mais lâcheté, je vous le répète. Ce n'est pas écouter la voix de sa conscience, mais les timides palpitations de son cœur et le tremblement nerveux de sa main.

— Expliquez-vous plus clairement, mon père, dit alors mademoiselle de Béjarry d'une voix sourde et altérée.

— Je n'ai plus rien à vous dire, ma fille, répliqua sévèrement le recteur.

Sans doute elle n'avait que trop bien compris, ainsi que moi, l'horrible conseil du prêtre. Elle garda encore le silence pendant quelques instants..

— Je vous ai indiqué le moyen extrême que vous me demandiez, dit le recteur. Si j'ai été trop audacieux, pardonnez-moi.

— Si je vous ai bien entendu, répondit-elle, il s'agit d'une chose terrible. Je ne suis qu'une jeune fille violente et emportée, il est vrai; mais...

— Les femmes tombent toujours dans un excès ou un autre. Elles tuent et puis elles s'attendrissent sur leur victime. Tout à l'heure j'ai vu le moment où vous eussiez poignardé sans scrupule et sans hésitation votre rivale, si vous l'eussiez rencontrée sur votre passage.

— Oui, dans un accès de colère; mais ordonner ou commettre un crime de sang-froid.... observa la pénitente terrifiée.

— Un crime, dit avec une ironie amère le recteur. Pardonnez-moi donc, ma fille, de vous avoir conseillé ce que vous appelez un crime. J'ai pris, je le vois, vos intérêts trop à cœur. Je n'ai pu voir avec calme une noble, spirituelle et vaillante fille telle que vous indignement sacrifiée à la première venue. J'ai cru que vous aimiez assez le comte Octave pour préférer la perte de sa maîtresse à la honte de le voir se déshonorer, lui, par une mésalliance. Je me suis laissé égarer par ces folles pensées; qu'il n'en soit plus question.

— Que dites-vous? mon digne ami, reprit mademoiselle Renée. Mais c'est à vous de nous sauver. J'apprécie votre dévouement, et si vous servez mes intérêts, vous verrez que je ne suis pas une ingrate.

— Je sais que vous avez l'âme grande et généreuse, ma fille, répliqua humblement le recteur; puis il attendit.

Mademoiselle de Béjarry attendait aussi que le prêtre s'ouvrît plus nettement à elle sur les moyens de se débarrasser de moi. Dans sa tête devaient se heurter mille pensées contraires. Sa hauteur et son orgueil n'avaient pas encore dégénéré en cruauté. Elle avait besoin d'un complice qui prît à tâche de révolter son orgueil et de l'exalter jusqu'à un sentiment de folie féroce. Il fallait que cette idée de crime fût annoblie et grandie à ses yeux par la passion pour qu'elle en acceptât la pensée réelle sans horreur. Le recteur savait bien à qui il avait affaire. Il laissait l'esprit de la jeune héritière se familiariser peu à peu avec le conseil qu'il avait à peine indiqué. Les femmes n'ont guère de mesure dans leurs actions; le premier pas franchi, elles se laissent emporter par une sorte d'électricité nerveuse, d'imprévoyance aveugle qui ne calcule ni les dangers, ni les difficultés, à tous les sauvages instincts de leur passion dominante. Immobile dans son confessionnal comme le tigre tapi dans les jongles, le recteur observait silencieusement les progrès de l'irritation de sa pénitente qui, blessée dans sa vanité et son

amour, devait finir par accepter l'atroce vengeance dont il lui faisait respirer l'arome.

— Vous pensez donc?.... reprit-elle enfin.

Puis elle attendit encore; mais le prêtre resta silencieux.

— Vous êtes donc convaincu que cette femme a mérité un châtiment sévère ?...

— Ne le pensez-vous pas comme moi? répliqua le recteur avec cette voix soumise et subalterne qui attend l'approbation de son supérieur pour donner son avis.

— Vous êtes convaincu que nous avons le droit de décider de son sort, continua la pénitente; qu'il est juste et nécessaire de la séparer pour toujours, de la séparer violemment du monde?

— Peut-être ai-je eu tort d'aller si loin, dit le recteur.

— Vous changez donc d'avis, mon père? demanda-t-elle précipitamment.

— J'en appelle à votre excellent jugement pour décider d'une chose si importante, répartit encore le recteur d'une voix fausse.

— Ne me refusez pas vos avis, mon père. Dites-moi toute votre pensée.

— Je suis flatté de votre confiance, ma fille; mais nul ne saurait mieux juger que vous de la nécessité d'une action si grave. Vous ne sauriez trouver de meilleur conseiller que vous-même.

Mademoiselle de Béjarry frappa du pied les marches de bois du confessionnal.

— Mais si Octave et cette femme n'étaient pas mariés? s'écria-t-elle tout à coup; si elle n'était que sa maîtresse?

J'entendis ricaner sourdement le prêtre.

— Vous êtes bien satisfaite, ma fille, d'avoir imaginé ceci, dit-il. Mais, quand même cette femme ne serait que sa maîtresse, elle aurait une promesse de mariage; autrement elle n'aurait pas l'audace de rester à la Bauge, au milieu de nous, et le comte Octave se serait déjà délivré de sa présence.

— Elle doit avoir arraché une promesse à M. de Chavannes; c'est certain, dit Renée d'un ton amer; mais il faut qu'elle la rende.

— Abuser de cette arme, poursuivit le recteur, ne serait-ce pas anéantir le bonheur et l'avenir de son amant? Si elle poussait l'égoïsme à ce point, ne serait-elle pas indigne de toute pitié?

— Vous m'éclairez, s'écria mademoiselle de Béjarry. J'aurais alors un motif tout à fait légitime de ne garder aucun ménagement envers elle. Je la regarderais comme une créature insensée qui voudrait lutter avec moi, comme un être lâche et cupide qui n'aimerait pas Octave, mais sa fortune et son nom, puisqu'elle détruirait sans scrupules tous ces vastes projets que je rêve pour lui. Moi, c'est pour Octave que je suis ambitieuse, vous le savez, mon père.

— Mais comment connaître ce secret, ma fille? demanda le prêtre.

— Avant trois jours je l'aurai deviné ou Octave me l'aura avoué, mon père, dit la belle Renée d'une voix triomphante. Je vous donne rendez-vous à cette même place. Et maintenant adieu et merci, digne recteur... Il est prudent que je sorte seule de la chapelle.

Le recteur la bénit, et elle s'éloigna avec sa démarche fière et souveraine. Pour lui, il erra quelques instants encore autour du confessionnal, et je l'entendis murmurer:

— Ah! les femmes! quels instruments capricieux

et mobiles! les plus supérieures ne sont que des enfants gâtés et volontaires, qui brûleraient une maison pour faire griller deux châtaignes, et qui pleurent
sur l'égratignure de leur levrette favorite. On ne saurait compter sur des créatures dont le caractère est
l'esclave du cœur. Et cependant il est si facile de les
pousser à des résolutions extrêmes, de s'en servir
comme de hochets tout puissants pour entraîner les
hommes et leur faire oublier toute prudence! Oh! je
n'abandonnerai pas mes desseins, et, grâce à ma persévérance, ils triompheront, j'espère, de tous les obstacles!

Puis sa voix s'affaiblit. Il s'enfonça dans ses réflexions et regagna à pas lents la porte de la chapelle.

Est-il nécessaire de te dire, Gabriel, l'impression
terrible que me causa cet entretien? Je me couchai
ce soir-là avec une fièvre ardente, et je pris, dans
mon épouvante, la résolution de tout confier au Collibert. Je commençais à entrevoir l'abîme vers lequel
les événements m'entraînaient.

LA BAIGNEUSE.

Je crois vraiment, mon cher Gabriel, à la fascination dont sont doués certains êtres. Il en est qui exer-
cent un pouvoir occulte, que de loin on peut braver,
mais que l'on subit en face d'eux sans pouvoir s'y
soustraire. Ils versent sur vous un regard ou un son
de leur voix fluide qui vous enlace, ainsi que font les
anneaux d'un serpent, fluide qui vous dompte malgré
votre volonté et votre résistance. Vous vous sentez
faible et inférieur devant eux, quoique hors de leur
présence vous ne puissiez vous expliquer ce pres-
tige et que vous vous prépariez à de folles bravades.
Il y a en vous, sous le rayon de leur prunelle ardente, le sentiment de l'esclave devant le maître, du
sujet prosterné devant les babouches du sultan, de
l'homme terrifié devant le froncement du sourcil
olympien qui annonce la foudre. Eh bien! mademoiselle Renée de Béjarry était comme l'ange à l'épée
flamboyante du château sombre de la Bauge. Lorsqu'elle était gaie, il émanait d'elle un entrain, une ac-
tivité, un mouvement extraordinaire, dans toute la
demeure. Triste, elle paralysait tout. Les autres semblaient vivre par elle et pour elle, comme des satel-
lites gravitant autour de leur planète.

Comment t'expliquer maintenant le caractère de
cette jeune fille, la plus extraordinaire que j'aie jamais connue. Habituée à la richesse, née sur des langes de dentelles, n'ayant jamais éprouvé une privation, un désir qui ne fût pas satisfait, elle regardait
la fortune comme un accessoire de la vie aussi naturel que la vue et l'ouïe. Elle comprenait qu'il y avait
des paysans et des pauvres, comme il y a des chevaux, des renards et des mulets. C'étaient des espè-
ces distinctes, qui variaient et complétaient le paysage.
Gâtée par ses parents, elle rapportait tout à elle,
comme si le monde eût été fait à son usage, comme
si elle eût dû partout être le centre, le but et le pi-
vot de toutes choses. Elle n'admettait point d'égale.
Elle était cruelle parce qu'elle exigeait une obéissance
passive autour d'elle, et que, élevée à ne rien craindre,
ne tenant jamais compte de la vie des autres, elle trai-
tait comme un cheval rétif quiconque voulait lui résister. Elle croyait avoir aussi bien ce droit que celui de
briser un meuble qui lui appartenait. Et cependant le
sourire de cette étrange créature semblait d'un prix
immense à tous les hommes qui l'approchaient, tant
on est naturellement disposé, dans ce monde, à vous
apprécier le prix que vous faites valoir, tout en vous
accusant tout bas d'orgueil et d'arrogance. Je la com-
parerais volontiers à cette princesse russe qui, saisie
de froid en montant en voiture et voyant de pauvres
diables couchés, livides, verts et grelottants sur la
neige glacée, en eut pitié et ordonna à son intendant
de leur distribuer quelques roubles. Puis rentrée
chez elle, et dînant joyeusement les pieds sur les
chenets, elle trouva que la température s'était fort ra-
doucie et contremanda son aumône. Du moment
qu'elle avait chaud, qu'elle faisait un bon repas, les
pauvres ne devaient plus avoir ni faim ni froid. Elle
ne pouvait avoir de pitié de maux qui ne l'atteignaient
en rien. Telle était la nature profondément égoïste
de la belle Renée. Elle ne regardait pas la résistance
à ses désirs comme un droit légitime, mais comme
une insulte. Je t'ai dit qu'elle fouaillait elle-même ses
chiens de chasse, ainsi que le plus hardi piqueur, et
qu'elle regardait d'un œil sec les palpitations du gibier aux abois. Elle me fit comprendre les Frédé-
gonde et les Cléôpâtre de l'histoire, et les patricien-
nes romaines qui, pour une gaucherie, pour un ruban
tombé à terre, pour une goutte d'eau versée sur leur
robe, enfonçaient leurs longues aiguilles d'or dans
la gorge nue et satinée de leurs esclaves. Dans les
amours de ces altières Montespan comme dans ceux
des frêles et nerveuses créoles, n'y a-t-il pas toujours quelque chose de haineux et d'emporté qui
blesse les âmes tendres! Ces femmes commandent
qu'on les aime et on obéit. Hélas! la plupart des hommes sont secrètement flattés de la préférence qu'elles
leur accordent d'un air insouciant et dédaigneux; il
semble que ce choix rehausse mieux leur mérite que
l'amour d'une créature douce et naïve, et peut-être
trouvent-ils une sorte d'attrait enivrant et inconnu à
tenter de brider ces démons aux mains blanches. Selon eux, les femmes qui, par furie de passion pour
leurs amants, versent de mystérieux poisons à leurs
maris, ces sœurs ardentes et éhontées de la Lescom-
bat, se laissent transformer au creuset de l'amour,
et les épouses impudiques peuvent devenir de chas-
tes amantes. La vanité des hommes admet tous les
paradoxes. Pour en revenir à mademoiselle Renée, je
ne crois pas qu'elle aimât réellement Octave; mais elle
tenait à son amour, elle en était jalouse et ne voulait pas se laisser enlever la joie de ce petit triomphe.
Elle était de ces femmes chez qui l'amour naît de la
jalousie et n'était capable d'aucun dévouement, car
elle avait, suivant l'expression vulgaire, un cœur de
rocher. Elle trouvait même un certain plaisir à faire
le mal et s'y ingéniait comme un grand acteur s'ap-
plique et s'identifie à un rôle odieux, comme le
poëte s'intéresse de tout son esprit et de toute son
âme au canevas de quelque intrigue diabolique. Je
tiens en effet pour certain qu'il est des natures mé-
chantes comme il est des natures bonnes, par pur
instinct et d'une façon tout à fait désintéressée. J'ai
connu des êtres qui aimaient pour l'unique plaisir
d'aimer et qui se dévouaient pendant une vie entière
de silence au rôle d'anges gardiens inconnus d'une
âme chérie. Ils étaient récompensés eux-mêmes de
ce sacrifice incessant par la joie enivrante que leur
douloureux sacrifice leur mettait au cœur. Eh bien!
il est des créatures dépravées qui font souvent le
mal pour le mal, mon cher enfant, et qui jouissent
de leur œuvre hideuse. La vie de mademoiselle Renée a été la mise en action de cette vérité horrible.
Quiconque ne la flattait pas et ne lui obéissait pas
lui paraissait un rebelle à châtier, un impie aussi

coupable qu'un giaour introduit dans la mosquée paraîtrait sacrilége au grand muphti. Elle l'eût condamné sans plus de scrupule qu'un de ces Césars qui, prenant au sérieux leur divinité et leur future apothéose, eût livré aux bêtes du Cirque le chrétien qui refusait de renier le Nazaréen et de sacrifier aux idoles. Tu comprends donc facilement qu'une femme semblable eût mieux aimé voir son amant couché dans sa fosse que dormant sur l'oreiller d'une rivale. Je n'étais qu'une proie aux yeux de mademoiselle Renée, son esprit absolu n'admettait pas les droits des autres. Elle ne croyait pas qu'il fût lâche d'user de sa force et de son pouvoir contre les faibles qu'elle regardait comme lui devant soumission. Le chasseur épargne-t-il le faon de la biche éplorée? Néron éprouva-t-il des remords lorsqu'il brûla Rome pour se donner une nuit de plaisir et qu'il chanta cet impérial feu d'artifice sur le mode ionien et le front couronné de roses? Le propriétaire d'une vieille masure regarde-t-il à la faire flamber pour amuser ses enfants? La belle Renée ne connaissait aucun frein à ses désirs les plus déréglés. Elle se grisait de son propre emportement comme les jeunes créoles habituées dès le berceau à dépenser avec une insouciance prodigue la vie des esclaves, et à tourmenter au gré de leurs caprices les pauvres petites négrillonnes qui leur servent de hochets et de poupées vivantes. Pour une nature irascible comme celle de mademoiselle de Béjarry, la rivalité et l'obstacle devaient être les meilleures causes d'une passion, car, ne t'y trompe pas, Gabriel, nous autres femmes, nous avons toujours quelque secret motif pour préférer un homme aux autres, motif qui n'est jamais celui que suppose et invente le monde.

Hélas! je ne saurais trop le répéter. Presque toutes nous sacrifions aux apparences. La jeune fille donne rarement son cœur à l'homme qui a eu le premier son amitié. Les Virginie n'aiment leur Paul qu'à la condition de ne pas connaître d'autres galants. Elles ne définiront pas dans la douce niche de leur âme le frère d'enfance qu'elles estiment, dont l'affection n'est pas douteuse, et dont le caractère n'a rien de secret pour elles. Ce qu'elles recherchent avant tout dans l'idéal qu'elles rêvent, c'est l'imprévu et l'inconnu. Elles aspirent à rencontrer un être auquel elles puissent délicieusement rêver, moins elles le connaîtront plus elles pourront donner des ailes à leur amour et le faire planer dans les espaces bleus de la poésie; l'optique du cœur est si puissante que toute Juliette saura parer son Roméo de mille beautés, de mille vertus, lui prêter les plus romanesques proportions, et s'enivrer follement de sa propre chimère. Il faut à l'inconnu d'une jeune fille quelque chose d'étrange qui surprenne son imagination, des dehors brillants et fascinateurs qui fassent palpiter son cœur d'émotion, fût-ce même de douleur et de crainte. De craindre à aimer il n'y a pas loin. Ce sont là des symptômes de tous les temps. N'avais-je pas été victime, moi, de ce genre de séduction! Mademoiselle Renée de Béjarry n'était pas, elle, de ces femmes qui vont au-devant du joug, mais de celles qui domptent les cœurs et les mènent en laisse. La volonté téméraire qui se cachait sous son front de neige exerçait une puissance à laquelle nul homme, je crois, n'eût pu résister.

Quant à Octave, lui, habitué au manége de la coquetterie de Versailles, il ne comprenait que le côté frivole des femmes. Il tirait vanité des dévouements qu'il pouvait inspirer, mais je crois bien qu'au fond une femme qui n'était pas voilée de dentelles, scin-

tillante de diamants, armoriée et blasonnée, n'était jamais tout à fait une femme à ses yeux. L'entretien qui devait couper court à toutes ces hésitations et que voulait amener au plus tôt mademoiselle de Béjarry eut lieu d'une façon fort imprévue dès le lendemain. Je vais te le raconter tel que je l'appris du Collibert, qui en fut le témoin mystérieux.

Non loin de la mare aux Biches se trouvait une sorte de petit lac, caché derrière un rideau de hauts peupliers et une haie de longs roseaux. C'était un endroit délicieux, une oasis de fraîcheur à ces instants où le soleil dessèche la campagne sous son souffle aride et poudre les arbres d'un fin duvet blanc. Le silence n'y était interrompu que par le jaillissement d'une cascade qui auréolait de son éblouissante poussière liquide deux miniatures de rochers. Jamais poëte ne rêva pour sa nymphe une plus charmante retraite que cette baignoire naturelle avec sa ceinture d'arbres, avec son miroir d'eau qui reflétait le ciel. Pas une grenouille ne croassait dans cette onde limpide; à peine quelques poissons dorés s'y jouaient-ils!

C'est là que mademoiselle Renée avait l'habitude d'aller se baigner pendant les chaudes journées d'été. Elle nageait librement et en toute sécurité sur ce lac solitaire, où nul regard indiscret n'avait osé venir troubler ses loisirs jusqu'alors. Mais le Collibert se défiait d'elle et la surveillait maintenant, semblable à une ombre attachée à ses pas. Il avait remarqué la persévérance que mettait Octave à la suivre dans ses courses et ses promenades hors du château pour jouer auprès d'elle le rôle de défenseur officieux et dévoué. Il fut donc surpris de voir mademoiselle Renée se diriger, le lendemain, vers le petit lac, et M. de Chavannes se promener tout alentour, d'un air insouciant et distrait, en épiant d'un regard furtif le silence de la campagne, et en se rapprochant toujours de plus en plus de la ligne de peupliers... Jacques se glissa alors au milieu des roseaux, et delà il vit un tableau vraiment poétique.

La belle Renée se déshabillait pour se plonger dans l'onde fraîche et calme. Déjà sa robe avait glissé à ses pieds, ses longues tresses de cheveux dénoués flottaient sur ses magnifiques épaules et en faisaient ressortir la blancheur brune, si je puis m'exprimer ainsi. Ses yeux regardaient l'eau avec un sourire grave et orgueilleux, ses oreilles semblaient écouter les moindres bruits de l'onde, des arbres et de l'air. Cette attention inquiète donnait quelque chose de gracieusement indécis à son attitude. Les roseaux murmuraient sous une bouffée de brise : la jeune fille retenait avec ses dents blanches la dentelle de son corsage, sous laquelle palpitait son sein ému. Sa jupe bouffait gracieusement autour de sa taille, tandis que ses mains en dénouaient les cordons comme à regret. Elle ressemblait à la déesse de l'onde, un peu effarée par la crainte d'être surprise, mais encore plus fière de se savoir belle. Quelques oiseaux effleurèrent en babillant ses cheveux et son épaule nue. Elle se retourna vivement, et ses lèvres de corail laissèrent échapper la dentelle du corsage.

Au même instant elle entendit un froissement de feuillage et vit apparaître Octave de Chavannes, qui s'arrêta comme pétrifié devant elle.

Mademoiselle Renée poussa un cri de frayeur ou de colère, je ne sais, et croisa ses mains sur son sein.

— Retirez-vous, monsieur, retirez-vous... C'est odieux! s'écria-t-elle.

Mais Octave ne bougeait pas. Ébloui à l'aspect des charmes de cette radieuse vision, il n'avait plus ni paroles ni mouvement. Il se sentait vivre tout entier dans son regard, et il s'enivrait silencieusement du tableau charmant qu'il avait devant les yeux.

— Monsieur, reprit Renée, tandis qu'une vive rougeur couvrait ses joues, ne m'avez-vous pas entendue? oubliez-vous ainsi le respect que vous devez à une femme de votre famille? suis-je victime d'un piége? dois-je croire que ce n'est pas le hasard seul qui vous conduit ici?

Et ses mains tremblaient, et son visage altier se crispait d'indignation. Mais Octave joignant les mains comme un suppliant, ne sut que lui dire:

— Pardon, pardon, Renée, mais vous êtes si belle! J'ai peine à croire que je vois en vous une mortelle... Vous devez être la nymphe de ce lieu solitaire, vous ressemblez à la Diane chasseresse rêvée par les peintres....

— Octave, vous m'outragez, interrompit-elle fermement. J'ai des amis qui, tout comte de Chavannes que vous soyez, pourrait vous faire repentir de votre insolence, si vous restiez plus longtemps ici.

— Que la foudre tombe sur ma tête! mais je ne partirai pas, répondit-il. C'est ici, c'est dans ce moment que je veux vous dire combien je vous aime. Je sens que ma tête, que mon cœur, que mon sang brûlent d'un amour insensé. Je paierais de ma vie sans regret une heure de solitude avec vous derrière ces arbres, devant ce miroir tremblant où se reflète votre beauté. Dans mon cerveau c'est du feu qui bout. Mon cœur bat à repousser ma main, car il veut aller vers vous. Vos yeux me versent la fièvre dans les veines. Je ne suis pas maître de ma volonté. Tout respire l'amour autour de nous; jamais Éden plus propice ne s'offrit à la première entrevue de deux amants. Un aveu d'amour embellit une misérable mansarde; le vôtre ferait de cette douce retraite un paradis enchanté. Je ne sais si je vous vois à travers un prisme trompeur, mais jamais femme ne me parut, dans mes songes les plus extravagants, aussi belle, aussi fière, aussi divine que vous. C'est en vain que je voudrais me souvenir, en vous contemplant, de ma petite cousine Renée. Ces gouttes de soleil que le feuillage laisse filtrer sur vos épaules et vos bras, comme autant de diamants, ces cheveux épars, cette étincelle dans vos yeux, cet amer dédain à vos lèvres tout vous fait plus belle encore, ne me rendez pas fou. Vous paraissez toujours irritée. Vous me faites signe de m'éloigner. Non! non! hélas, que cette colère vous sied bien. C'est une grâce et un attrait de plus. Votre indignation même m'enivre davantage. Oh! heureux serait-il celui qui pourrait étreindre dans ses bras le plus doux rêve qu'il eût jamais poursuivi. Renée, Renée, je vous aime sans réserve, je me sens devenir votre serf. Aimez-moi, aimez-moi je sens que pour moi ce sera la vie. Oh! inspirer l'amour ou l'éprouver, quelle différence, grand Dieu! J'ai tort de rester ici et de vous irriter. Et je m'en veux, mais je ne puis faire autrement. C'est la force qui me manque. Mais ne me regardez pas ainsi; laissez-moi apaiser d'un baiser votre colère. Vous souriez avec mépris. Eh bien! une boucle de vos cheveux que je l'imprègne de mon haleine et que vous gardiez cette trace de moi; qu'il reste entre nous le plus vague, le plus fugitif souvenir de cette heure bienheureuse où je vous ai vue, il me semble, pour la première fois, où je vous ai adorée comme une divinité.

Telle fut la réponse véhémente, passionnée et presque folle de M. de Chavannes, qui tomba tout à fait sous le charme de cette dangereuse syrène. Dire la voix émue, le regard transporté, l'air d'extase profonde qui accompagnaient ces paroles, serait impossible. La beauté merveilleuse de mademoiselle Renée avait fasciné le malheureux, et il devait l'aimer de cet amour qu'obtiendra toujours une femme un peu supérieure qui aura la bonne fortune de ne pas aimer, ou le talent de résister en aimant.

Mais mademoiselle de Béjarry ne fut nullement émue, elle, de ce triomphe soudain. Elle ne mettait guère que sa vanité et non pas son cœur en jeu dans cette terrible partie de hasard qu'on appelle l'amour. Elle joua serré comme un diplomate consommé et devina d'instinct le grand art de la coquetterie que nous portons toutes en germe au fond de nous, et que la passion seule peut sarcler dans notre cœur.

Elle était restée impassible, n'opposant au délire d'Octave que le silence, un geste hautain ou un sourire méprisant. Elle fut si belle et si sublime d'indignation contenue et de dédain amer en ce moment, que le Collibert lui-même en fut frappé et me dit involontairement, en me racontant cette scène:

— C'était un démon, mais un démon si beau!

Évidemment la sauvage et agreste jeune fille se sentait supérieure en elle-même au jeune courtisan, rompu aux duperies et aux mensonges de Versailles, supérieure par la volonté, par l'ambition et même par le courage. L'avantageux comte de Chavannes n'était pour elle qu'une marionnette humaine.

Cependant, altéré de ce silence humiliant, Octave fit un pas pour se rapprocher d'elle.

UNE VOIX DE SYRÈNE.

Mademoiselle de Béjarry s'avança vers le bord de l'eau et y trempa un de ses pieds. Octave s'arrêta et lui dit:

— Par pitié, Renée, que craignez-vous de moi? Oh! c'est mal!

Mademoiselle de Béjarry partit d'un grand éclat de rire et retira son pied mouillé.

— L'eau est un peu froide, dit-elle.

Octave restait déconcerté.

— A qui en avez-vous avec votre mine effarée, mon cousin? continua-t-elle en le regardant. Apprenez que je ne crains rien, moi; mais je vous croyais parti, et je suis surprise de vous trouver ainsi rebelle à mes ordres.

— Renée! répliqua-t-il.

— Trêve aux déclamations, mon ami, interrompit la baigneuse. Le moment n'est pas des plus convenables. Voulez-vous me perdre de réputation et laisser croire que je vous ai donné ici un rendez-vous un peu hasardé. Faites. Mais craignez un démenti qui aurait du poids dans la bouche de Renée de Béjarry.

— Mais vous ne comprenez donc pas que je vous aime et qu'il faut que vous m'aimiez, dit Octave avec un mouvement de fureur.

— Je ne puis vous aimer, mon cousin, répondit-elle.

— Pourquoi? fit-il d'une voix altérée.

— La question est naïve, observa Renée. Mais parce que vous n'êtes pas l'homme que je veux pour mari... Je vous connais: vous m'aimez parce que vous me trouvez à votre gré, parce que je ne veux pas prêter l'oreille à vos soupirs, et que vous ne savez quel moyen employer pour dompter ma résistance à vos vœux secrets. Que voulez-vous ? je suis une fille des champs, toute franche, qui ne tombe pas en pamoison à votre première œillade, que le timbre de votre voix ne séduit pas plus que la grâce de votre taille, et qui, lorsque vous lui roucoulez quelques tendres protestations, s'amuse à penser à toutes les femmes qui se sont laissé prendre à la même glu sentimentale.

— Renée, vous me torturez le cœur, interrompit Octave. Croyez-vous donc que parler d'amour ce soit toujours aimer ? Non, ce que je ressens pour vous, c'est un désir de dévouement complet et farouche, c'est une soif qui me dessèche le cœur. Il y a déjà entre nous une alliance mystérieuse, une chaîne invisible qui nous attache l'un à l'autre. Votre voix me fait obéir, votre regard m'exalte. Si j'étais séparé de vous par un mur de charbons ardents, si votre voix m'appelait, si votre regard se posait sur moi, fixe, brillant, je sens qu'involontairement j'irais vers vous et que j'éteindrais avec mes pieds nus ces charbons ardents. C'est du délire, oui, du délire! Je dois être à vous ! Si vous vouliez mettre votre main sur ma poitrine, vous la sentiriez sèche, brûlante, palpitante, mais votre main la rafraîchirait comme une rosée céleste.

Oh ! si comme moi vous compreniez le bonheur que nous éprouverions à nous aimer, et vous restez froide à mes paroles. Et cependant vous n'êtes pas née insensible. Ce feu de vos yeux qui allume l'amour dans les cœurs vous trahit. Oh ! mais si un autre devait être aimé de vous, je vous le jure, je ne le souffrirais pas. Et si je le savais, je n'aurais honte d'aucun crime, je cesserais même de respecter votre honneur ; non, par le Dieu vivant ! vous ne sortiriez pas d'ici pure et triomphante de votre froide vertu.

— Votre conduite est infâme, monsieur le comte, dit la belle Renée en s'enveloppant de sa robe flottante et cherchant à cacher ses épaules et ses bras aux regards audacieux d'Octave ; mais je ne suis pas une petite fille facile à épouvanter, et même dans cette solitude je ne vous crains pas.

— Est-ce un défi ? demanda Octave en frémissant. Savez-vous que je sais à peine si je rêve ou si je suis éveillé ? Vous aurais-je outragée en vous adorant ? Suis-je devenu fou par amour ? N'ayez pas peur de mes menaces. Hélas ! je frissonne tout entier en touchant votre main ; et vous me renverseriez, comme un enfant, d'un regard ! Mais dites-moi donc pourquoi votre image éblouit sans cesse mes yeux, pourquoi ma pensée parcourt sans cesse ces traits divins, ce visage charmant qui se détourne de moi ?

— Eh ! mon Dieu, je sais que je suis belle, dit Renée. Tant d'autres ont pris soin de me l'apprendre, jusqu'à vos rustres de frères ! Croyez-vous que je doive vous avoir tant de reconnaissance de vous en être aperçu ? Suis-je tenue d'aimer tous ceux qui trouveront mes cils admirables et mon pied mignon ? Votre amour n'est pas même une flatterie pour moi.

— Pas de cœur ! Elle n'a pas de cœur! répéta sourdement le comte.

— Vous vous trompez, s'écria-t-elle avec un accent d'ironie amère; mais j'ai un cœur de reine et non de grisette. Je veux admirer ce que j'aime; je veux aimer un homme supérieur aux autres et que je dompte, un homme énergique et qui m'obéisse. Tous les grands caractères ont mis leur gloire à être faibles par amour. Il n'y a que les petits esprits, les lâches et les égoïstes qui se font despotes avec les

femmes. Je ne veux être pressée qu'entre des bras qui auront fait reculer d'effroi les bleus. J'aimerais à voir me sourire le regard qui épouvante les ennemis. Pour moi, Hercule aux pieds d'Omphale est plus grand que dans l'antre du lion de Némée. En amour, il faut des preuves, et vous me donnez des paroles. Qui m'assure que vous seriez capable pour moi de toute espèce de dévouement, que vous sacrifieriez honneur et fortune pour moi ? Et c'est pourtant là le prix que je mets à mon amour. L'homme qui osera aspirer à l'obtenir, je veux être sûre de le posséder tout entier, de le voir insensible à l'amour de toute autre femme. Il faut qu'il me place si haut par son courage et sa volonté, que je sois enviée de toutes.

— Renée, doutez-vous donc de moi? interrompit vivement Octave qui sentait un frisson électrique parcourir tout son corps. Mais pour vous, il n'est rien que je ne fasse!

— Même le mal ? demanda avec un sourire satanique la belle Rénée.

— Même le mal, répéta-t-il.

— Oh ! si je le croyais, dit-elle; si vous saviez les rêves glorieux que j'ai faits et que je me sens la force de réaliser; si vous étiez homme à vous élever à la hauteur de mes desseins. Mais non, vous ne seriez pas un compagnon téméraire et sans scrupule : vous m'abandonneriez en chemin. Vous ne sauriez pas briser froidement tous les obstacles. Ici, les larmes d'une femme vous arrêteraient ; là, vous reculeriez devant quelque nécessité fatale que vous appelleriez un crime. Oh ! moi aussi je comprends l'amour, mais avec mon égal en volonté, avec l'homme qui, semblable à l'aigle fixant ses yeux sur le soleil, ne baisserait pas sa paupière devant l'horizon étincelant qui s'ouvrirait à nous. Votre amour de ruelles, à vous autres courtisans, me fait pitié. Je n'aime pas les bergeries, Octave. Voyez si vous vous sentez la force de me suivre dans mon vol hardi. Alors vous pourrez espérer qu'un jour je vous aime, qu'un jour ces lèvres qui vous parlent froidement pressent les vôtres dans un baiser de feu !

— Oh ! mon Dieu ! ne me parlez pas ainsi, dit Octave en jetant sur elle des regards dévorants. Il me semble que je respire votre haleine, Renée, et qu'elle m'embrasse comme un feu impitoyable. Dites-moi ce que je dois faire pour que cet espoir que vous me donnez ne soit pas une raillerie.

— Tout d'abord il ne faut pas me tromper, Octave; je suis jalouse de mon pouvoir, je vous l'ai dit. Si jamais j'avais une rivale, vous deviendriez moins qu'un laquais à mes yeux.

Octave se troubla. Mademoiselle Renée continua :

— Si vous aviez quelque maîtresse passagère avant de me déclarer votre amour, je pourrais vous le pardonner. Mais si je vous disais : Chassez-la ! vous la chasseriez, n'est-ce pas ? dût-elle en tomber folle de douleur à vos pieds ! Vous seriez inexorable, n'est-ce pas ?

— Inexorable, balbutia Octave ; mais que signifie...

— Pas un mot de plus, répliqua-t-elle d'un ton bref. Je vous crois. Mais ceci ne suffit pas, comte de Chavannes, vous devez marcher droit aux bleus. Vous devez cesser de rester oisif dans ce vieux château, livré à la chasse, aux rêveries et aux rasades. Je m'estime trop pour me donner aux automates sans cerveau auxquels suffit une vie si niaise.

— Vous me transformez, Renée, Oh ! je serai di-

Une main velue sortit de dessous les plis. — Page 28, col. 2.

gne de vous. Tant que j'aurai présente à ma pensée ma récompense future, je braverai tout danger; oui, j'oserai même ce que les hommes flétrissent.

A ce cri de passion, la hautaine jeune fille répondit par un sourire. Elle était satisfaite. Le poison s'était bien infiltré dans l'âme du gentilhomme. Elle avait tenté Octave par l'appât de sa beauté, comme le démon tenta notre Seigneur par la vision de la puissance, et Octave avait succombé. Ce sourire acheva de le perdre. Il ne put résister davantage à ces attraits tout puissants et s'avança pour saisir la baigneuse dans ses bras. L'emportement d'une passion sans frein brillait dans ses yeux. Mais mademoiselle Renée, d'un geste souverain et calme, lui fit signe de s'arrêter et dit :

— Faites un pas, Octave, et je me laisse tomber dans cette eau pure et riante, et vous me perdez pour toujours. Ni prières, ni larmes, ni violence ne sauraient jamais vous rendre cette Renée dont vous espérez l'amour.

Octave laissa échapper un sourd rugissement. Il étendit les bras vers elle, mais ses pieds restèrent cloués au sol par la menace de mademoiselle de Béjarry.

— Vous perdre, Renée, mais ce serait le néant pour moi, s'écria-t-il, ma vie ne serait plus que ténèbres. Ce feu intérieur me consumerait. Je deviendrais un être inerte. Oh! céleste créature ou démon, je vous obéis. Commandez.

— Octave, reprit-elle doucement, je ne veux vous diriger que pour vous élever aux yeux du monde et aux vôtres. Je ne puis aimer un homme nul ; épouse, je me soumettrai au vaillant que j'aurai choisi ou plutôt qui m'aura conquise. Je veux donc avoir mon temps de domination. Si vous ne reculez pas devant cette épreuve, vous serez digne de rester sur le haut piédestal où vous placera mon amour. D'ailleurs, je ne cherche pas à accaparer votre existence à mon profit. Je suis le prix que je propose à vos services pour votre roi et au soin de votre propre honneur !

— Et vous me jurez de m'aimer, n'est-ce pas, Renée, demanda Octave, quand je vous aurai fait tous les sacrifices, quand je ne vous aurai rien refusé, quand j'aurai satisfait à tout prix le moindre de vos caprices ? Vous me jurez que vos bras ne me repousseront pas, que vos lèvres ne se détourneront pas de moi, que vos yeux ne m'insulteront pas par un froid regard, que j'y lirai cette même ivresse qui trouble ma raison, que vous ne serez pas mobile et changeante comme les autres femmes ?

— Est-ce que je ressemble aux autres femmes ? répondit fièrement la baigneuse, toujours drapée dans sa robe flottante et immobile comme une statue ; Octave, le marbre s'animera un jour. Je vous aimerai comme je sais aimer, et peut-être est-ce vous qui aurez peur de cet amour absolu, exigeant, passionné que vous ne connaissez pas. Je ne serai point une de ces femmes monotones qui aiment leur mari du fond de leur fauteuil, les pieds sur les chenets, et pour qui le bonheur est un demi sommeil. Je vous ferai une vie de plaisirs, variée, folle, imprévue. Je vous rendrai les autres femmes indifférentes par les

Ces bracelets sont faits des larmes des orphelins.. — Page 31, col. 1.

enivrements de la passion que je sens couver au fond de mon cœur. Je méprise les jeux de la coquetterie, car je sais mieux tenir une cravache qu'un éventail, et si j'exige de vous un respect fanatique, c'est que je hais ces gradations d'amour dans lesquelles l'amour se marchande et s'avilit. Vous ne me devrez pas à ma faiblesse, mais à ma volonté ; je veux être fière et non honteuse en tombant dans vos bras. Vous aurez une femme fidèle, car elle regardera votre honneur comme le sien. Vous aurez une femme ambitieuse, car elle voudra vous voir puissant et élevé. J'ai en moi la force de tenir ces promesses.

— Oh ! non, vous ne ressemblez pas aux autres femmes, dit le comte avec transport, et la conquête d'un diadème me rendrait moins glorieux que celle de votre cœur.

— Il est plus glorieux de vaincre la lionne que la gazelle, répliqua mademoiselle de Béjarry. Mais la lionne se lasse de la cage et finit par broyer les barreaux avec ses dents. Moi, je m'ennuie dans cette solitude, Octave. Ma vie est en suspens, car j'aime mieux agir que rêver. Je perds de belles heures de ma vie à écouter au dedans de moi se heurter mille désirs inquiets et tumultueux. J'ai donc hâte que nous partions pour la guerre.

— Mais vous courrez des dangers, des fatigues, ma belle Renée, dit-il précipitamment.

— Que m'importe ! j'aime la liberté et la lutte. Que sont vos femmes peureuses et délicates ? des esclaves. Moi, je serai libre. Un boulet, fût-il de diamant, est toujours un boulet, et je n'en veux pas traîner après moi. Quand je pense au sort qu'acceptent les femmes, j'en ai honte pour elles. Il leur faut ployer leur volonté, vaincre leurs goûts, leurs idées, leurs instincts, se conformer humblement à ceux de leurs époux et craindre même de les blesser par des manifestations contraires. Et vous autres hommes, vous vous plaignez de ce que nous sommes fausses. Mais oubliez-vous donc que dès l'enfance on nous dresse par la contrainte ou la ruse à l'hypocrisie, et qu'elle devient notre seule arme. On nous dit : Baissez les yeux ! On nous défend tout élan de cœur. Si nous aimons, il faut cacher comme un crime ce sentiment naturel, que rien ne trahisse notre préférence secrète, ni un geste, ni un regard, ni un mot. Puis on nous ordonne de sourire à quelque riche vieillard qui achète notre main et notre âme. Qu'une jeune fille soit franche et naturelle, on chuchotte, on la montre du doigt, on se fait une arme de sa franchise pour la perdre. Qu'elle se cuirasse de discrétion et de mensonge, vous vous écriez à la fausseté et à la perfidie ! C'est vous, au contraire, vous autres hommes, qui avez la force et l'impunité, et qui vous cachez sous un masque traître et déloyal pour tromper ces faibles créatures ; puis vous jetez insolemment la pierre à celles qui succombent. Insigne lâcheté ! Oh ! que je vous hais, hommes à double face ! Mais aucun de vous ne s'est jamais identifié au cœur d'une jeune fille, aucun n'a compris la supériorité qu'elle a sur son amant comme générosité et abnégation. Lui ne risque qu'une perte de temps et de phrases creuses dans cette partie inégale. La femme, elle, donne tout, son honneur, l'avenir de sa vie tout entier; la seule compagne qui lui reste, c'est la honte. O justice humaine! Et cependant, quand nous sommes faibles et que nous aimons, vous nous poussez à faire cet abominable sacrifice de notre existence pour votre bonheur d'un jour. Et si nous cédons, lasses de vous entendre dire que vous êtes malheureux par nous, vous nous méprisez et puis vous nous abandonnez.

— Quel sombre tableau! s'écria Octave, et me confondriez-vous avec ces hommes?...

— Prouvez-moi, par votre obéissance, que j'avais tort de le faire, murmura la sirène. Faites bien votre métier d'esclave. Domptez-vous vous-même.

— Mais soyez donc moins belle, Renée!

— Homme faible, qui ne savez pas résister à un instant de passion grossière.

— Laissez-moi seulement toucher votre main, Renée, comme gage de mon serment d'obéir.

— Qui donne la main donne le cœur, Octave. Je vous ai accordé l'espoir. Avec ce mot magique, ne devez-vous pas faire des prodiges? Je vous le répète, l'amour ne s'achète que par l'amour. Devenez un noble chef d'armée, un vainqueur, un grand homme! car je ne veux pas chercher mon fiancé dans la foule, obscur, inconnu, perdu; je veux le trouver sur un sommet glorieux.

— Ainsi, ce n'est pas moi que vous aimerez? c'est mon rang, ma position.

— C'est que je vous aime pour vous-même, répliqua Renée avec son sourire amer, et que je croirais m'avilir en serrant sur mon cœur un homme avili.

— Et si je meurs! dit-il encore. Puis croyant deviner sur les traits de mademoiselle de Béjarry une expression de surprise :

— Eh bien! oui, ajouta-t-il, je vous l'avoue, j'ai peur de la mort désormais, parce que mourir sans avoir été aimé de vous me semble maintenant le plus effroyable malheur.

Si je meurs, je vous perds, je ne vous vois plus, j'emporte au tombeau l'affreuse crainte qu'un autre soit plus heureux que moi. Oh! vous m'avez rendu lâche! C'est que, voyez-vous, votre amour, Renée, c'est là tout mon espoir, le paradis que je rêve et pour lequel je donnerais celui que les prêtres nous promettent au nom de Dieu. Je n'ai plus d'autre croyance, d'autre religion que vous. Mourir ne signifie pour moi que me séparer de vous pour l'éternité.

— Les amants sont couverts d'un talisman, dit la baigneuse toujours calme.

— Mais enfin, si je pouvais me résoudre à sacrifier à ces chimères de gloire, à cette fumée d'ambition, le bonheur complet, l'extase que j'éprouve dans cette solitude, auprès de vous.

— Alors j'irais prononcer mes vœux dans quelque couvent étranger, s'écria implacablement la belle Renée.

— Quoi! repartit le comte éperdu, vous n'auriez pas horreur d'ensevelir ainsi votre jeunesse triomphante.

Vous qui êtes avide du monde, du mouvement, de l'éclat, de la vie, en un mot, vous auriez le courage de faire raser ces beaux cheveux qui flottent comme un voile céleste sur vos épaules, — de vous coucher toute brillante de parure, toute éblouissante de beauté et de fraîcheur dans la bière mortuaire, — et de vous relever pâle et les yeux ternes, pour être dépouillée de ces pompes de Satan, comme ils disent. Et vous

resteriez, vêtue de bure, emprisonnée dans les froides murailles d'une cellule, entourée de faces blêmes, pieuse, inerte et sans pensée. Vous comprimeriez la voix de votre cœur, troublé de mille désirs et de mille images du monde. Ah! quand vous regarderiez le coin du ciel bleu encadré par votre fenêtre, vous envieriez chaque jour le sort des nuages qui voyagent librement dans l'air et des oiseaux qui voient toutes les merveilles créées par la nature. Vous mourriez avant d'avoir vécu.

— Rien n'épouvante une volonté ferme, dit-elle tranquillement.

Cette sérénité irritait de plus en plus la passion de M. de Chavannes. Il se tordait les mains avec rage. Une sueur glacée coulait de son front. Une agitation extraordinaire faisait trembler tous ses membres, tandis que ses regards étincelants ne quittaient pas la belle baigneuse. Mais mademoiselle de Béjarry ne paraissait pas s'apercevoir de l'impression qu'elle produisait sur Octave. Enfin il repartit:

— Ainsi, ces lèvres divines baiseraient les dalles glacées d'un cloître! ces mains que les miennes n'osent étreindre ne toucheraient qu'un livre d'heures, ne presseraient qu'un crucifix! Oh! misère!

— Aimeriez-vous mieux, cousin, reprit Renée, que je choisisse votre frère pour époux, et qu'au lieu de garder mon amour pour Dieu, je le prodiguasse à ce brave défenseur de nos droits et privilèges?

Octave jeta un cri semblable à un rugissement, comme s'il eût été frappé au cœur, tressaillit de tout son corps, puis resta pétrifié, paralysé, foudroyé.

— Je l'épouserais sans amour, continua Renée; mais je serais le prix de son courage.

— Tais-toi! tais-toi, démon! s'écria enfin Octave en tendant vers elle les bras dans un transport furieux. Quel qu'il soit, celui qui osera prétendre à ton cœur ou à la main mourra par moi. Plus de paroles inutiles. Ecoute, Renée; explique-moi bien tout ce que tu exiges de moi, et je ferai tout, oui tout, même un crime.

Et sa voix s'éteignit étranglée par la violence de son émotion.

— Bien, s'écria alors la belle Renée, en relevant la tête et attachant sur lui ses yeux luisants d'un feu surnaturel. La corde que je voulais faire vibrer en toi a bien résonné. Nos cœurs se sont compris. Et maintenant je puis te jurer que je t'aime, et d'un amour qui te disputerait à la prison et à l'échafaud. Pour ton salut, je donnerais mon honneur, je trahirais mon parti. Je ne suis pas une de ces poupées que l'on séduit avec des phrases et des grimaces, de ces êtres cupides qu'entraîne une puérile ambition, de ces Agnès que livre leur propre faiblesse. Je suis de celles qui ne cèdent qu'au bras fort qui les dompte, au cœur énergique dans lequel elles reconnaissent le frère de leur cœur. Maintenant séparons-nous, Octave. Je te donne deux jours pour te préparer au départ. Servi par moi, Dieu seul sait où s'arrêtera ton élévation!

Alors elle lui tendit sa main à baiser; l'exaltation de son esprit avait rehaussé l'éclat de sa beauté d'une animation singulière, et Octave semblait réellement égaré en la contemplant. Mais elle lui fit avec un doux sourire signe de se retirer, et il obéit en s'éloignant à pas lents et retournant la tête plus d'une fois, comme dominé par une puissance mystérieuse et irrésistible.

Lorsque le Collibert me rapporta presque mot pour mot cette conversation, grâce à la mémoire merveilleuse dont il était doué, je compris que mon sort était engagé dans une crise extrême; ne sachant à quelle voie de salut avoir recours, je résolus de pénétrer enfin les mystères de la tour, espérant trouver peut-être dans cette recherche quelque arme contre les projets infâmes de mademoiselle de Béjarry et du recteur de Kerbader.

LA MAIN VELUE.

Cette fois nous n'éprouvâmes aucun obstacle dans notre entreprise. Nous montâmes l'escalier de la tour de l'Eau, et nous arrivâmes à la porte des anciens appartements condamnés. Le Collibert tremblait comme un criminel novice qui voit luire les yeux des espions dans les ténèbres et qui entend leur respiration contrainte dans le silence. Il essaya de mettre la clef dans la serrure de la porte, mais il ne put y parvenir. Il s'arrêtait à chaque grincement du fer rouillé, tendant l'oreille ou retournant la tête derrière lui, quoique nul autre bruit ne prêtât l'éveil à nos soupçons et à nos craintes. Moi-même je n'étais pas très-rassurée. Les appartements vides, dont nous n'étions séparés que par cette porte, exerçaient sur mon esprit le même pouvoir de fascination que la vue d'un gouffre au-dessus duquel un ennemi m'eût tenue suspendue. Plus vaillante que lui, j'ouvris néanmoins et j'entrai; Jacques, pâle d'émotion, jeta autour de lui des regards effarés. Le silence, dans cette haute salle, produisait une impression pénible et oppressait le cœur.

— Hélas! hélas! murmura mon compagnon, le temps n'efface pas la mémoire. Il me semble qu'il n'y a pas une semaine que j'ai été emporté de force hors de cet appartement. Son aspect ressuscite à mes yeux tout le passé. Mais allons vite, Camille, ou mon courage faillira.

Cette sorte de terreur inquiète qu'inspirent les ténèbres et la solitude nous dominait tout à fait, malgré nos courageuses résolutions. Nous croyions toujours voir de ombres blanchâtres se dessiner au fond des salles comme des guides silencieux et funestes, puis s'évanouir à notre approche. Nous traversâmes ainsi deux autres longues chambres; enfin nous parvînmes à un grand salon qui me parut assez bien décoré.

— Nous approchons, me dit Jacques à voix basse; mais pourquoi suis-je venu ici? j'ai eu tort. Tenez, Camille, si j'osais. je vous prierais de quitter avec moi ce lieu maudit. Non, je n'aurai pas la force de rentrer, après tant d'années, dans la chambre de ma mère, de revoir le lit sur lequel je l'ai embrassée mourante, de regarder tous ces objets, muets témoins de ses dernières souffrances.

— Silence! lui dis-je.

Nous avions tous deux tressailli. J'avais cru entendre un gémissement étouffé. Ce n'était point le cri d'un oiseau lugubre, mais bien le son plaintif d'une voix humaine. Au frissonnement convulsif du Collibert, à la sueur froide qui couvrit son front, à l'expression d'horreur qui se peignit dans son regard, je vis bien que je ne m'étais pas trompée. Lui aussi, il avait entendu. Il me pressa la main et murmura :

— Ce n'étaient donc point des rêves que ces soupçons contre lesquels j'ai tant lutté, et qui m'ont entraîné jusqu'à la porte de la chambre mortuaire. Ce que je viens d'entendre m'encourage, loin de m'épouvanter. Je ne fais point ici une recherche impie,

La tour de l'Eau cache quelque affreux mystère. Si ma mère a été sacrifiée comme une victime, malheur aux coupables! car elle sera vengée d'une façon terrible. Allons.

Puis il ouvrit la porte et entra dans la chambre de la Colliberte, ainsi que moi. C'était une belle chambre, fort élevée, dont la tapisserie était cramoisie et or; mais l'humidité et l'abandon en avaient fané les couleurs.

Jacques se mit à soupirer, et ses soupirs m'effrayaient, car ils trahissaient la violente agitation de son cœur; moi, j'osai à peine respirer. Mes yeux n'examinaient qu'avec inquiétude l'intérieur de cette chambre, théâtre d'un drame inconnu. Des miasmes de sang et de mort me semblaient s'exhaler de ce luxe vieilli.

L'ameublement avait encore une apparence splendide. Les sofas en velours cramoisi, les carreaux dorés, le plancher de mosaïque, les fenêtres hautes à vitraux coloriés et lozangés de plomb, tout attestait la richesse seigneuriale des maîtres de la Bauge. De longues glaces étroites reflétaient bizarrement les objets. Dans les candélabres fichés au mur se penchaient, entourées de leurs collerettes de cristal, des bougies aux deux tiers consumées.

— Elles ont éclairé l'agonie de ma mère, me dit Jacques d'une voix sourde.

Je détournai les yeux, et mon regard alla tomber sur une estrade où se dressait un grand lit de baldaquin, dont les rideaux de damas cramoisi comme la tenture de la chambre étaient fermés. Le tapis de pied était à demi roulé, comme si des pas récents s'y étaient embarrassés. Le bout d'un drap blanc traînait à terre, et cela me fit involontairement songer aux plis d'un linceul. Je baissai les yeux, craignant de voir quelque horrible vision entr'ouvrir les rideaux sinistres. Tout à coup le Collibert s'écria :

— Je la vois encore étendue là sur ce lit de mort!

Pour le coup, une folle peur me prit, et je fis le geste de m'enfuir. Mais j'eus bientôt honte de ma frayeur en le voyant me regarder avec un sourire mélancolique et l'entendant ajouter :

— Oh! qui m'aimera comme elle?

Presque aussitôt, un soupir qui semblait venir du lit ou de la muraille sembla répondre à ces paroles. Nous nous regardâmes terrifiés. Nous n'étions pas devenus les dupes crédules d'une hallucination; nous avions toute notre raison, et pourtant nous avions bien entendu tous deux un soupir sorti d'une poitrine humaine. Nous reculâmes jusqu'au seuil de la chambre, l'œil fixé sur ce lit, l'oreille inquiète, la respiration suspendue. Nous n'entendîmes plus rien. Le Collibert était extraordinairement ému. Je lui proposai moi-même, cette fois, de nous retirer.

— Je resterai, répondit-il d'un ton farouche. Qui sait si ce n'est pas l'âme de ma mère qui a parlé! N'ai-je pas souvent distingué sa voix dans les brises de la nuit?

Il s'avança au milieu de la chambre et s'agenouilla près d'une petite table à pieds de griffons, sur laquelle se trouvaient des gants de femme flétris et un voile de femme tout chiffonné. Il pressa religieusement sur ses lèvres ces objets sacrés pour lui.

— Ces gants ont étreint ses mains; ce voile a touché ses cheveux, dit-il.

Et des larmes coulèrent le long de ses joues. Il se releva tout à coup, et se dirigea vers le mur qui faisait face à l'estrade, il me plaça devant un tableau recouvert d'un voile noir et me dit :

— Levez ce voile!

J'obéis, et je vis le portrait d'une jeune femme de la plus ravissante beauté, la joue fraîche et rose, la bouche souriante, l'œil bleu et humide, les cheveux blonds aux spirales ondoyantes.

— C'est elle! s'écria Jacques d'un ton de triomphe. Vous voyez la Colliberte. Comprenez-vous qu'elle ait été éperduement aimé du marquis du Sanglier-Chavannes?

— Hélas! mieux eût valu pour elle être laide et ne pas inspirer un amour qui devait avoir des suites si malheureuses, murmurai-je.

— Vous avez raison, Camille, dit Jacques en soupirant; mais ma pauvre mère était si bonne et si peu fière de sa beauté, si humble dans sa prospérité inattendue, que le malheur eût dû la respecter.

Et en disant cela, le Collibert s'avança vers l'estrade.

— Mon Dieu! m'écriai-je, dans quel désordre a-t-on laissé cette chambre! Ne dirait-on pas que tous ces objets viennent d'être touchés et froissés à l'instant? Ces coussins jetés à terre, ces sophas qui portent l'empreinte des gens qui s'y sont étendus, cette carafe encore pleine d'eau, tout cela semble indiquer la vie; sans cette poussière, sans ces fleurs desséchées qui s'effeuillent en cendres sous le doigt, je m'attendrais presque à voir apparaître l'habitante de cette chambre.

— Taisez-vous, Camille, taisez-vous, répliqua le Collibert montant sur l'estrade. Hélas! il n'y a que trop longtemps que ce lit est vide.

Et en même temps il écarta les rideaux rouges comme pour me faire assister par la pensée ou se mieux représenter à lui-même la triste scène dont il venait de parler. Je regardai le drap blanc qui pendait à terre et qui n'était qu'à moitié caché par la cauverture de damas cramoisi. Mille pensées confuses et lugubres traverserent mon cerveau. J'improvisai plus d'un drame émouvant en face de cette couche froide et sinistre d'aspect. J'y cherchai involontairement des taches de sang, des vestiges de crime. Il me semblait impossible que cette douce et belle créature, dont j'avais admiré la beauté, qui s'était laissé tirer du chaume et de l'obscurité pour s'asseoir dans un fauteuil seigneurial, fût morte naturellement, entourée de tous ces jeunes héritiers, ses ennemis naturels. Mais comment la Colliberte était-elle morte? Dieu seul pouvait le dire. Pauvre femme! on lui avait arraché son enfant, et elle était restée sans défense aux mains de ses ennemis. Oh! si ces murs pouvaient parler et révéler le crime! Sans doute, à ce récit, pensai-je, nos cheveux se dresseraient d'horreur.

En ce moment, ne crus-je pas voir le drap blanc s'agiter. Il me passa un frisson par tous les membres. Je saisis le bras du Collibert, et, d'un geste brusque, je lui montrai le lit sans prononcer une parole. La couverture et le drap se soulevèrent de nouveau. Mon cœur battit avec violence. Le Collibert, pâle comme la mort, restait immobile. Enfin, il me dit à voix basse :

— La porte est restée ouverte. C'est sans doute le vent qui vient par quelques fenêtres dont les vitraux sont brisés.

Nous n'osions détacher nos regards de ce lit funèbre, ni faire un pas en arrière. Nous nous sentions pétrifiés, attendant quelque chose d'extraor-

dinaire, pressentant quelque vision monstrueuse, nous repentant de notre hardiesse, maintenant qu'elle s'était changée en frayeur, mais ayant honte de cette frayeur vis-à-vis l'un de l'autre.

Jacques reprit le premier courage et tira résolûment les rideaux. Tout resta immobile. Nul bruit ne rompit le silence des appartements déserts. Nul mouvement ne trahit la présence de quelque hôte étrange, importuné de notre visite nocturne. Néanmoins, pour rien au monde, je n'eusse hasardé de tourner la tête. Il me semblait que des yeux étincelants devaient nous espionner par les trous des serrures, que des pieds d'hommes dépassaient la frange des portières de soie, que, derrière les vitraux des fenêtres, souriaient et grimaçaient des figures sinistres. Ma peur peuplait le vide. Je me dis qu'il était plus facile peut-être de pénétrer dans la tour de l'Eau que d'en sortir; qu'un piège invisible nous attendait sans doute dans cette chambre, et qu'au premier pas une trappe pouvait s'ouvrir sous nos pieds et nous précipiter dans un abîme.

Cependant le silence continuait, et nous dûmes finir par nous rassurer. J'essayai de sourire :

— En vérité, Jacques, je crois que nos yeux et notre tête battent la campagne.

Le Collibert ne répondit pas.

— Allons, mon pauvre Jacques, repris-je, aurez-vous donc l'esprit plus faible qu'une femme? En fait d'êtres surnaturels, il ne faut croire qu'à ceux que l'on voit et qui résistent à l'épreuve de nos âmes terrestres.

— Je crois en Dieu et je ne l'ai jamais vu, répliqua le Collibert sans détacher ses regards du lit? Pourquoi ne croirais-je pas aux êtres intermédiaires? Si vous aviez couché comme moi à la belle étoile, en communication avec les mille voix de la nature; si vous saviez comme le ciel prédit l'orage, comme le malheur se sent dans l'air, comme les cloches parlent la veille d'une mort, comme les cigognes quittent leur nid la veille d'un incendie, vous croiriez aux pressentiments. Et pourquoi Dieu, qui est la bonté et la vérité même, n'aurait-il pas permis que des guides secrets et mystérieux nous aidassent dans la recherche des crimes. C'est lui qui veut que le sang vingt fois lavé ne puisse s'effacer du plancher; c'est lui qui fait reparaître les corps livides et troués de blessures à la surface des flots; c'est lui qui se sert quelquefois de l'instinct d'un chien ou du témoignage d'un muet pour accuser les coupables. Oh! si je pouvais trouver ici une preuve du crime que je soupçonne!

Et il avança sa main pour soulever la couverture de damas. Mais il ne la toucha pas. Un cri d'épouvante nous échappa à tous deux. Ce que nous avions vu dépassait tout ce que le rêve le plus noir eût pu nous faire apparaître.

La couverture s'était soulevée tout à fait, et nous avions vu, horrible chose! une main velue sortir de dessous ses plis.

Cette fois la terreur l'emporta complétement. La lanterne me tomba des mains. Le Collibert avait glissé en arrière et gisait sur les degrés de l'estrade. Le cœur me battait avec tant de force que je crus mourir; j'essayai de fuir, mais mes jambes tremblaient sous moi. Je me croyais retenue par mes vêtements, et je luttais en efforts insensés pour m'échapper. Je fis lourdement quelques pas, comme si je traînais une montagne après moi. Mais je ne pus me traîner ainsi que jusqu'au sopha le plus rapproché de l'estrade, et j'y tombai, épuisée, évanouie.

Quand je revins à moi, la lanterne était rallumée, et le Collibert, penché sur mon front, tenant mes mains dans les siennes, me regardait avec inquiétude. Je me souvins aussitôt et je m'écriai :

— Fuyons, Jacques ! sortons de cette chambre terrible ! Ah ! il ne faut jamais tenter le démon !

— Calmez-vous, me répondit mon compagnon ; il est trop tard pour reculer et perdre courage. Nous sommes sur la trace de la vérité. La faiblesse humaine m'a vaincu tout à l'heure, mais à la fin je l'ai domptée. J'ai sommé l'être inconnu de reparaître. Il n'a point osé essayer la lutte avec moi. J'ai soulevé cette couverture fatale et j'ai trouvé le lit vide et froid.

— Etait-ce donc une illusion, mon Dieu? murmurai-je.

— Non, répliqua froidement le Collibert; nous avons vu tous deux cette effroyable main. Signe de Dieu ou du démon, elle nous aura conduits à la découverte que nous poursuivons. Si c'était la main d'un homme, cet homme n'a pu s'échapper que derrière l'estrade, car je ne me suis pas évanoui, moi, et, dans le silence et l'obscurité, j'aurais bien entendu le pas d'un homme sur le parquet, quelque léger qu'il fût.

— Mais derrière l'estrade, il n'y a que la muraille, Jacques, répondis-je avec accablement...

— Attendez, dit le Collibert ; je ne sais comment il me vient à cette heure un vague souvenir de mon enfance. Dans ce souvenir, plus fantasque et plus lointain qu'un songe, je vois cette muraille s'ouvrir et une lueur de torches briller dans les ténèbres de cette issue étrange. Oui, oui, je me souviens maintenant, j'étais bien enfant, mais la frayeur grava dans ma mémoire chaque détail de cette scène. Je m'étais réveillé au milieu de la nuit dans mon lit, qui était presque un berceau ; on entendait un grand tumulte dans les cours du château t la chambre était éclairée çà et là par des rouges lueurs qui venaient du dehors. Je me mis à pleurer. Mon père marchait à grands pas, les cheveux en désordre, le visage gonflé par la colère ; il voulait aller décrocher son épée appendue à la muraille. Mais devant cette épée, se tenait éperdue, suppliante, agenouillée, ma pauvre mère. Il fronçait les sourcils et évitait de la regarder. Elle n'osait lui parler, mais ses yeux parlaient si bien ! Le tapage redoubla. Tout à coup le marquis ouvrit brusquement une fenêtre; il se fit un profond silence :

— Que voulez-vous, manants? cria-t-il avec dureté.

— Ne pas quitter le pays, monseigneur; nous ne voulons pas.

— Vous ne voulez pas?...

Le marquis éclata de rire; mais ce rire était sinistre. Il prit un air doux et continua :

— Mais pourquoi ne voulez-vous pas ?

Alors ce fut à chacun de ces pauvres diables à dire sa raison : celui-ci avait une vieille mère infirme, et lui parti, qui la nourrirait et la soignerait? elle avait déjà la tête un peu faible; elle n'aurait qu'à devenir idiote, et les petits enfants lui jetteraient des pierres. Celui-là tenait la main de sa fiancée et demandait s'il était bon Dieu possible d'abandonner une si belle fille pour aller mourir de la fièvre par delà les mers. L'un disait qu'il aimerait mieux se périr dans la Mare-aux-Biches que de devenir seigneur

dans un pays habité par des monstres et des sauvages. Plus loin, une mère prenait dans ses bras son enfant à la mamelle et le tendait au marquis en criant:

— Tuez-le tout de suite et moi aussi, puisque aussi bien il n'aura plus de père !

C'était un concert de larmes, d'imprécations et de prières à fendre le cœur. Mais le marquis était un homme bien dur alors; il grommela seulement :

— C'est à ne plus s'entendre, en vérité.

Et, s'adressant à un des paysans, il lui dit :

— Ah çà ! toi, Pierre Lenoir, qui es vigoureux comme un chêne vert, es-tu donc devenu un lâche ?

Pierre Lenoir répondit fermement :

— Je ne suis pas un lâche.

— Crois-tu donc que parce que tu partiras pour les colonies, tu seras un homme mort?

— Si je pars, je n'en mourrai peut-être point, mais mes enfants n'en seront pas moins orphelins, répondit le paysan d'une voix sombre. Orphelins d'un père vivant, ce sera drôle, ajouta-t-il avec un rire amer.

Il y avait des vieillards qui pleuraient et qui disaient aux jeunes gens :

— Emmenez-nous ! nous sommes aussi bons que vous pour mourir.

Il y avait des pères qui pleuraient et qui disaient :

— Si ces jeunesses tournent à mal, à qui sera la faute, grand Dieu !

Non, jamais je ne verrai une si épouvantable image de la désolation humaine. Tous ces malheureux étaient frappés à la fois dans toutes leurs affections. Aussi n'avaient-ils qu'une idée fixe dans la tête, que ces mots aux lèvres : — ne pas partir!

Moi, je m'étais levé tout doucement et je regardais avec une inquiète curiosité dans la cour. Ces groupes désespérés me faisaient mal à voir. Leur douleur parlait tout haut. Si le marquis disait à l'un :

— Quand tu seras parti, cela empêchera-t-il ta femme de garder les bestiaux ?

Le paysan répondait :

— Non; mais si le feu du ciel tombe, comme l'an dernier, sur notre cabane, je ne serai plus là pour la rebâtir, et la pauvre, elle ne dormira pas longtemps sous le vent et la grêle.

Tel autre était un gars indépendant, sans liens de famille; mais il disait :

— Je veux mourir où je suis né; s'il faut partir, il n'y a que mon cadavre qui partira d'ici.

Et ainsi de tous. Cependant la colère du marquis allait toujours croissant, sous son air calme.

— Ces animaux-là raisonnent comme des hommes, disait-il entre ses dents.

Enfin, d'un geste il commanda le silence et dit avec calme :

— Pourquoi, mes gars, n'êtes-vous pas venus causer de cela avec moi dans la journée, au lieu de me réveiller brutalement dans la nuit, comme des brigands qui viennent faire le sac d'un château.

— Parce que, monseigneur, vous avez chassé le cerf toute la journée, pendant que vos baillis nous parquaient dans les écuries du château, répliqua Pierre Lenoir, qui avait son franc parler comme frère nourricier de mon frère Orré.

Ce Pierre Lenoir a la langue bien pendue, n'est-ce pas, madame? observa le marquis en se retournant vers ma mère. Le drôle joue au parlement. Il nous fait des remontrances. La comédie devient réellement plaisante...

— O monseigneur ! n'aurez-vous pas pitié de ces pauvres gens ? murmura d'une voix faible la Colliberte.

— J'avais voulu vous dérober l'ennui de toutes ces jérémiades, dit brusquement le marquis. C'est ce qui m'avait engagé à vous mener courre le cerf, malgré le mauvais temps.

Puis, s'apprêtant à fermer la fenêtre :

— Prenez garde de vous refroidir, ma chère âme, dit-il à ma mère.

Et il cria aux paysans :

— Revenez demain.

— Non, monseigneur, répliqua résolûment Pierre Lenoir.

— Non ! non ! hurlèrent tous les manants.

Mon père devint pâle, et ses yeux lancèrent un éclair.

— Pourquoi cela ? demanda-t-il.

— Parce que demain, comme aujourd'hui, répondit Pierre Lenoir, monseigneur se laisserait entraîner à aller courre le cerf par la femme qui ferme le cœur et les oreilles de notre maître à nos plaintes, par celle qui perd votre âme, noble marquis Ollivier, par celle qui boit notre sang et nos larmes, enfin par la Colliberte.

— Malheur sur la Colliberte ! ajoutèrent les paysans dans une indicible rumeur de haine et de mépris.

Le marquis se tourna vers elle ; il n'était plus pâle, mais pourpre de rage.

— Ces pauvres gens ! dit-il en ricanant, vous intercédez pour eux, madame, et voilà comme ils vous traitent. Les avez-vous entendus, bien entendus ! Ah ! ah ! les pauvres gens ! Ayez donc pitié d'eux ! Priez-moi donc pour eux !

Mais elle, ma chère mère, elle restait immobile, sans force, sans regard, comme écrasée par cette malédiction populaire, répétant comme une enfant :

— Celle qui boit notre sang et nos larmes !

— Les misérables ! ils me la tueront ! s'écria le marquis.

Et il alla vers elle, la prit tendrement dans ses bras, essaya de la réchauffer sur son cœur ; puis, frappant le parquet du pied :

— Je les écraserai sous le talon de fer de mes bottes ! cria-t-il.

Il la déposa sur un sofa et saisit son épée. D'un bond il fut à la fenêtre ; à sa vue les cris redoublèrent.

— Vous ne voulez pas partir ? dit-il.

— Non ! firent les manants.

— Eh bien ! moi, je le veux ! répliqua-t-il en fermant la porte avec tant de violence que les vitraux volèrent en éclats.

Ce fut alors un hymne effroyable de malédictions et de gémissements furieux. Je vis luire des armes dans les mains des paysans. Ils avaient caché sous leurs sayes des bâtons, des haches, de longs couteaux. Ils se ruèrent sur la porte de la tour. Quelques-uns des plus agiles se cramponnèrent aux trous et aux saillies de la muraille. A voir remuer, glapir et monter comme une marée vivante cette fourmilière de révoltés, j'eus peur et je poussai un cri d'effroi.

Ce cri réveilla ma mère de sa torpeur. Elle regarda le marquis d'un air de doux, mais de profond reproche. Elle lui dit :

— Oh ! monseigneur, vous m'avez fait haïr de toutes ces pauvres âmes égarées. Vous me ferez tuer mon enfant.

Et elle m'attira sur son sein. Puis palpitante, les doigts écartés, elle prêta l'oreille au bruissement de la foule, ainsi qu'une statue de la terreur.

— Vous m'avez trompée, continua-t-elle à mots saccadés. J'allais, heureuse et confiante, à cette chasse. Vous étiez gai et plein d'ardeur. Je riais comme vous... et pendant ce temps... Oh ! c'est horrible !

— C'est vous qui m'accusez maintenant, interrompit le marquis avec emportement. Tout le monde est donc contre moi. Mais peu m'importe, je saurai mettre à la raison tous ces braillards.

Le tumulte augmentait de plus en plus. La porte de la tour avait été enfoncée. Les manants montaient l'escalier ; nous en entendîmes qui criaient :

— Tuons la sorcière ! le marquis redeviendra un bon seigneur !

— C'est elle qui lui a jeté un sort. Elle lui a fait boire l'eau qui trouble l'esprit et qui donne soif de sang.

— Tuons la sorcière, nous ne partirons pas !

— Oh ! monseigneur, dit-elle en joignant les mains, au nom de cet enfant, ne soyez pas impitoyable pour ces malheureux.

— Silence, madame, dit le marquis ; ce que vous demandez est impossible. Il n'est plus temps : tous ces hommes, je les ai vendus.

— Vendus ! répéta ma mère avec horreur.

— Ce sont mes serfs, madame, et si j'ai eu tort, c'est à Dieu seul que j'en devrai compte. Si je manquais à ma parole, si je déchirais le parchemin que j'ai signé au nom de tous ces hommes, je serais obligé de quitter ce château de mes pères comme un vagabond, je perdrais le fief entier qui m'a été légué. De toutes ces terres, de ces étangs, de ces forêts, de ces tourelles, de tant d'armures et de chevaux, il ne me resterait que mon nom, sans un écu pour en soutenir la noblesse. Je ne pourrais vivre en goujat, madame. Le marquis Ollivier ne saurait ni tendre son chapeau sur la route, ni mettre ses bras aux gages d'un autre homme. S'il tombe, il tombera debout. Sachez tout : pour vivre comme nous avons vécu, pour que vous soyez la plus riche et la plus heureuse des châtelaines, pour que vous puissiez humilier l'orgueil de celles qui ne sont pas des Collibertes et qui feignaient de vous mépriser seulement, tandis qu'elles vous haïssaient parce que vous êtes belle....

— Eh bien !

— J'ai dévoré une partie de mon patrimoine. Alors, j'ai voulu réparer ce malheur et j'ai joué ; j'ai joué et perdu, madame, et alors, pour distraire l'attention et écraser l'envie, j'ai augmenté mon luxe et mon faste. J'ai voulu que mes salles fussent plus splendides, que mes fêtes attirassent une foule plus brillante et plus nombreuse encore, et que vous, madame, vous eussiez des robes dignes de la main des fées et des diamants de reine à vos oreilles et à votre cou.

— Et qu'importe, n'est-ce pas, éclata alors ma mère indignée, que chacun de ces joyaux coûtât un homme !

Et arrachant ces pendants d'oreilles par un geste sublime, elle les jeta à terre aux pieds du marquis.

— Ah ! je ne vous avais jamais demandé ces parures et ces plaisirs, monseigneur, continua-t-elle. Deviez-vous donc attirer sur ma tête tant de haine !

Honte sur ces ornements qui dévorent le sang de dix familles.

Et brisant le collier pendu à son cou, elle le laissa tomber sur le parquet.

— Ces bracelets sont faits des larmes des orphelins, dit-elle encore.

Et elle détacha ses bracelets.

Le marquis la regardait avec admiration.

La foule des paysans avait traversé les autres salles que nous venons de voir et heurtait à la porte de cette chambre, criant :

— Malheur à la Colliberte !

— Et c'est cette sainte créature que ces misérables outragent, dit mon père en brandissant son épée. Eh bien ! nous allons voir qui sera le plus fort.

Il saisit un petit porte-voix qui devait appeler à son aide toute sa meute de valets, de palefreniers et de gardes-chasse, gaillards bien armés et disciplinés qui devaient vaincre facilement l'essaim des paysans révoltés.

La porte tremblait sur ses gonds.

En ce moment ma mère s'approcha du marquis et lui dit de ces lèvres pâles comme celles d'une morte :

— Pas de sang ! pas de sang !

Mon père hésita. Puis il murmura :

Elle a raison. D'ailleurs, je ne veux pas qu'elle coure l'ombre d'un danger.

La porte craquait sous les coups des paysans.

Le marquis nous entraîna par la main, ma mère et moi. Il lui dit :

— Jure-moi le secret sur ce que tu vas voir !

Elle jura d'une voix éteine. Nous passâmes derrière l'estrade. Il gratta le mur, et le mur s'ouvrit, te dis-je, comme par enchantement. Nous descendîmes quelques marches d'un escalier qui fuyait sous nos pas en tournoyant. Le mur se referma derrière nous. Oh ! je le vois encore. Il y a là un secret qui sera la clef de tous les autres. Derrière cette estrade se cache une issue mystérieuse. Je la découvrirai. Oh ! sans doute, elle s'est rouverte depuis, Dieu sait pour quel sinistre dessein. Toujours est-il que nous nous trouvâmes, au bas de l'escalier, dans l'obscurité d'un vaste caveau. Grâce à la lueur de la torche qu'avait allumée mon père, je me souviens confusément d'avoir entrevu des blocs de marbre sur lesquels veillaient des chevaliers armés de toutes pièces. C'étaient les statues des aïeux de la famille. Comme toutes ces blanches figures immobiles m'effrayèrent ! Mon père s'en aperçut et me dit en souriant :

— Jacques, ne crains rien, ce sont des amis. Je vais laisser ta mère sous leur garde et sous la tienne.

Puis baisant la Colliberte au front, il nous plaça dans une sorte d'enfoncement formé par le socle creux d'une de ces statues et s'éloigna dans une autre direction. Nous souffrîmes bien en l'attendant. La Colliberte l'aimait, et elle priait pour lui. Elle avait oublié les serfs, ou plutôt elle maudissait leur révolte qui mettait en danger la vie du marquis. Quand il revint, tout était apaisé ; mais jamais elle n'osa lui reparler de cette scène affreuse.

— Et les paysans partirent, Jacques ? demandai-je vivement au Collibert.

— Ceux qui ne furent pas tués partirent pour les colonies, dit-il en baissant les yeux. Je ne les ai jamais revus. Mon père s'était associé à un de ces marchands de chair humaine qui transportaient des villages entiers en Amérique. Il n'avait pas vendu ses paysans comme des esclaves, mais il avait traité avec le spéculateur des colonies et signé comme le représentant de tous ces hommes. Et il avait tenu sa parole, et il n'avait pas forfait à sa signature. Tous partirent..... volontairement. Ah ! je me trompe ; il y eut une exception en faveur d'un seul. Pierre Lenoir le Harangueur resta dans le pays, — car il y fut pendu, malgré les prières de mon frère Orré. Comme tu penses bien, je ne sus ces détails que plus tard, lorsque le marquis devint aveugle et que les langues se crurent libres. Souvent ma mère se rappelait le danger que nous avions couru et alors elle m'embrassait en pleurant. Ces baisers et ces larmes m'ont heureusement donné le souvenir de cette scène affreuse, et ce souvenir me donne la certitude de trouver une issue secrète derrière cette estrade.

Jacques m'aida alors à me relever, et tous deux, nous nous mîmes à chercher avec une fiévreuse impatience une fissure, un jour, un ressort qui justifiât nos soupçons. Le mur était parfaitement uni et tendu de damas cramoisi. Après de longs efforts nous commençâmes à désespérer. Sans l'opiniâtre souvenir du Collibert, nous eussions renoncé à une tentative qui nous semblait folle et impossible. Je m'appuyai contre un des piliers du lit, tandis que ma main jouait distraitement avec les fleurs de cuivre doré d'un candélabre à trois branches fiché au mur.

Tout à coup la branche du milieu se fendit en deux, la tapisserie se plissa sans se déchirer, et la muraille s'entr'ouvrant laissa voir une étroite issue donnant sur les marches d'un escalier tortueux.

— Qu'avais-je dit ! s'écria le Collibert. Tu vois bien, Camille, que Dieu est pour nous.

— Oserez-vous descendre ? dis-je en reculant avec effroi.

— Si j'oserai ! reprit-il avec un sourire de joie indicible.

Et il s'élança sur la première marche de l'escalier.

— Viens Camille, viens, si ton cœur bat d'émotion comme le mien, si tu veux découvrir comme moi le mystère d'iniquité que ces profondeurs cachent à tous les yeux.

Sa voix était entraînante. — Epouvantée d'ailleurs à la pensée de rester seule dans la chambre mortuaire, je le suivis.

MORTE VIVANTE.

Permets-moi, mon cher Gabriel, d'abréger un peu les détails de ce récit déjà si long et de ne pas te décrire trop minutieusement toutes les émotions qui nous attendaient dans les caveaux de la Tour. Je n'écris pas à plaisir un de ces romans sépulcraux dont les horreurs niaises et les prétentieuses extravagances ne méritent point l'attention d'un esprit sensé.

Mon histoire, quoiqu'elle puisse paraître aujourd'hui beaucoup plus invraisemblable que les puériles et mystérieuses inventions de l'excellente dame Anne Radcliffe, est vraie de tout point. Je ne recourrai donc pas aux savantes préparations de la susdite romancière. Pour toi, l'intérêt de mon récit ne consiste pas dans l'agencement matériel des faits ni l'harmonie des périodes, — mais dans la connaissance de mes malheurs et de mes souffrances morales, ces tortures suprêmes.

Au bout de quelques minutes, nous nous trouvâmes dans le vaste caveau dont le Collibert m'avait parlé.

Des deux côtés s'alignaient les mausolées de marbre avec leurs statues de chevaliers, de barons et de comtes. Elles se détachaient dans l'ombre avec une majesté solennelle.

Tu es seul et nous sommes deux. — Page 32, col. 2.

Deux fois nous crûmes voir une forme animée se glisser sans bruit et disparaître derrière les piliers bas et lourds qui soutenaient la voûte du caveau. Le Collibert se mit à sa poursuite.

L'inconnu, qui n'avait ni torche ni lanterne, allait rapidement, mais il vint à heurter le socle d'une statue et tomba. Quand il se releva, Jacques et moi le saisissions par les bras, et quoiqu'il fût vigoureux, il ne parvint pas à nous faire lâcher prise. Nous n'avions pas échangé une parole. Le Collibert regarda son visage à la clarté pâle de la lanterne, et il s'écria :

— Bastien Lenoir, le fils de Pierre-le-Pendu, le frère de lait d'Orré !

Le paysan parut consterné en se voyant reconnu ; mais ne tenant pas Jacques pour un adversaire bien redoutable, il lui dit insolemment :

— Que faites-vous ici, malheureux ?

— C'est à nous à t'adresser cette question, répliqua le Collibert. Est-ce toi qui nous as fait une si belle peur là-haut ?

— Moi ou un autre, qu'importe ! Vous avez sué froid, petit gars, dit Bastien.

Et il nous humilia d'un sourire ironique et vainqueur.

— Ce que c'est que l'imagination, me dit Jacques. Nous aurions affronté dix épées levées sur nous et nous avons failli perdre tout courage devant la main de ce rustre. Il est vrai qu'elle est aussi velue que celle des chiens confiés à sa garde.

— Pourquoi es-tu venu dans les souterrains de la Tour de l'Eau ? ajouta-t-il en s'adressant au paysan.

— C'est le secret de mon maître, dit Bastien.

— Ecoute, reprit le Collibert ; nous sommes les amis d'Orré : confie-nous le secret.

— Que non pas, dit Bastien d'un air narquois. Je saurai bien, au contraire, vous forcer à déguerpir d'ici.

— Essaie donc, répliqua Jacques. Tu es robuste, mais je suis agile. Tu es sans armes, moi, j'ai ce long couteau. Tu es seul, et nous sommes deux.

— Je saurai mourir pour garder le secret de mon frère de lait.

— Mourir, ce n'est rien, mais mourir sans confession ! dit le Collibert.

Ces paroles frappèrent le paysan de terreur. L'expression de son visage changea tout à coup. Le Collibert avait touché juste. Il connaissait les gars de son pays.

— Mourir sans confession ! répéta Bastien avec émotion. Un chrétien ne m'eût pas fait une pareille menace ; mais un Collibert n'est pas chrétien, on me l'a toujours dit. Eh bien ! pour le salut de mon âme, je trahirai la confiance de mon frère de lait. Mais plus tard je me vengerai, mauvais gars.

— Plus tard, tu feras ce qu'il te plaira, dit Jacques ; mais parle vite.

— Orré s'est battu avant-hier contre les bleus, reprit le paysan. J'y étais. L'affaire a été chaude ; je n'ai pu le couvrir à temps de mon corps. Orré a été blessé. Il est tombé dans mes bras et je l'ai emporté, tandis que nos gens s'égaillaient en tirant leurs derniers coups de feu. Je ne me suis ar-

Elle n'avait pas bougé. — Page 34, col. 1.

rêté qu'à la métairie de l'oncle à Duhoux. Orré souf-
frait tant qu'il a perdu ses sens ; il n'a retrouvé sa
tête et rouvert l'œil qu'au milieu de la nuit. J'étais
seul, étendu à terre sur ma peau de bique, à côté de
son lit, je l'entendis crier :

— « Oh ! la malheureuse ! Mon Dieu, depuis combien de temps suis-je ainsi sans connaissance ? »

Je me levai et lui dis :

— « Frère, depuis douze heures seulement. »

Ça eut l'air de le calmer un peu.

Puis il répéta plusieurs fois :

— « Que faire ! mon Dieu ; que faire ! »

Tout à coup il me regarda et dit :

— « Bastien, tu m'es dévoué à la vie et à la mort,
n'est-ce pas ? »

Cette question me fit rire. J'avais tort, car aujour-
d'hui je trahis celui que le lait de ma mère a nourri.
Enfin, patience. Quand j'eus fini de rire, Orré me
confia qu'une femme vivait cachée dans ces cavaux ;
qu'il y allait de l'honneur de la famille que nul ne
s'en doutât, et que si je ne me chargeais pas de venir lui apporter des provisions, tandis que lui, Orré,
restait forcément couché sur son lit de douleur, la
malheureuse mourrait de faim.

— De faim ! répéta le Collibert avec horreur. Une
femme enfermée dans ces cavaux , mais vraiment
c'est un rêve, un épouvantable rêve que nous fai-
sons.

— C'est la pure vérité du bon Dieu ! dit le paysan.

— Et Orré t'a donné tous les renseignements né-

cessaires pour arriver jusqu'à elle ? continua le Collibert éperdu.

— Oui, seulement j'ai ordre de ne pas lui parler.

— Eh bien, marche, nous te suivrons, mais ne
tente pas de nous échapper, ou malheur à toi.

Bastien obéit. Nous marchions à ses côtés. Le feu
de la fièvre brillait dans les yeux de Jacques ; il chan-
celait comme un homme ivre ou fou. Des paroles entrecoupées s'échappaient de ses lèvres ; il disait :

— Je ne sais que croire, qu'espérer ou que craindre. Ma tête s'égare dans ce chaos. Morte de faim !
pauvre femme ! Si nous allions la trouver morte. Oh !
j'étouffe dans cette atmosphère humide. Comme elle
a dû souffrir ! Hâtons-nous !

Par moment il riait et frottait ses mains l'une contre l'autre, comme un enfant qui se réjouit de quelque
surprise ménagée par la tendresse maternelle. Puis
ses yeux se remplissaient de larmes, et il se sentait
pénétré d'un attendrissement auquel il n'eût pu as-
signer de cause.

Tout à coup Bastien Lenoir cessa de marcher et
grommela sourdement :

— C'est ici qu'il faut s'arrêter.

Nous le regardâmes étonnés. Le caveau se pro-
longeait toujours devant nous.

— Sous nos pieds il y a une grille de fer, dit-il ;
sous cette grille, un escalier ; au bas de cet escalier,
un autre caveau. Aidez-moi à la soulever.

Nous joignîmes nos efforts aux siens. La grille fut
relevée. Nous n'avions plus la force ou le sang-froid
nécessaire pour parler. Nos visages seuls expri-

maient l'indignation douloureuse dont nous étions saisis.

Enfin, nous entrâmes dans ce nouveau souterrain dont les murs verdissaient d'humidité et de dégradation. On y respirait un air méphitique. La lueur de notre lanterne effrayait les immondes habitants de ces réduits ténébreux. Nous vîmes fuir les dos écaillés des lézards dans les crevasses moussues.

Au fond du caveau, la terre humide était recouverte de paille. Sur cette paille, nous distinguâmes comme une forme humaine enveloppée dans les lambeaux d'un tapis de laine.

Je m'arrêtai, le cœur serré. Etait-ce bien une femme, cette créature languissante, peut-être moribonde, que notre approche n'avait pas eu le pouvoir de faire tressaillir, de faire relever sur sa couche misérable avec un cri de joie aux lèvres et un regard étincelant d'espoir.

Elle n'avait pas bougé. Nous n'entendions pas même le bruit de sa respiration. Alors nous craignîmes d'être arrivés trop tard. Jacques se pencha avidement sur le visage de la malheureuse; il cherchait à reconnaître ses traits; mais avait-il jamais vu ces joues creusées et crayeuses dont les pommettes seules conservaient un vermillon sinistre, ce front plissé et dépouillé de cheveux, ces paupières rouges et enflammées, ces lèvres blafardes?

— Quelle peut être cette femme? murmura-t-il avec la sourde irritation d'un homme trompé dans un secret espoir.

— J'ai apporté tout ce qu'il faut pour la réveiller, dit le paysan.

Et s'agenouillant près de cette infortunée, il chercha à faire glisser entre ses dents contractées quelques gouttes d'un cordial propre à ranimer la vie et à réchauffer le sang qui se glaçait dans ses veines. Mais il ne put y parvenir.

Le Collibert alors repoussa doucement Bastien, et prenant les froides mains de la pauvre créature dans les siennes, il appuya ses lèvres sur la bouche de la moribonde, espérant lui rendre, par son souffle, la force et la chaleur, épiant son premier regard.

Nous restâmes un quart d'heure dans cette attente silencieuse, le visage de Jacques rayonnant de cette expression presque extatique, remarquable chez tous ceux qui accomplissent un acte de dévouement.

— J'ai senti le cœur battre, battre contre le mien, dit-il soudainement.

Puis il ajouta :

— Elle respire! elle respire! ô merci, mon Dieu!

Et il attacha son regard sur les yeux de la pauvre femme.

Ces yeux s'entr'ouvrirent et se refermèrent comme blessés par l'éclat, si faible pourtant, projeté par la lanterne.

— J'ai fait un rêve, un joli rêve, murmura une voix douce. Oh! s'il pouvait continuer! Pourquoi me suis-je réveillée!

— Ce n'est pas un rêve, pauvre femme, dit le Collibert avec émotion. Vous n'êtes plus seule, abandonnée. Vous avez des amis autour de vous.

Elle se souleva un peu et regarda lentement notre groupe.

— Des amis; je n'ai jamais eu d'amis, dit-elle. Ne raillez pas. Si vous êtes chargés de terminer mes souffrances par une mort prompte, soyez les bienvenus.

— Vous n'avez rien à craindre de nous, s'écria le Collibert. Nous ne sommes pas vos bourreaux, mais vos sauveurs.

— Des sauveurs! répéta la femme d'une voix tremblante. Oh! vous raillez toujours. Est-ce que je puis exciter la pitié de quelqu'un, moi. Je suis une proie que la mort réclame depuis longtemps. Je l'ai trop fait attendre. Je n'ai pas d'or pour récompenser la pitié. Je ne suis plus belle pour émouvoir les cœurs.

Voyez ces bras décharnés, ce visage fané par la réclusion, ridé par le chagrin. Est-ce que les hommes ont jamais pitié des spectres. Mais soyez toujours les bien venus, car vous avez quitté le grand jour et le soleil pour me voir mourir, au fond de cette tombe, et il me semble que vous m'apportez, par votre présence, un parfum du bon air de là haut, de cet air plein de senteurs d'herbes et de fleurs qui fait vivre.

Elle interrompit brusquement ces paroles incohérentes, et pressant sa poitrine de ses mains amaigries :

— Oh! qu'il faut souffrir pour obtenir la mort! dit-elle avec un accent déchirant.

Jacques tremblait de tous ses membres, comme si la voix de la recluse eût exercé sur lui une influence mystérieuse.

— Vous avez faim, répliqua Bastien au cri de souffrance de la malheureuse, mangez.

Et il lui tendit un gâteau de sarrasin qu'elle saisit avidement. Un sourire fauve illumina son visage pendant qu'elle mangeait. Jacques et moi nous pleurions.

— Merci, nobles cœurs, dit-elle en nous regardant avec surprise. Mais maintenant, fuyez, sauvez-vous. Les maîtres de la Bauge sont si méchants! Ils vous enfermeraient aussi, et c'est trop horrible d'être enfermé dans ces éternelles ténèbres. On ne meurt pas tout de suite, voyez-vous; on espère toujours. Et les cheveux blanchissent et tombent pendant qu'on espère.

— Rassurez-vous, répondit Jacques; je suis venu pour vous délivrer. Vous pouvez encore être heureuse et libre.

— Libre! s'écria-t-elle avec transport et d'une voix frémissante. Quoi! je verrais encore l'espace bleu sur ma tête, les vertes forêts; je me réchaufferais au soleil, j'entendrais chanter les oiseaux; je verrais jouer les petits enfants, j'écouterais leur babil plus doux au cœur que le chant des oiseaux; je pourrais presser des mains amies!.. Oh! non, ce serait trop de bonheur; cela ne se peut pas! J'ai promis de ne pas déserter ma tombe. Et un serment, c'est sacré. D'ailleurs, je ne suis bonne qu'à mourir; mais vous, qui êtes jeunes et beaux, et qui n'avez pas l'habitude de souffrir, fuyez, vous dis-je.

— Mais, je ne vous comprends pas, répondit le Collibert de plus en plus bouleversé. On vous offre la liberté, et c'est vous qui la refusez! Dites-moi donc quel pouvoir étrange enchaîne votre liberté! Dites-moi donc quelle faute vous avez commise? Dites-moi, enfin, votre nom.

— Ne m'interrogez pas. Je ne dois point vous répondre, dit la recluse. Partez et oubliez-moi. Je n'existe plus. Mon nom n'est écrit que sur le marbre d'une tombe, et sans doute ce marbre est déjà caché sous l'herbe. Prier et souffrir, voilà mon lot ici-bas. Autrement, ajouta-t-elle, ils feraient périr l'enfant innocent qui ne se doute pas de ma misère, et je veux qu'il vive, lui, qu'il vive longtemps. Que m'importe d'être malheureuse, pourvu qu'il soit heureux!

d'être recluse, pourvu qu'il soit insouciant et libre au soleil ! S'il m'était seulement donné de le revoir une fois avant que mes yeux s'éteignent et que mon cœur s'endorme de l'éternel sommeil... C'est pour *lui* que j'ai consenti à ce pacte impie et que je refuse de vous suivre. Ah ! ce n'est pas acheter trop cher la vie de son enfant que de la payer de ce prix terrible, une réclusion sans espoir !

Une sueur froide couvrit le front du Collibert.

— Vous parlez de votre enfant, pauvre femme ; vous avez un enfant, et vous dites que vous n'avez pas un ami, pas un cœur qui vous aime et qui vous pleure, s'écria-t-il avec un rire amer.

— Oh ! ne l'accusez pas, répondit-elle ; il ignore que j'existe.

Le Collibert saisit les mains de la recluse par un geste de douce violence, et d'une voix haletante :

— Son nom ! dites-moi son nom ? demanda-t-il.

— Je ne puis le dire, car ce serait révéler le mien et attirer la foudre sur sa tête, répliqua-t-elle. Mais pourquoi me questionner ainsi ? Ne voyez-vous pas que c'est une torture affreuse que de ne pouvoir répondre quand on parle de lui, de lui à qui je pense sans cesse, de lui que, même dans ce caveau obscur et silencieux, mes yeux croient voir et mes oreilles entendre à chaque instant. Que de fois mes bras se croisent en frémissant sur mon sein, croyant l'étreindre comme autrefois, alors que je le berçais tout petit sur mes genoux ! Ces doux rêves m'ont aidée à vivre.

— Son nom ! son nom ! répéta le Collibert avec angoisse et plongeant son regard dans les yeux ternes de la recluse.

— Je ne le dirai pas, murmura-t-elle. Cette insistance est étrange. Dois-je donc me défier de vous, qui avez l'air si doux et si bon ?

— Vous défier de moi ! s'écria Jacques, le regard humide. Oh ! mon Dieu ! de moi, qui sens tout mon cœur aller vers vous. Par pitié, dites-moi le nom de votre enfant, madame, ou sinon, qui sait ? peut-être est-ce moi qui vous le dirai.

La recluse le regarda avec stupeur.

— C'est impossible, dit-elle. Vous ne pouvez savoir ce secret formidable. Mais, par pitié, ne m'interrogez plus. Ni prières, ni menaces ne sauraient me faire quitter cette prison où je dois mourir.

— Quoi ! si cet enfant dont vous parlez était malheureux, s'il avait besoin de vous, s'il vous appelait à lui, si votre présence devait le sauver, vous resteriez froide et sourde à son appel ? s'écria le Collibert.

Le regard terne de la recluse s'alluma et jeta un éclair.

— Non, certes, il ne m'appellerait pas vainement ! sa voix ressusciterait mes membres inertes. Dussé-je me traîner sur mes genoux, j'arriverais jusqu'à lui et mon dernier souffle lui dirait : « Mon fils, mon enfant, me voilà ! Dieu ne laisse pas manquer de courage et de forces les mères qui veulent défendre leur enfant. »

— J'étais sûr de votre réponse, dit le Collibert d'une voix brisée par les larmes. Oh ! vous aimez votre fils comme moi j'aimais ma mère.

— Votre mère ? répéta la recluse en tressaillant.

— Elle est morte dans ce château, madame, continua-t-il.

— Dans ce château ! dit-elle éperdue. O mon Dieu ! ne m'abusez-vous pas ? ai-je bien entendu ? ai-je bien compris ? Mais non, je suis folle ! Dites-moi que je

suis folle, que je rêve et que j'espère une chose impossible. Mais parlez, parlez toujours ! De vous entendre seulement, je suis heureuse et j'oublie, oui, j'oublie tout ce que j'ai souffert.

Jacques devint pâle comme la mort et se sentit défaillir. Il s'appuya contre la muraille.

— Madame, murmura-t-il, on dit que la joie aussi fait mourir. Mon cœur bat à se briser de l'espoir que vos paroles m'ont donné. Je ne pourrais résister plus longtemps au doute qui me torture. Vous avez refusé de me dire le nom de votre enfant, refuserez-vous de bénir dans vos prières celui de l'humble créature qui a voulu vous délivrer ?

— Quel est ce nom ? s'écria, avec un accent qui partait des entrailles, la recluse, dont tout le corps frissonna comme d'une secousse électrique.

— Les maîtres de la Bauge m'appellent Jacques le Collibert, répondit-il sans oser la regarder.

La recluse se leva toute droite sur sa couche misérable, et le cri qu'elle jeta n'eut rien d'humain.

— Jacques ! toi, mon fils !

Voilà tout ce qu'elle eut la force de dire. La voix mourut dans son gosier, ses yeux se voilèrent : la joie avait écrasé cette femme si faible. Le sang refluait à son cœur ; ses lèvres remuaient machinalement.

— La Colliberte ! s'était écrié Bastien Lenoir en reculant, avec un regard haineux que j'eus lieu malheureusement de me rappeler plus tard. Dans le moment, je n'y fis nulle attention, préoccupée que j'étais par cette scène touchante.

Pour Jacques, sa joie était du délire, de la folie. Il s'agenouillait devant la Colliberte, et il embrassait ses genoux et ses mains ; puis il la regardait et pleurait ; puis il essuyait ses larmes et s'écriait :

— Pourquoi pleurer ! l'heure de la joie est venue. O ma mère ! parle-moi ! appelle-moi ton petit Jacques ton fils bien-aimé ! ou je croirai que je suis le jouet d'un songe. J'ai l'esprit si faible, que souvent je prends mes rêves pour des réalités. Mais non, tu n'es pas une âme errante, tu ne traînes pas sous ton linceul quelque péché qui te ferme l'entrée du paradis ? tu n'es pas une de ces ombres auxquelles la justice divine fait expier le sang versé, les trésors volés, et les jugements iniques ? J'ai entendu ta voix et je touche tes mains glacées. Tu es bien ma mère, la Colliberte, sur le cercueil de qui j'ai tant prié.

La recluse reprenait insensiblement ses sens sous les baisers, les sanglots et les larmes de son fils. Elle l'écoutait comme elle eût écouté le concert des anges ; elle le contemplait avec ce regard enivré des mères, que nulle parole ne peut rendre.

— Mon enfant, balbutia-t-elle, que j'aime la figure douce et pâle ! Ton âme doit être généreuse et noble ! Il me semble vraiment avoir été morte depuis que je t'ai quitté ; avoir erré dans le néant et le vide ; mais ta vue m'a fait renaître ; tu as réchauffé l'air autour de moi ; tu as éclairé l'obscurité de ce caveau. Oui, je me sens revivre ! Oh ! maintenant, je ne veux plus être séparée de toi ; je ne me résignerais plus, j'aurais peur de la solitude. Mon fils, n'est-ce pas, que tu n'abandonneras pas ta mère ?

— Nous resterons ensemble ! s'écria Jacques ; je vous aimerai si bien, je vous servirai si bien, que vous oublierez cette réclusion comme un rêve affreux. Nous nous cacherons dans quelque humble asile où le bonheur vous rendra la santé. Mais je vous demanderai, à mon tour, ma mère, comment vous avez consenti à vous laisser ensevelir vivante dans ce tombeau, à abandonner votre enfant, isolé, au milieu de ses ennemis? Nommez-moi tous ceux qui ont exercé envers vous cette contrainte impie, cette criminelle violence, car je dois tout révéler au marquis de Sanglier-Chavannes.

— Le marquis est encore vivant? s'écria la Colliberte émue.

— C'est lui seul qui vous délivrera, ma mère, poursuivit Jacques. Vous ne devez point sortir d'ici furtivement comme un coupable qui s'évade, mais comme l'opprimé qui demande justice et vengeance. Il faut que le seigneur de la Bauge se souvienne de son énergie d'autrefois et qu'il épouvante et confonde les misérables qui ont mis la main au crime, par votre apparition soudaine. Les plus hardis pâliront, je vous jure, et cette pâleur les dénoncera. Ayez courage, ma mère, et bon espoir.

— Hélas! mon fils, je ne demande que la liberté et le droit de ne pas te quitter, dit la pauvre femme. Que m'importe la vengeance! Dieu veut que l'on pardonne à ses ennemis.

— Vous pouvez pardonner, ma mère, répliqua le Collibert; mais moi, je n'ai point cette vertu. Il n'est pas un de vos jours, il n'est pas une de vos nuits de douleur que je ne voie écrits sur votre visage en signes qui gonflent mon cœur d'amertume et de haine. Vos larmes ont creusé des rides sur tous vos traits, et vous voudriez que je contemplasse avec calme ces rides, sillons d'une souffrance inouïe! Non, je ne veux pas devenir ainsi complice du crime. Parlez, ma mère, parlez. Dans une heure, le marquis Ollivier doit tout savoir.

La recluse soupira péniblement; mais, vaincue par l'insistance du Collibert, elle s'étendit sur sa couche, et, les mains dans celles de son fils, elle commença son triste récit.

LES CORBEAUX.

— Tu te souviens, Jacques, du moment où l'on t'arrachas de mes bras, malgré tes prières et les plaintes. J'étais si affaiblie par la souffrance, que mon visage se couvrait déjà, disait-on, des empreintes violettes et du masque immobile de la mort.

Le recteur et tes nobles frères étaient restés dans la chambre. Quoique je n'eusse pu prononcer une parole, j'entendis parfaitement tout ce qu'ils disaient.

Le recteur se mit à allumer des cierges autour de l'estrade et s'écria :

— Allons, messieurs, il est temps de réciter les prières des agonisants!

— Oui-dà, répondit Richard, la belle ne charmera donc plus notre bourru de père avec ses sourires de séraphin. Dieu me damne si elle ne l'avait pas ensorcelé!

— Il faut espérer que, la sorcière morte, le sortilège cessera, ajouta Jean.

— Maintenant il s'agit de ne pas perdre de temps, reprit le recteur, et d'ensevelir la Colliberte au plus vite. Je ne vous conseille pas d'attendre que le marquis soit de retour.

— Ni Orré, dit Richard. Il n'aime pas plus que nous la Colliberte, mais c'est un Tranche-Montagne tout hérissé de scrupules chevaleresques. Et la promptitude de la maladie nous attirerait des soupçons et des réflexions à ne plus finir.

— Le croyez-vous gars à nous trahir? demanda le recteur.

— Non, l'honneur de la famille lui tient trop à cœur, dit Gaspard.

— Mais à coup sûr, si nous l'avions consulté, ajouta Richard en ricanant, il n'aurait pas partagé notre opinion sur le régime à faire suivre à la Colliberte. Et s'il se doutait du genre de potions que le recteur a versées à cette femme, il serait homme à en faire avaler autant à notre digne confesseur.

— Hâtez-vous donc, s'écria le recteur. Aidez-moi à envelopper cette marquise de la main gauche dans le linceul.

Les frères ne répondirent pas.

— Qu'attendez-vous donc? répéta-t-il avec impatience.

— Eh! ce n'est pas notre métier de toucher aux morts, dit dédaigneusement Richard, surtout quand ce sont des Colliberts, et que de pareilles drogues ont infecté leur sang.

— Vous êtes fous, repartit le recteur. Croyez-vous donc, messieurs, gagner la peste à toucher aux morts que vous faites?

Et il appuya d'une voix stridente et sardonique sur ces derniers mots.

— Plus bas, mon père, plus bas, dirent les jeunes gentilshommes avec terreur.

— Faites venir les *corbeaux* (1), ajouta Richard.

— Oui, dit amèrement le recteur, pour que ces vieilles femmes épèlent les signes d'une mort étrange sur ce visage qui, avant quelques heures, sera couvert d'une teinte noire.

— Tiens! elle portera son deuil, dit grossièrement Gaspard.

— Ne faudra-t-il pas aussi creuser la fosse de nos mains? demanda Michel.

— Il faut avoir l'énergie et le courage d'accomplir jusqu'au bout ce qu'on a entrepris, répliqua le recteur d'un ton sévère.

Les jeunes gens s'approchèrent lentement du lit.

J'étais plongée dans un tel état de prostration physique, que cet affreux dialogue ne m'émut pas plus que s'il se fût agi d'une personne étrangère. J'entendais machinalement, voilà tout.

En ce moment, le galop d'un cheval retentit dans la cour.

Les gentilshommes se précipitèrent vers la fenêtre.

— Le cheval d'Orré hennit au pied du perron, s'écria Richard.

— Orré monte! ajoutèrent les autres.

— Malheur à lui d'être venu trop tôt! murmura le recteur d'une voix sombre.

J'entendis des pas lourds, mais précipités, faire gémir le plancher des salles voisines.

— Faites bonne contenance, messieurs, dit le recteur. Vous avez l'air d'écoliers qui craignent la férule du pédant.

— Orré n'est pas commode, observa Michel.

— Bah! il est plus noir que méchant, dit Richard. Tout cadet de Chavannes qu'il soit, je saurai lui tenir tête.

Orré entra dans la chambre, comme un sanglier qui fait sa trouée, et s'écria aussitôt :

— Que viens-je d'apprendre, messieurs? la Colliberte est morte. Dieu soit loué de l'avoir rappelée à lui.

(1) Dans plusieurs provinces du midi et de l'ouest, on donne le nom de *corbeaux* aux vieilles femmes, vêtues de noir, qui font métier d'ensevelir les morts et de les veiller avant les funérailles.

Ses frères respirèrent bruyamment. Leurs visages mornes s'éclairèrent; ils relevèrent la tête, comme Richard qui seul avait gardé le chapeau sur le front, et dont le regard insolent ne s'était pas baissé.

Ils allèrent tous donner une poignée de main et une accolade à Orré.

Le recteur de Kerbader lui dit :

— Avez-vous fait bonne chasse, mon cher Orré ?

Le cadet de Chavannes jeta sans doute alors un regard observateur autour de lui, car il demanda d'une voix brève, au lieu de répondre au recteur :

— Depuis quand mes frères sont-ils devenus des enfants de chœur? Que faites-vous tous ici? Est-ce pour rendre honneur à la Colliberte morte, vous qui l'aimiez si peu de son vivant, que je vous trouve tous rassemblés autour de son lit de mort?

— Ils sont venus comme de dignes chrétiens, sur ma requête, prier pour l'âme de la morte, répondit le recteur de Kerbader.

— Ce beau zèle religieux vous est venu bien vite, mes frères, observa Orré. Voilà la première fois que j'entends M. le recteur parler de l'âme des Colliberts.

Ils ne répondirent pas. Le chasseur s'approcha du lit, et je sentis instinctivement son regard attentif peser sur moi.

— Cette maladie a été bien soudaine, et la mort a été prompte, dit-il froidement : qui donc a soigné cette femme?

— C'est moi, Orré, répondit le recteur.

— Vous, reprit Orré avec l'accent de la surprise. Je ne vous savais pas médecin, mon père. Et mes frères vous ont aidé, peut-être?

Cette parole jetée simplement dut faire pâlir les coupables. Le plus impétueux de tous releva maladroitement le gant.

— Que signifient toutes ces questions, interrompit Richard : nous soupçonnerais-tu?

— Malheureux! murmura Orré qui se fit violence pour ne pas éclater. Vous soupçonner! et à quel propos? parce qu'une femme est morte et que le recteur l'a soignée dans sa maladie? Tu es fou.

— Eh bien ! viens avec nous, frère, et laissons le digne recteur s'occuper de préparer le voyage éternel de la Colliberte, dit Gaspard.

— Allez! fit insouciamment Orré. Moi, je reste.

— Tu restes? dit Richard stupéfait. Mais ce n'est pas l'usage.

— C'est mon idée. Je veux dire aussi une prière pour la morte, et je suis en retard.

— Mais c'est une profanation. Le recteur et les corbeaux doivent seuls rester dans la chambre mortuaire pour ensevelir le corps.

— C'est moi seul qui l'ensevelirai! répliqua Orré d'une voix tonnante.

— Depuis quand mon frère Orré a-t-il appris le métier des corbeaux? demanda ironiquement Richard.

— Depuis que les recteurs sont médecins, répondit le cadet de Chavannes en se jetant dans un fauteuil.

Ses frères restaient immobiles et leur inquiétude devait être grande. Mais probablement le recteur leur fit quelque signe qui les rassura, car ils prirent le parti de s'éloigner tout en ricanant et de laisser la place libre à Orré. Ils le prévinrent qu'ils allaient l'attendre dans la salle des Panoplies, qui se trouvait au bas de la tour, presque contiguë à la chapelle, et où ils avaient l'habitude de s'exercer à l'es-

crime et même de jouer à la paume par les jours de pluie.

— J'étouffe ! dit le chasseur quand ils furent partis. Je suis ruisselant de sueur et écrasé de fatigue.

— Vous êtes trop emporté dans vos amusements, répliqua le recteur ; mais tenez, Orré, voici justement un cordial qui va vous rendre toute votre vigueur. J'en fais souvent usage.

Il remplit d'eau un grand verre à pied qui brillait avec ses facettes bleues et rouges sur la table, et dans lequel il avait jeté, un instant avant l'entrée du chasseur, quelques gouttes d'une fiole qu'il portait dans une poche de sa soutane; il le tendit à Orré.

— Merci, mon père, dit le cadet de Chavannes. Vous êtes homme de ressources et de précaution ; mais je veux que vous me fassiez raison.

Le recteur balbutia quelques mots d'excuse tout à fait inintelligibles. Il devait être fort troublé pour perdre ainsi sa présence d'esprit renommée.

— Buvez le premier, dit avec une sorte de cordialité brusque le cadet de Chavannes. A tout saint tout honneur. Nous avons à veiller près de ce corps. Il faut prendre des forces. Vous autres, gens d'église, vous n'êtes pas habitués comme nous, francs chasseurs, à vous passer de sommeil !

— Nous ne devons pas veiller, reprit le recteur. Mais buvez donc. En refusant, vous me faites injure, Orré. Le verre est rempli pour vous.

— Et c'est vous qui le viderez, s'écria le jeune homme d'une voix terrible.

Puis, saisissant avec force les mains du prêtre, il porta violemment le verre à ses lèvres. Je vis ce mouvement, car aux paroles d'Orré mes paupières s'étaient entr'ouvertes.

Le recteur poussa un cri rauque :

— A moi! au secours !

Orré le lâcha, — et brisant le verre sur le plancher, le broyant sous les talons ferrés de ses bottes, il dit simplement :

— Je sais tout ce que je voulais savoir.

— Monsieur, s'écria le recteur en lui lançant un regard venimeux, vous avez outragé le ministre du Seigneur !

— Et toi, c'est le Seigneur lui-même que tu outrages en attentant à la vie de sa créature, répondit Orré en haussant les épaules. Mais puisque les fils de Sanglier-Chavannes sont tes complices, tu es sauvé. Sois muet comme la tombe. Il ne s'est rien passé entre nous. J'ai tout oublié. Mais ne te joue plus à moi; je te permets de me haïr cordialement, mais que nul de mes frères ne sache que j'ai deviné leur secret. Maintenant, laisse-moi !

Le recteur fut écrasé par ce mépris souverain. En politique consommé, il n'essaya pas de détruire les soupçons d'Orré par des dénégations, ni de braver sa colère; il tenta de le gagner à sa cause.

— Tu es un homme d'un grand cœur, Orré, lui dit-il, et si ton esprit était dégagé de quelques sots préjugés, tu pourrais atteindre, avec mon aide, tel sommet glorieux que tu désignerais. Tu vois que je te connais.

Le cadet de Chavannes répondit froidement :

— Ajoute que celui qui a résisté à la force et à la ruse ne se laisse pas amorcer à la flatterie, et tu me connaîtras mieux encore. Va-t'en.

Le recteur se retira, mais à pas lents, comme un vaincu qui n'avoue pas sa défaite et qui se promet la vengeance.

— Enfin parti ! murmura Orré. Pourvu qu'il soit encore temps.

Et il se pencha avidement vers moi.

Il prit un miroir de Venise, encadré de baguettes d'or, aux coins desquelles des amours joufflus donnaient de la trompette, — et le plaça devant ma bouche. La glace se ternit. Il poussa un cri de joie ; puis il alla faire retomber les portières de la chambre et les rideaux des fenêtres.

Chose singulière, je voyais, les yeux fermés, tous ses mouvements, ou plutôt je les devinais, je les sentais par une sorte de seconde vue. L'action se reproduisait dans mon cerveau comme une image fidèle, comme un reflet intérieur.

Orré tira ensuite de sa poche une petite fiole bien enveloppée dans un étui de peau de chagrin, — et l'approchant de mes lèvres, il me fit avaler quelques gouttes de la liqueur qu'elle contenait. Tout mon corps tressaillit aussitôt comme sous un choc électrique.

Il s'assit sur un tabouret à côté du lit et il attendit tenant une de mes mains dans les siennes, et s'égarant dans une rêverie inquiète, il se mit à penser tout haut :

— Ce démon de prêtre ! disait-il. Aurait-il déjà oublié toutes ces nuits où il me faisait parcourir la campagne avec lui, au clair de lune, pour m'enseigner la vertu secrète des sucs de chaque plante ? Ne m'étais-je pas épris d'une si folle passion pour cette science de bonne femme que j'en oubliais la chasse !

Orré s'interrompit pour rire à cette pensée ; puis il reprit d'une voix de plus en plus sérieuse :

— Mais un beau soir, à la suite d'une dissertation sur une de ces herbes sinistres qui font lentement mourir, le pieux recteur ne me plaignit-il pas de n'être que le cadet de Chavannes ? Il se mit à blâmer la vie perdue, folle, scandaleuse de mon aîné Victor Octave, — et à dire que s'il mourait, par hasard, je deviendrais l'héritier du titre et de tous les biens du marquis Ollivier, — et que je serais un plus digne représentant de la famille que cet étourdi d'Octave. Ce mot léger, *par hasard*, me fit tressaillir comme si j'eusse marché sur la queue froide et visqueuse d'un serpent. Jusqu'alors j'avais eu en grande admiration le savoir du recteur. Depuis, je tiens la science en horreur et je chasse. Les robes noires me font peur.

Il s'interrompit encore, mais ce fut pour s'écrier joyeusement :

— Ah ! le sang remonte au visage ! — Aujourd'hui je rends grâce au recteur de ce qu'il m'a appris. Je pourrai défaire sa besogne. Comme je me défie de lui, je suis toujours cuirassé de sa cuirasse et armé de ses armes.

Puis se frappant le front, il s'écria :

— Mais que vais-je faire de cette malheureuse ? Je ne puis la sauver sans perdre mes frères ! Dois-je donc sacrifier toute notre race au salut de cette Coliberte ?

Une lutte terrible s'engagea dans son esprit. Pendant qu'il hésitait entre le cri de la conscience et celui de la nature, — la chaleur pénétrait tous mes membres. Je me sentais revivre. Mais en même temps je comprenais mieux ma position et une effroyable angoisse me saisit au cœur.

Orré, en proie à la plus violente agitation, l'âme déchirée par les sentiments les plus contraires, pris entre son devoir et son orgueil de famille comme entre deux tenailles ardentes, regrettait peut-être sa généreuse action.

Au même instant ses frères, inquiets de ce qui se passait, sortirent de la salle des Panoplies et s'attroupant dans la cour l'appelèrent à grands cris.

Il ouvrit une fenêtre et leur demanda d'une voix altérée :

— Que voulez-vous ?

— N'as-tu pas bientôt fini de prier, Orré, dit Richard.

— Viens boire avec nous, ajouta Michel.

— Je suis à vous dans l'instant, répondit-il, mais laissez-moi faire paisiblement mon métier de corbeau. Si quelqu'un de vous tient à m'aider.

— Non, non, s'écrièrent-ils.

Il se retourna.

J'étais relevée à moitié sur mon lit de mort, accoudée, les cheveux épars, l'oreille tendue, écoutant avec terreur.

Orré devint pâle.

Je murmurai :

— Oh ! si j'entendais le pas du cheval du marquis Ollivier, je serais sauvée !

— Silence, malheureuse ! s'écria le cadet de Chavannes d'un ton farouche. Vous seriez sauvée, dites-vous, et mes frères seraient perdus, n'est-ce pas ? Voulez-vous donc me faire repentir de vous avoir sauvée ? Croyez-vous donc que je ne tienne pas davantage à l'honneur et à la vie de mes frères qu'à la vôtre ? Pourquoi me rappeler que monseigneur Ollivier serait un père et un juge implacable ?

— Oh ! si je l'entendais venir seulement, repris-je avec cette obstination des gens pris d'une folle terreur.

— Si vous l'entendiez, madame, vous seriez noyée dans un des étangs de la Bauge avant d'avoir pu dire une parole contre un de mes frères.

— Que voulez-vous donc faire de moi ? dis-je épouvantée. Ne m'aiderez-vous pas à fuir de cette caverne, vous qui m'avez réveillée de la mort ?

— C'est impossible, répondit-il avec rudesse ; on doute de moi ; on me soupçonne. Les issues sont toutes surveillées et gardées.

La voix des jeunes gentilhommes retentit de nouveau dans la cour.

— Descends vite, Orré, cria l'un d'eux. Si tu ne peux venir seul à bout de ta tâche, nous allons tous remonter et t'aider. Notre père peut arriver à chaque instant et nous ne voulons pas qu'il voie ce triste spectacle ; il en deviendrait fou.

— Vous entendez, dit Orré, en dirigeant sa main vers la fenêtre.

Je me résignai, et croisant mes bras sur ma poitrine, je répliquai doucement :

— Qu'allez-vous décider de moi ? j'attends.

Il courut à la fenêtre et cria :

— Patience, patience, mes frères !

Puis se tournant vers moi :

— Vous ne sortirez pas de cette chambre, madame, vous ne quitterez pas ce lit autour duquel ont été psalmodiées les prières des agonisants.

— Que dites-vous donc, Orré ? m'écriai-je. Mais c'est une chose insensée et impossible ! Mais, je ne veux pas, entendez-vous ! je ne veux pas !

— Les morts n'ont pas de volonté, madame, et vous êtes morte pour tous.... Ils ne jettent pas loin d'eux leur linceul, et vous êtes morte pour tous.

— Orré, regardez-moi donc, que je voie si vous raillez ou si vous devenez insensé, repris-je. Vous m'avez rendu la force, et je veux vivre. Je saurai me défendre maintenant et crier à l'aide, et ma voix parviendra bien à toucher quelque cœur. Tous les hommes ne ressemblent pas à vos frères, ces tigres à face humaine !

— Mes frères sont là, madame, dit-il avec calme, seuls dans cette aile du château ; — si vous me forcez à devenir leur complice, ils ne tireront pas l'épée contre moi ; mais ils me tueront sans merci s'ils croient que je vous ai sauvée.

— Mon Dieu, je ne sais si ma raison s'égare, répondis-je éperdue, mais je ne vous comprends pas, Orré.

— Pas un cri ! pas une plainte, madame, dit le jeune homme. On me surveille ; on pourrait vous entendre.

— Mais expliquez-vous, lui demandai-je à voix basse. Quel est votre dessein ?

— Le seul qui puisse vous sauver, madame, répondit-il. Les morts ne sortent pas de leur bière, eux. Et vous en sortirez, vous. Mais il faut que pour tous la Colliberte soit morte.

— Et ce n'est point là une raillerie, Orré ? Ce que vous exigez là est bien sérieux. Je serai morte pour le marquis Ollivier.

— Pour le marquis Ollivier, qui vous pleurera, madame, répliqua durement le cadet de Chavannes.

— Et pour mon enfant ? demandai-je alors agenouillée sur le lit funéraire, les mains jointes, le cœur serré, des larmes plein les yeux.

— Surtout pour votre enfant Jacques le Collibert, madame, dit encore le jeune homme. Autrement mes frères seraient perdus, notre nom serait souillé, notre écusson flétri. Aujourd'hui le crime n'a pas plus droit d'asile chez les gentilshommes que chez les bourgeois et les manants. La tête coupée paie la main sanglante. Il ne faut pas que le crime des héritiers de Chavannes soit révélé. Je ne puis être le juge ni l'espion des miens. Si jamais ce crime devait publiquement éclater, la main du bourreau ne les flétrirait pas. Je vengerais moi-même la société dans leur sang ; voilà comment je comprends l'orgueil féodal.

— Mais je vous jure, Orré, interrompis-je, concevant une lueur d'espoir, que je ne dirai rien de mes tortures ; que nul ne saura, ne soupçonnera même ce qui s'est passé ; que jamais une accusation ne sortira de ma bouche... Je m'y engage par le serment que vous me dicterez vous-même.

— Je sais que vous êtes bonne et douce, dit le cadet de Chavannes ému ; mais mon père vous aime trop, madame, et je vous hais, moi, comme les autres. Vous vous êtes placée entre lui et ses enfants. La passion dégradante qu'il a conçue pour vous, humble Colliberte, a affaibli son affection pour ses fils légitimes et exalté sa rigueur naturelle. La destinée vous mène. Vous ne pouvez empêcher le sort. Le marquis est soupçonneux et terrible ; il vous interrogera. Je veux que vous résistiez à ses menaces et à ses prières encore plus puissantes sur votre âme faible. Ses soupçons ne feront que s'accroître. Plus tard, dans un moment de colère, sous le coup d'un outrage, humiliée par quelqu'un de mes frères, un mot peut vous échapper. Leur vie, à côté de vous qui tenez leur secret, qui les avez dans votre main et sous votre pouvoir, serait intolérable. Que l'un d'eux frappe votre enfant, votre cœur de mère se révoltera, et, pour venger le Collibert, vous dénoncerez et accuserez sans pitié le coupable auquel vous auriez promis

le pardon et l'oubli ! Vous voyez bien, madame, qu'il m'est impossible de vous sauver ainsi, ouvertement, sur la foi d'une parole.... D'ailleurs, si vous vouliez sortir de cette chambre, libre, sereine et d'un pied assuré, mes frères vous attendent, vous dis-je, au bas de l'escalier de la tour. Ce sont les seuls valets, les seuls gardiens qui veillent sur vous. Et ce que le poison n'aurait pu faire, l'épée ou le poignard l'accomplirait sans pitié.

— Oh ! pourquoi ne m'avez-vous pas laissé mourir ? dis-je en retombant accablée sur ma couche. Je regrette le poison du recteur. Pourquoi l'avoir repoussé de mes veines ?

— Parce que je ne suis pas un lâche et un assassin, pauvre femme, répliqua Orré, vraiment touché de mon désespoir. Mais ayez confiance en moi. Laissez-vous envelopper du suaire ; laissez-vous étendre dans le cercueil. On craint le retour du marquis et on ira vite en besogne..... Dans les premières heures de la nuit, je viendrai lever le couvercle de la bière, vous me suivrez et je vous guiderai vers un asile où vous serez à l'abri de toute indiscrète curiosité. Là vous expierez le malheur d'avoir inspiré une passion aveugle au marquis de Sanglier-Chavannes.

— Me laisser enterrer vivante ! m'écriai-je avec horreur ; mais c'est un supplice affreux ! Jamais, jamais je n'y consentirai !

— Nous montons, Orré ! crièrent les frères dans la cour.

— Apportez la bière ! leur répondit-il d'une voix tonnante.

Puis, revenant à moi :

— Trève de pamoison ! fit-il brusquement ; il ne s'agit plus de faiblesses de femme. Si vous refusez... eh bien ! il y a encore du poison dans le verre que le recteur a laissé sur l'encoignure de l'estrade. Buvez à l'instant. Ou bien, levez-vous et sortez de la chambre ; vous rencontrerez mes frères au haut de l'escalier, à l'entrée de la première salle.

Un effort d'énergie désespérée m'emporta.

— Envelopez-moi dans ce linceul, Orré, lui dis-je.

— Vous jurez, n'est-ce pas, que vous ne sortirez pas sans mon consentement de la retraite où je vous coucherai ; que vous ne vous montrerez pas à âme vivante, que vous resterez morte pour tous.

— Je le jure, fis-je d'une voix éteinte.

— La vie du Collibert répondra de votre fidélité à tenir votre parole.

Je tressaillis. Orré, entendant les pas de ses frères qui approchaient, m'entortilla dans le suaire et m'en couvrit le visage.

Je crus que j'étouffais sous ce drap léger, qui pesa comme une montagne entre l'air et moi.

Les jeunes gentilshommes entrèrent.

Richard s'écria :

— Tu as été bien long, Orré. Aussi, pourquoi refuser l'assistance de ce bon recteur.

Orré haussa les épaules.

— La bière est-elle prête ? dit-il.

— Voici Jean et Michel qui l'apportent.

— C'est bien. Hâtons-nous ! Donnez-moi les clous et les marteaux.

Les deux porteurs laissèrent pesamment tomber à terre la boîte funèbre.

Orré me prit dans ses bras et me coucha soigneusement dans le cercueil.

Il porta violemment le verre à ses lèvres. — Page 37, col. 2.

SOUS LE SUAIRE.

J'avais quelquefois entendu parler de malheureux enterrés vivants, surpris par une crise léthargique, — et qui écoutaient leurs funérailles s'accomplir sans pouvoir déraidir leurs bras paralysés, ni faire sortir un cri de leur gosier, ni soulever leurs paupières lourdes comme du plomb.

Cette pensée me vint à l'esprit, et mes cheveux se dressèrent d'horreur sur mon front.

— Eh bien! ma situation était plus horrible que la leur. Ils faisaient des efforts inouïs, ces infortunés; ils espéraient toujours finir par vaincre cet engourdissement funeste. Leur volonté n'était pas complice de leur malheur, — et si leur bouche venait à s'ouvrir, leur regard à briller, un de leurs doigts à remuer, — ils étaient sauvés.

Mais moi, je devais, au contraire, employer tout mon courage et toute ma force à dompter la nature, à rester immobile et muette, à contrefaire la morte: dérision sacrilège, car si je tressaillais, si je jetais un cri de détresse, si je me relevais, rejetant loin de moi le linceul, ce n'étaient pas le salut et la vie qui m'attendaient, — c'était la mort que j'appelais.

Au lieu d'actions de grâces rendues au ciel, je n'entendais que des menaces, des clameurs de malédictions et de haine.

Orré saisit de ses mains robustes le couvercle de la bière et le posa sur la fatale boîte.

Je sentis que les ténèbres se faisaient autour de moi. Un vertige éblouit mes yeux; je crus étouffer. Je doutai de la promesse du cadet de Chavannes; je me mo-

quai de ma sotte crédulité. Si Orré était complice de ses frères, pensai-je, et s'il avait joué la comédie pour me faire consentir à descendre de plein gré dans la fosse? La nature se révolta en moi contre le sort que je subissais. J'eus peur.

En ce moment, ma tête rebondit comme si le cercueil eût été violemment heurté. C'était le contrecoup du marteau qui rebondissait sur les planches avec un affreux bruit. Orré plantait le premier clou.

Chaque coup me faisait froid à la poitrine. Au dixième (je les comptais avec angoisse) je ne connus plus rien; je me soulevai, je raidis mes bras et mes jambes, je fis des efforts prodigieux pour faire sauter le couvercle. Vains efforts! un poids inébranlable pesait dessus. Mes ongles alors râclèrent les quatre planches avec furie, machinalement, comme s'ils eussent pu le trouer et le déchirer. Je voulais fuir; je n'avais qu'une pensée, qu'un cri: Mon Dieu, un clou pour percer le couvercle, un trou pour voir le jour, le ciel bleu, les nuages, — une fente pour aspirer l'air, — une issue pour fuir!

Hélas! misérable, il m'eût fallu des jours entiers pour parvenir à trouer ces planches, des jours! — Et dans quelques minutes on allait peut-être emporter la bière.

Les marteaux clouaient toujours.

Ah! je ne pensais plus, je t'assure, au danger de reparaître aux yeux des frères de Chavannes. Je les appelais, je les désirais de tout cœur, j'aurais voulu revoir leurs visages menaçants et furieux. C'étaient des hommes, des vivants. Je pouvais espérer toucher

Dans le silence de la nuit il vint me tirer de mon sépulcre. — Page 43, col. 1.

leur âme par mes prières et mes larmes ; je me disais que je trouverais de telles paroles, qu'ils ne pourraient les entendre sans se sentir attendris. Ils ne pourraient me repousser quand je me traînerais à leurs pieds, — être inexorables et muets comme la fatalité, quand j'embrasserais leurs genoux. Leurs yeux verraient mes larmes, leurs oreilles entendraient mes sanglots. Et s'ils me repoussaient cependant, s'ils se faisaient sourds et aveugles, si je ne trouvais autour de moi qu'un mur de visages d'airain, — eh bien! j'invoquerais Dieu, et je le prierais tant qu'il ferait sans doute un miracle pour moi, qu'il ouvrirait son ciel et m'enverrait un de ses anges en aide. Et après tout, si je devais mourir, je me disais qu'il valait mieux mourir, les yeux au ciel, de la main des vivants, d'un coup rapide, l'oreille emplie de voix humaines, que dans cette bière muette, morne, implacable, au milieu du silence glacial de la terre, rongée par la faim et le désespoir.

A cette horrible pensée, je voulus crier et appeler mes assassins, mais de mon gosier ne sortaient que des sons étouffés, étranglés. Cependant ils eussent été entendus, — ils le furent même, car aussitôt Orré entonna, d'une voix retentissante, les prières des morts.

Ses frères se joignirent à lui, — et le chœur formidable étouffa les faibles accents de ma voix mourante.

Oh! comme alors je maudis la duplicité de cet homme et ma stupide confiance! Le blasphème montait à mes lèvres. Je pensais que Dieu m'abandonnait et que c'était horrible d'être condamnée, innocente, à un tel supplice. Oui, je regrettai de ne pas l'avoir mérité. Mon exaltation s'éleva jusqu'au délire, mais retomba bientôt jusqu'à l'affaissement le plus absolu.

Les chants cessèrent.

Tant que les coups de marteau retentirent, j'espérai encore sans trop me l'avouer. Le dernier clou me cadenassait dans la mort et le néant. Mon cœur battait à rompre ma poitrine, comme s'il eût voulu s'élancer hors de sa prison.

Les porteurs vinrent. Je sentis que la bière se soulevait et se balançait aux mains de ces hommes robustes. Ils se plaignirent du poids. Les jeunes gentilshommes se moquèrent d'eux.

— Qu'est-ce que le poids d'une femme morte? dirent-ils.

— C'est cela, pensai-je; ces porteurs ont raison d'être surpris. Les morts sont plus légers que les vivants!

Pendant que le cercueil traversait les salles de la tour n'espérai-je pas encore! Ah! c'est bien là le signe de notre amour enraciné de la vie. J'espérais mille choses folles, — que le feu prendrait au château, — que le marquis reviendrait, — que la foudre tomberait sur le cortège qui m'accompagnait à la froide demeure; enfin, dernière misère! que peut-être le fossoyeur serait ivre ou malade, et n'aurait pu encore creuser la fosse.

J'oubliais que le hasard n'arrive que lorsqu'il n'est n'est ni désiré ni prévu. Le ciel devait rester pur et azuré ; ce jour-là, le marquis Ollivier chassait bravement à vingt lieues de la Bauge. Le fossoyeur était bien payé, et il avait fait sa besogne en conscience.

Dire le frissonnement et la révolte de tout mon être à la première pelletée de terre jetée sur le cercueil serait chose impossible. Je jetai des cris déchirants ; mais le fracas des cailloux et de la terre roulant dans la fosse les étouffa entièrement. Alors je cognai désespérément ma tête aux planches et je fus prise d'un tel accès d'angoisse furieuse, qu'au bout de quelques minutes je tombai dans un abattement profond et une sorte de demi-sommeil.

L'obscurité était devenue compacte et sourde, pour ainsi dire, de fluide, de sonore et d'animée qu'elle est d'ordinaire, même dans les nuits les plus noires.

Alors les idées les plus frivoles, les songes les plus puérils, les souvenirs les plus étrangers à ma situation traversèrent ma pensée.

Ainsi je me rappelai, dans ses détails les plus insignifiants, l'heure où le marquis Ollivier m'avait vue pour la première fois. Je revis cette scène de ma jeunesse comme si c'eût été la veille. Je marchais pieds nus dans le ruisseau de la forêt en chantant. Je battais l'eau et la faisais jaillir en pluie autour de moi, pour effrayer les écrevisses et leur faire quitter leurs caches, suivant l'habitude des pêcheuses du pays. Je relevais naïvement de la main ma jupe de laine rouge, pour qu'elle ne trempât point dans l'eau. C'était au soleil couchant. Il ne faisait pas un brin de vent, et les grands arbres du bois étaient immobiles. J'entendis le galop d'un cheval bruissant sur les feuilles sèches qui s'amoncelaient dans les allées, car nous étions en automne.

Puis le cheval parut, monté par un beau cavalier, qui ôta son chapeau et me salua en souriant.

Je restai toute honteuse, et le feu au visage.

— C'est vous qui chantiez si bien, ma belle enfant, dit-il d'une voix douce. Les oiseaux se taisaient pour vous écouter, et ils avaient raison, car vous leur donneriez des leçons. C'est votre voix qui m'a guidé jusqu'ici, car, depuis plus d'une heure, je me suis égaré dans la forêt.

Je ne savais que répondre à ce beau monsieur, si poli. Ce langage si nouveau pour moi, habituée aux grossières rebuffades et aux injures des paysans, m'étonnait et me charmait à la fois. Il continua :

— Je voudrais retourner chez moi, la belle. Ne pourriez-vous m'indiquer le chemin le plus direct ?

— Vous êtes donc du pays ? dis-je étonnée.

— Oui, je suis du pays, dit-il en riant.

— Et où est-ce votre chez vous ?

— Au château de la Bauge, ma petite.

Je faillis tomber à la renverse.

— Vous êtes le grand marquis ! m'écriai-je stupéfaite.

Car l'intendant du château était l'homme le plus éminent que mes yeux eussent jamais entrevu.

— Cela vous fait-i. peur, mon enfant ?

— Que non pas, dis-je timidement.

Mais je tremblais de frayeur, et il le vit bien, car il me dit en me menaçant du doigt :

— Vous mentez ! fi ! ce n'est pas bien de mentir à votre seigneur.

Enfin, il m'encouragea si bien que je sortis du ruisseau et que je marchai devant lui, pour lui montrer le chemin, en tenant mes sabots à la main.

A la vue du château, je m'arrêtai et je lui dis :

— Maintenant, not'seigneur, vous ne pouvez plus vous égarer, vous v'là chez vous !

— Tiens, dit-il, déjà arrivés ! Tant pis ! je serais allé comme ça jusqu'au bout du monde, sans penser à rien.

Ce qu'il disait là me fit plaisir et me chatouilla le cœur, car moi aussi j'avais trouvé le chemin court, — et pourtant je n'avais pas chanté comme à l'ordinaire, ni cueilli les fleurs des haies, ni guetté les nids d'oiseaux le long des sentiers.

Le marquis me proposa d'entrer à la Bauge ; mais je lui répondis :

— Ça ne se peut pas. Mon père serait inquiet de ne pas me revoir, et d'ailleurs les gens du château me chasseraient.

— Pourquoi donc ? s'écria-t-il fort étonné.

— Parce que je suis une Colliberte, répliquai-je après un peu d'hésitation.

Pourquoi hésitai-je ? Dieu le sait.

Il laissa échapper un geste de mépris et arrêta court son cheval, comme s'il eût aperçu devant lui, dans l'herbe, luire les anneaux diaprés d'un reptile.

Quoique je dusse m'y attendre, — cela me fit de la peine de la part de ce seigneur si galant, et de grosses larmes roulèrent dans mes yeux, tandis que je disais :

— Vous voyez bien que vous êtes comme les autres !

Le marquis devint rêveur ; puis il répliqua :

— Viens avec moi ; ils seront bien forcés de te faire tous bon visage.

Mais je vis bien qu'il parlait ainsi par excès de bonté, et je balbutiai :

— Chacun sa place, monseigneur ; vous, là-haut, moi, là-bas. La Colliberte priera Dieu toute sa vie pour vous.

Et, lui tournant le dos, je me sauvai brusquement à toutes jambes. A un coude de la route, je me retournai ; il n'avait pas bougé et me regardait toujours immobile comme un bloc.

Voilà comment j'eus le malheur d'aimer le marquis Ollivier. Eh bien ! même dans ce cercueil infâme, je n'eus pas la force de maudire ce souvenir ; il rafraîchit mon âme, et je pus prier.

Cependant des heures, qui me semblaient des siècles, s'écoulèrent ; je n'espérais plus, seulement je répétais :

— Oh ! si Dieu me retirait de la tombe, si je pouvais être une de ces bûcheronnes de la forêt, pauvre, misérable, grelottant sous la pluie et le vent, courbée sous le faix, doutant du pain de chaque jour ! — oh ! comme je remercierais Dieu, car je serais libre, du moins libre.

J'eusse en effet accepté toutes les misères pour échapper à la mort, pour aspirer un peu d'air pur, pour entrevoir un nuage, toucher une fleur, une herbe, entendre un chant d'oiseau. C'était une soif enragée d'existence ; mais non, ma vie était dans la main d'un homme qui pouvait m'oublier volontairement, ou se noyer, tomber de cheval, être écrasé par une poutre, peut-être, avant l'heure où il devait me délivrer. Je crus que j'allais devenir folle un instant ; mais je pensai à toi, mon enfant, et je me résignai. Je te vis en moi-même, et j'éprouvai une douceur secrète et calmante à me dire : — Je souffre pour lui !

Ma résignation toucha Dieu. Orré tint sa parole. Resté seul avec le fossoyeur, il l'avait empêché de combler la fosse tout de suite, — et, dans le silence de la nuit, il vint me tirer de mon sépulcre.

Il me cacha d'abord dans une hutte de *chappuseurs* abandonnée ; puis, quand le marquis eut quitté la Bauge et fait condamner mes anciens appartements, Orré me les donna pour asile, en me révélant l'issue qui mène aux souterrains, afin que je puisse m'y retirer au besoin.

J'ai vécu ainsi des années recluse, inconnue de tous, seule, tandis que le monde s'agitait et bourdonnait autour de ma retraite. Ma vie, sans but, a coulé comme un ruisseau perdu sous les sables, qui ne baigne aucune verdure, qui n'arrose aucune fleur. J'ai compté bien des jours, pour moi monotones et vides, tandis que, pour les autres, ils étaient pleins d'événements, d'affection, de plaisirs et de dévouements. Cette jeunesse rayonnante, que Dieu ne nous donne qu'une fois ; cette beauté, qui se fane et qui ne refleurit jamais, se sont usées dans les larmes solitaires. Nul sacrifice, nul danger bravé, nul obstacle renversé ne pouvaient me faire revoir ceux que j'aimais, car l'obstacle, c'étaient mon serment et la vie de mon fils. Parfois ma raison s'altéra. Je me figurai être l'âme errante et gardienne de ce vieux manoir. Je chantais souvent des complaintes tristes comme mon cœur, et je me disais :

— Si Jacques m'entend par hasard, s'il rôde autour de la Bauge, si quelque chose va de moi à lui, — il comprendra que sa mère l'appelle et que mes bras s'étendent pour le serrer sur mon sein.

Hélas ! mon bras et mes lèvres ne trouvèrent jamais que le vide ! — Peut-être la mort est-elle plus douce et plus sereine qu'une vie pareille. Le cœur, comprimé, refoulé dans toutes ses sympathies, ne peut chercher de refuge que dans la démence. Aussi, je te l'avouerai, mon enfant, je n'avais de jour de bonheur que ceux où ma raison s'égarait.

La recluse s'arrêta, épuisée par l'ardeur fiévreuse avec laquelle elle avait achevé ce douloureux récit.

— Pauvre mère ! dit Jacques, dont le visage était baigné de larmes, jamais femme n'a souffert plus que toi. Tant d'hommes réunis pour assassiner une faible créature sans protecteur et sans défense. — C'est à en devenir fou de rage et de honte ! Oui, c'est à douter de Dieu !

— Douter de Dieu quand je te retrouve ! reprit-elle ; quand je t'embrasse ! Mais songe donc que je suis heureuse ; que, grâce à mes souffrances, tu n'as pas été malheureux, toi ! car ta vie a été sauve ; car les frères ont été doux et humains pour toi, n'est-ce pas ?

— Doux et humains, répondit-il avec un rire amer. Oui, comme pour leurs chiens de chasse. Ne m'ont-ils pas outragé, humilié, nourri et battu comme leurs chiens ? n'ai-je pas fait pitié aux valets ? Mais patience, patience ! la dent du rat brisera le boutoir des sangliers. Je les croyais des gentilshommes cupides et brutaux, mais non pas des assassins et des lâches !

— Calmez-vous, Jacques, lui dis-je effrayée de son état d'exaspération.

— Me calmer, reprit-il, lorsque je vois ma mère sur ce grabat de paille humide, ma mère qu'ils ont séparée de moi pendant tant d'années ! Que de bonheur perdu, mon Dieu ! que de larmes amères qui n'auraient pas coulé, et qui sont retombées brûlantes sur mon cœur ! Cette dure captivité au milieu de ces noires murailles, je pourrais la pardonner s'il

s'agissait de moi, mais non quand c'est ma mère qui en a souffert les tortures.

— Que voulez-vous donc faire ? lui demandai-je. Oh ! n'essayez pas de lutter contre eux ; ils sont ici les maîtres souverains.

— Camille, interrompit le Collibert d'une voix tremblante, moi qui suis fou de liberté et de soleil, s'ils m'eussent enfermé avec ma mère, si j'avais pu être son compagnon de douleur, je me serais cru heureux, et je les aurais bénis. Mais séparer le fils de la mère et le laisser pleurer sur une tombe vide ! Ah ! il est vrai qu'ils la croient occupée par le cadavre de la Colliberte, ajouta-t-il avec un rire terrible, — et que c'est Orré seul qui a exigé le serment !

— Soyez prudent, Jacques, lui dis-je encore, ils sont nombreux, ils sont robustes, ils sont les seigneurs du château, et vous n'êtes qu'un enfant.

— Mais voyez donc ces cheveux blanchis et clairsemés, s'écria-t-il en me montrant la Colliberte, ces haillons de bure, cette pâleur de la faim sur le visage de ma mère ! Elle avait froid, tandis qu'ils brûlaient des chênes entiers dans leurs foyers ; elle avait faim, pendant qu'ils s'asseyaient à des tables odieusement surchargées de venaison et de vins exquis.

— Eh bien ! il faut fuir avec votre mère, Jacques, fuir de ce repaire de bandits.

— Oui, répéta-t-il, nous fuirons. Et les assassins resteront ici, mais pour y souffrir à leur tour. — Je veux que le marquis vienne avec nous, — et, pour l'y décider, je le ferai descendre dans ces caveaux. Ma mère, bientôt tous vos sauveurs seront réunis autour de vous. Préparez-vous à revoir monseigneur Ollivier de Sanglier-Chavannes.

La recluse joignit les mains et nous dit :

— Je vous attendrai en remerciant Dieu.

Nous nous éloignâmes, suivis de Bastien Lenoir, qui avait tout écouté dans un morne silence. Chaque fois que le nom du marquis avait été prononcé, j'avais vu briller un éclair dans ses yeux, et les souffrances de la Colliberte ne semblaient pas l'avoir ému. Elle lui inspirait un singulier mélange de mépris et de crainte.

Son dévouement pour Orré nous répondant de sa discrétion, nous lui enjoignîmes de rejoindre immédiatement son maître.

Le Collibert entra chez le vieux marquis. Moi, je retournai dans la chambre d'Octave, la tête bouleversée par ces étranges événements, et j'appris avec terreur, par un domestique, que le comte venait d'arriver de la chasse, de fort mauvaise humeur, et qu'il m'avait déjà demandée plusieurs fois. Or, on ne l'attendait que le lendemain, cette chasse n'étant qu'un prétexte de tournée dans les paroisses voisines.

AMOUR PASSÉ.

La porte de la chambre était entr'ouverte. J'avançai à pas légers ; mais je m'arrêtai sur le seuil en entendant parler.

Octave était seul. Il se promenait de long en large avec agitation et laissait échapper des phrases entrecoupées. J'écoutai, prise d'une curiosité anxieuse.

— Il faut en finir, disait-il. Je ne veux pas traîner plus longtemps ce boulet rivé à ma vie. Renée se doute de quelque chose. Le recteur aura deviné mon secret, et il aura parlé... Allons ! un quart d'heure de courage, et j'aurai soufflé sur ce brin de paille qui s'interpose entre le bonheur et moi.

Ces paroles me glacèrent. J'entrai néanmoins, et le comte ne m'eut pas plus tôt aperçue qu'il s'écria avec un accent de sarcasme :

— D'où venez-vous donc, Camille? Il paraît que vous mettez mon absence à profit pour vous livrer à de petites promenades sentimentales et nocturnes dans les corridors du château? Si j'étais un amant espagnol ou un More de Venise, je pourrais vous demander compte de ces mystérieuses équipées ; mais un chevalier français ne doit pas se montrer si curieux. Permettez-moi seulement de vous dire, ma chère, que je vous attendais avec impatience, parce que nous avons à causer ensemble de choses sérieuses.

— De choses sérieuses ! répétai-je fort émue du contraste de son ton léger et frivole avec les paroles que j'avais surprises et l'agitation visible qui le dominait en ce moment.

— Vous m'aimez, n'est-ce pas? reprit vivement Octave en serrant mes mains dans les siennes et plongeant un regard inquisiteur dans mes yeux, comme s'il eût voulu lire jusqu'au fond de mon âme.

— Avez-vous donc perdu le souvenir de tous les jours écoulés, répondis-je, surprise de cette question dont je ne comprenais pas le but.

— Vous m'aimez, Camille, continua M. de Chavannes d'une voix altérée, — vous m'aimez sans égoïsme, — pour moi seul, — d'un amour sans bornes. Vous n'hésiteriez pas à vous sacrifier pour mon intérêt? N'est-ce pas là ce que vous m'avez dit souvent?

Je sentis mon cœur tressaillir d'un effroi instinctif ; mais je répliquai avec effusion :

— Oh! que je serais heureuse de pouvoir te servir en quelque chose, Octave. Mon âme est tellement à toi, que je me reproche sans cesse de t'être ici inutile, — à charge peut-être. Ne suis-je donc pas même bonne à t'épargner un danger, — à remplir quelque mission où ma vie serait le bouclier de la tienne! Hélas! je n'ai plus même le pouvoir de te consoler, de rendre ton front plus calme et plus serein, de ramener le sourire à tes lèvres, quand tu rentres soucieux et triste de tes réunions royalistes !

— C'est que nous allons jouer une terrible partie en effet, interrompit Octave. Nous sommes accablés des plus graves préoccupations. La levée de toutes nos paroisses est décidée. Désormais je vais me consacrer tout entier à cette tâche immense. Et vous comprenez, Camille, ajouta le comte avec une sorte d'hésitation, qu'un soldat en campagne ne doit plus avoir qu'une seule maîtresse, la Gloire.

Je pâlis, mais à toute force je ne voulais pas comprendre, je désirais retarder le moment fatal où Octave répudierait notre amour, ou plutôt, dois-je dire la vérité, je ne croyais pas qu'il osât en venir là. Je pensais qu'il garderait encore pour moi un peu de respect humain, de la pitié, un peu d'amour, que sais-je?

— Oh! ne vous excusez pas, mon ami, lui dis-je doucement. Vous voir de loin en loin me suffit... Nous autres femmes, nous ne savons qu'aimer. Mais les hommes, eux, je le comprends, il leur faut une vie extérieure, plus brillante, plus animée que cette vie silencieuse du cœur à laquelle ne manquent pourtant ni les joies folles ni les orages. Vous avez une épée, Octave, et vous voulez atteindre cette belle chimère que vous appelez gloire et honneur. Vous avez un esprit élevé et profond, et vous voulez ac-

quérir une position éminente au milieu de ce chaos politique où tous les talents et toutes les ambitions font avalanche les uns sur les autres.... Vous avez pris à la cour des goûts et des habitudes de luxe et de splendeur. Il vous faut des parcs, des valets nombreux, des chevaux de race, des piles d'or à couvrir les tables de jeu, et vous voulez payer tout cela au prix de vos veilles et de votre sang. Cela vous dévorera les meilleures heures de votre jeunesse. Mais qui oserait vous blâmer? Pour l'homme, je le sais, l'amour n'est qu'une distraction, une halte, un entr'acte dans la vie... et pour la femme, c'est le but même de la vie. La femme qui aime véritablement doit se soumettre à cette loi inflexible... et je me soumettrai, Octave.

Le comte avait écouté ma réponse avec une impatience mal déguisée, et il reprit froidement :

— Vous ne m'avez pas laissé achever ma pensée, Camille. Je voulais vous dire que le château, moi absent, ne sera plus une habitation convenable pour une femme. La Bauge deviendra un bivouac, une caserne où l'on n'entendra plus que les cris de guerre, les roulements de tambour, le choc des fusils, où l'on ne respirera plus que l'odeur de la poudre. Il faut donc que vous partiez, Camille.

— Que je parte! répétai-je, aussi bouleversée que si je n'eusse pas dû m'attendre à cet avertissement brutal; mais ma sûreté est là où vous êtes, Octave : c'est vous qui m'avez conduite dans ce pays où je suis étrangère. Oh ! je resterai au château; une femme n'est jamais inutile, à portée des champs de bataille; je paierai l'hospitalité des vôtres en soignant leurs blessés.

— C'est impossible, dit-il sèchement. Vous partirez.

— Vous me chassez ! m'écriai-je d'une voix altérée.

Il garda le silence et baissa les yeux, humilié involontairement du rôle lâche qu'on lui faisait jouer.

— O dernière honte! vous me chassez, monsieur, dis-je en éclatant. Alors, pourquoi jouer encore la comédie? Jetez ce nouveau masque; montrez votre âme à découvert, dites-moi franchement : Je ne vous aime plus. Et croyez-vous donc avoir besoin de m'apprendre que vous en aimez une autre? L'heure du mensonge est passée; celle de la trahison est venue. Oh ! soyez généreux, monsieur le comte, n'essayez pas de me tromper encore, car on ne trompe pas une femme qui aime et qui vit en vous.... une femme dont le regard veille sur vous, dont le cœur vous épie à toute heure. Et d'ailleurs, la jalousie n'est-elle pas un pressentiment que Dieu jette comme un éclair brûlant dans le cœur de la femme oubliée? Si vous voulez que je ne vous soupçonne pas, si mes soupçons vous outragent, empêchez donc mon front de pâlir quand votre sourire cherche mademoiselle Renée de Béjarry, et tout mon corps de se glacer quand vous touchez sa main.

— Vous comprenez donc, ma chère, qu'il faut partir, me répondit nonchalamment Octave.

Juste Dieu! vous entendîtes cette réponse infâme, et, pour me châtier davantage de ma faute, vous ne m'accordâtes pas la grâce de tomber morte aux pieds de cet homme sans cœur.

Lorsque je pus recouvrer la parole, que l'indignation avait étouffée quelques instants dans mon gosier, je lui dis avec un sourire de mépris :

— Je comprends que cette noble fille ne sera jamais votre femme, monsieur de Chavannes, tant que j'aurai un souffle de vie.

— Vous êtes folle, Camille, dit le comte en haussant les épaules. Qui donc m'empêcherait d'épouser Renée, si j'en avais réellement l'envie ?

— Moi, Octave; car, avant de vous voir la conduire à l'autel, je m'accuserais devant tous de mes souillures; je proclamerais ma honte, je m'avouerais votre maîtresse.

— Soit, dit le gentilhomme, vous êtes encore assez jolie pour rendre mademoiselle Renée fière de son triomphe. Vous ferez ombre au tableau de notre bonheur. Ce sera d'assez mauvais goût, cette esclande. Mais bah! au fond de la Vendée !

— Mais je ferai plus, m'écriai-je, que de me plaindre comme une petite niaise séduite et abandonnée. On rirait de moi et l'on vous admirerait comme un galant roué. Je sais que, pour un homme, c'est un mérite charmant que de perdre une pauvre fille qui croit à la parole qu'emporte le vent. Tant pis pour nous si nous n'avons pas su nous garder, si nous avons commis le crime d'aimer, si nous avons laissé battre dans notre poitrine ce cœur que Dieu nous a sans doute donné pour rester muet et glacé... Honte à l'enfant ignorante et crédule, mais honneur au corrupteur pervers qui l'a trompée de parti pris, de sang-froid, pour le plaisir de se distraire et de flétrir la vie entière d'une créature innocente!... C'est la morale du monde.... Eh bien! monsieur, je ne vous ferai pas trophée, comme vous l'espérez. On ne rira pas de ma crédulité. On ne vous félicitera pas de votre talent de séducteur, car je montrerai à tous, à mademoiselle Renée la première, votre promesse de mariage.

— Vous feriez cela, Camille, interrompit Octave d'une voix brisée par la colère.

— Je leur dirai à tous, continuai-je, pour quel prix vous l'aviez signée de vos noms Victor-Octave de Chavannes, et nous verrons si votre père, ce loyal gentilhomme, que j'invoquerai comme on invoque Dieu au moment de périr, — me repoussera du pied ainsi qu'une vagabonde et une mendiante.

— Vous oseriez parler de cette promesse à mon père! s'écria le comte tout à fait désespéré.

Car, malgré toute sa forfanterie, il redoutait encore, ainsi que ses frères, la volonté énergique de l'aveugle, et il connaissait sa loyauté chevaleresque.

— Je lui parlerai, dis-je fermement.

— Oh! je saurai bien vous forcer au silence, répliqua-t-il. Ah! vous voulez me perdre... et voilà pourtant ces femmes qui se vantent d'aimer!

— Vous perdre, Octave, parce que je réclame votre promesse sacrée.

— Me perdre, parce que, pour soutenir cette levée de boucliers dont je vais être le chef, j'ai emprunté des sommes considérables sur mon héritage, —et que mon patrimoine ne pourra jamais acquitter plus de la moitié de ma dette

—Ainsi donc, ce n'est point un soupçon insensé de ma part. Vous ne comptez pas remplir cette promesse que vous me fîtes autrefois avec tant d'enthousiasme. Vous désirez épouser mademoiselle Renée de Béjarry.

— Mon mariage avec ma cousine peut seul me sauver et me permettre de faire honneur à ma signature, vous dis-je. Jugez-moi comme il vous plaira, Camille. Je n'aime pas cette fière amazone, mais j'ai besoin de sa fortune.

Je l'interrompis.

— Vous ne l'aimez pas, Octave. Oh! si je pouvais le croire!

— Je vous le jure, Camille... Ainsi donc, sauvez-moi. C'est votre amour que j'invoque... Soyez généreuse. Rendez-moi cette promesse.

— Vous n'aimez pas mademoiselle Renée? répétai-je encore.

— Non, Camille, dit le comte avec une sorte de franchise passionnée. — Cette fille hautaine me traite souvent avec une sorte de pitié dédaigneuse, à laquelle je ne suis guère habitué. Quand je lui parle d'amour, elle me répond le plus souvent par des sarcasmes, ou se montre plus exigeante en conditions que les dames errantes de nos romans de chevalerie. — Je cherche en vain à retrouver auprès d'elle mon sang-froid et mon esprit de cour. Je reste triste, embarrassé, honteux quelquefois du rôle qu'elle me fait jouer. Oh! il me semble même que je la hais de me rendre ainsi inférieur à moi-même.

— Non, vous ne la haïssez pas, repris-je alors d'une voix tremblante. Vous l'aimez éperdument, monsieur le comte. Cette femme vous domine comme un enfant. Pour elle, vous seriez capable de tous les dévouements comme de toutes les bassesses. Pour elle, vous vous servez de mon amour contre moi. — Octave, à partir de ce moment, vous ne pouvez plus me tromper, car j'ai lu mieux que vous-même dans votre âme. Assez longtemps j'ai subi mon malheur sans une plainte, assez longtemps j'ai faibli devant votre volonté. Tout à l'heure encore, j'eusse fait à votre avenir égoïste le sacrifice de ma vie, — mais je ne veux pas servir de marchepied à votre amour pour une autre, — je ne veux pas vous conduire moi-même dans la chambre de ma rivale. Je rendrai ce mariage impossible.

Octave vit bien qu'il avait perdu son pouvoir de fascination sur moi. Alors il fut pris d'un aveugle transport de fureur, et dédaignant toutes les formes d'une courtoisie inutile, il laissa éclater ce fonds de violence brutale et implacable qui existe dans le cœur de tous les hommes, et que les gens du monde ont seulement l'art de déguiser plus habilement que les gens du peuple.

— Malheureuse! s'écria-t-il, rien au monde ne m'arrêtera, sachez-le bien, pour atteindre le but que je me suis tracé! La promesse! donnez-la moi! que je la déchire, que je la brûle, que je l'anéantisse à jamais! qu'il n'en reste pas un mot, pas une lettre!

— Elle est dans d'autres mains que les miennes, monsieur! dis-je avec une apparence de calme, quoique mon cœur battît avec force et que mes yeux se remplissent de larmes.

— Mensonge! mensonge! répéta le comte. Je la veux, entendez-vous.

— Que je dise un seul mot, et elle sera connue de votre père, dis-je encore.

— Cela ne sera pas! s'écria Octave. Rends-moi ce papier maudit de bonne grâce, ou je saurai t'y contraindre.

Cette lutte était affreuse. Le comte s'avançait vers moi avec un regard si flamboyant de menaces, que je reculai jusqu'à la muraille, où je restai adossée. Non, il n'est pas de plus dure épreuve, de pire douleur pour une femme que de voir l'homme qu'elle a aimé et qu'elle aime encore, celui qui devrait être son soutien et son protecteur contre tous, — devenir son ennemi et son bourreau, et user contre elle, faible, immobile, sans défense, de cette force qui eût dû être son bouclier.

Oh! rencontrer la haine dans ces yeux qui vous ont souri tant de fois, — entendre sortir des menaces et des outrages de cette bouche qui pressait la vôtre et qui ne murmurait alors que des paroles d'amour et des promesses de bonheur éternel, oui, c'est là une de ces souffrances où le cœur de la femme se brise ou se pétrifie. Du jour où je fus réduite à trembler devant l'homme que j'aimais, à avoir peur de lui, à le voir haineux et mauvais, la figure ravagée par l'emportement et la colère, — ma vie morale fut terminée.

— Tu as peur enfin! dit le comte en s'arrêtant tout à coup avec un sourire de triomphe et en me regardant trembler convulsivement de tous mes membres.

— J'ai tant souffert que j'en suis venue à désespérer de la vie, répondis-je; mais le désespoir m'a donné du courage. Ah! vous croyez qu'on peut trahir aussi facilement la foi jurée, — traîner comme une pauvre esclave à la laisse une jeune fille qui vous a tout sacrifié, son honneur et sa famille, — et que le jour où l'on est las de son amour, on n'a qu'à la dénoncer aux humiliations et aux injures du monde, — et que sur ce mot : Va-t'en! elle baisera humblement sa chaîne et la main qui la frappe, etira mourir dans quelque coin. C'est une erreur fatale, monsieur le comte. Nos destinées sont maintenant liées et inséparables.

— Il fallait vous en tenir à votre première trahison, Octave; alors je n'aurais su que souffrir et mourir. Aujourd'hui, j'ai la force de me venger. Partout vous me retrouverez sur votre chemin, car nous suivrons le même, dût-il me conduire à l'abîme.

Le comte m'avait écouté sans m'interrompre avec son sourire glacial. Quand j'eus fini, il saisit mon bras, le serra avec violence et me dit :

— Allons, ma vaillante ennemie, la promesse!

— Je la garderai, dis-je, en pâlissant de douleur, mais sans un cri de plainte ou de reproche.

— Par le Dieu vivant! s'écria-t-il en lâchant mon bras, dites-moi à qui vous avez confié ce papier.

Je ne répondis pas. Il parut réfléchir un instant.

— Eh bien! qu'importe? ajouta-t-il plus froidement. Cette promesse ne signifiera rien du moment où tu ne seras plus là pour en réclamer l'exécution.

— Que prétendez-vous donc faire? demandai-je, troublée malgré moi de ces bizarres paroles. Voulez-vous m'écarter de votre chemin par la mort et me punir ainsi de vous avoir trop aimée?

— La mort! pour qui me prenez-vous? dit le comte en ricanant. Je ne suis pas un gibier de potence, madame. D'ailleurs, les morts parlent par leurs blessures, par les traces du poison, par la trahison de leurs complices. — Puisque nous nous sommes loyalement déclaré la guerre, que je vous ai prévenue de la nécessité de votre départ, et que vous refusez d'y consentir, — eh bien! demain vous disparaîtrez de ce château, sans violence et du gré de tous ses habitants.

— C'est impossible! m'écriai-je.

— Très-facile, au contraire, dans ce moment de trouble et de confusion. J'ai deux médecins tout à ma dévotion, et dans vingt-quatre heures vous ne serez plus pour le monde qu'une folle!

— Que dites-vous, Octave! vous ai-je bien compris? Une idée si infernale a-t-elle pu entrer dans l'esprit d'un gentilhomme et d'un chrétien? dis-je vaincue par l'effroi et joignant les mains. Folle! vous me feriez passer pour folle, moi que vous avez aimée. Ah! pitié, Octave. Mais on ne vous croira pas! Mais cette infamie, Dieu ne la permettrait pas.

— Je vous dis, Camille, reprit le comte avec fureur, que si vous persistez dans votre folle résistance à ma volonté, je vous ferai transférer dans la maison de fous de Bressuire, et que, qui entre dans ces maisons-là n'en sort plus. Vous serez déchue, malheureuse, de tous vos droits de créature humaine; vos cheveux seront rasés, votre corps emprisonné dans quelque affreux vêtement de force; enfouie dans une loge obscure et étroite, comme une bête fauve, vous ne verrez pas un coin du ciel; l'été, vous serez dans une fournaise, et l'hiver, vous aurez froid dans la moelle des os. Vous apprendrez à oublier votre nom, car vous ne serez plus que le numéro un tel.

— Ce que vous dites là est trop horrible, monsieur le comte. Je n'y crois pas. Je parlerai haut, je me plaindrai, on m'écoutera, on aura pitié de moi.

— Le bâton des gardiens sait faire taire les plaintes et les supplications, Camille. Tous les fo. s se plaignent de leur réclusion à grands cris. Les visiteurs sont faits à cela.

— Vous voulez m'épouvanter, Octave; mais vous calomniez l'humanité. On ne suppose pas à plaisir la folie chez ceux qui ont toute leur raison. Ceux qui m'interrogeront, ceux à qui vous m'aurez dénoncée sauront bien reconnaître que je ne suis pas folle.

— Ils ne le voudront pas, dit le comte; car c'est par mes yeux qu'ils verront, et c'est moi qui parlerai par leur bouche. Et tenez, vous-même deviendrez le complice involontaire de mon projet. La menace seule de ce malheur a bouleversé vos traits déjà et jeté dans vos yeux une expression d'égarement. D'ailleurs, voyez-vous, Camille, les directeurs de ces maisons-là tiennent à conserver leurs clients. La raison des aliénés, ça s'appelle des moments lucides. La manie de tous les fous, c'est d'avoir leur bon sens. On les reconnaît à cela, — Aussi les gardiens ont-ils des moyens bien simples pour les mettre à la raison. — Ceux qui se plaignent, on leur supprime leur ration de nourriture; ceux qui menacent, on les bat; ceux qui deviennent furieux et qui frappent, on les met à la chaîne.

— O mon Dieu! mon Dieu! pitié au nom d'autrefois! m'écriai-je en tombant épuisée aux pieds d'Octave, les yeux remplis des funestes visions qu'il venait d'évoquer, et croyant déjà entendre les pas des hommes qui venaient me chercher pour m'entraîner dans cet horrible enfer.

— Pitié! répétai-je machinalement; mais si je tombe dans ce gouffre, je deviendrai folle, en effet. Seule, perdue au milieu de ces misérables créatures, voyant sans cesse leurs figures grimaçantes, leurs contorsions stupides, entendant leurs hurlements sauvages, la peur me gagnera, puis la démence... et je finirai par être comme eux... Folle! folle! mon Dieu!... Oh! non, c'est impossible, dis-je tout à coup surexcitée par l'excès de la terreur. C'est un rêve dont vous avez voulu éblouir ma pensée pour m'épouvanter et me dompter... Mais vous ne le feriez pas, vous ne pourriez pas le faire...

Et je me relevai haletante, l'interrogeant néanmoins d'un regard fiévreux et éperdu. Il répondit sans s'émouvoir :

— Je vous donne un jour entier pour vous décider, Camille, à quitter volontairement la Bauge. Si vous refusez, vous ne devez plus espérer d'autre asile que la maison de Bressuire.

Et, s'inclinant avec une courtoisie ironique, il sortit de la chambre.

Pour moi, je tombai dans un anéantissement profond, ne sachant vraiment si j'étais bien éveillée ou si je venais de faire un songe épouvantable. Je ne pouvais croire à la réalité de ce qui venait de se passer entre Octave et moi.

L'AVEUGLE.

A partir de cet entretien, les événements marchèrent avec une rapidité foudroyante. Je ne puis guère te les raconter d'une façon complète et précise, car je n'assistai pas à tous, et j'appris la plupart des détails que tu vas lire d'un homme qui eut sans doute intérêt à modifier la vérité dans son récit.

Le Collibert avait révélé sans retard au marquis Ollivier l'existence de sa mère.

L'impression que produisit cette nouvelle sur le seigneur de la Bauge fut terrible. Elle lui rendit toute son énergie d'autrefois.

Il écouta Jacques sans l'interrompre, — sans manifester son émotion par un seul cri de joie. Il restait immobile, morne, le visage semblable à un masque de cire, si bien que le Collibert le crut un instant paralysé dans ses facultés morales. Mais quand ce dernier eut fini de parler, le marquis saisit sa main, et Jacques sentit que la fièvre battait dans ses artères.

— Et tu l'as vue, toi? dit le vieux seigneur avec un geste d'envie passionnée.

L'accent avec lequel il prononça ces paroles éclaira le Collibert sur l'amour profond, absolu et violent du marquis Ollivier, et lui fit comprendre sa vieillesse prématurée, l'assoupissement singulier de ses passions et de ses instincts dominateurs.

La mort de la belle Jeanne avait détendu tous les ressorts de la pensée, du sentiment et de la vie physique chez cet homme de fer, dont le cœur et le caractère étaient tout d'une pièce.

Depuis lors il végétait dans une sorte de somnolence, agitée seulement de quelques rêves, qui étaient des souvenirs. Mais quand Jacques lui eut répété :

— Ma mère est vivante! je l'ai vue, je l'ai embrassée! le vieillard parut réveillé et rajeuni par la baguette d'une fée. Il crut que le bonheur, que la vie, que l'amour allaient revenir, que les jours d'autrefois allaient recommencer.

— Mon épée, Jacques, dit-il vivement. Oh! le cœur est toujours jeune. Et moi qui blasphémais le ciel! Je vais embrasser Jeanne. Oh! merci, mon Dieu! Descendons vite à la tour de l'Eau, Jacques. Je me sens fort et robuste maintenant.

Guidé par son fils, il parvint jusqu'à la Colliberte. Tu devineras facilement l'effet d'une semblable réunion. Deux êtres qui s'aimaient et qui croyaient ne jamais se revoir que dans l'éternité ; — qui, séparés, n'existaient plus que d'une manière incomplète, se retrouvaient. Ils pouvaient confondre leurs larmes et se dire leurs souffrances. Pour eux, ce passé de douleur cessait d'exister. Leurs premières paroles furent des sanglots, puis les sanglots s'éteignirent dans un baiser. Puis le son de leurs voix les fit tressaillir tous deux comme une harmonie divine et pénétrante.

— Jeanne, murmura le marquis d'une voix mouil-

lée de larmes, depuis que je t'avais perdue, j'avais oublié que je vivais!

— Mon cher seigneur, dit la Colliberte, moi je ne faisais que prier pour vous et que me souvenir.

Alors seulement elle pensa à le regarder.

— Laissez-moi vous voir, mon ami, continua-t-elle. Ah! je suis bien changée, moi. Vous ne retrouverez plus la belle Colliberte. Mais vous, vous êtes toujours le roi des beaux cavaliers de la province, n'est-ce pas? Les hommes ne vieillissent pas aussi vite que les femmes!

La recluse croyait voir le marquis tel qu'au jour de leur séparation. Cependant lui ne répondait pas; douloureusement surpris en comprenant que Jacques n'avait point parlé de son infirmité, il retenait ses sanglots.

A la fin, la Colliberte s'effraya de cette immobilité et de ce silence étrange; son cœur se troubla involontairement. La lanterne de Jacques éclairait peu; elle se pencha vers le marquis et saisit sa main; la main resta froide et inerte dans les siennes. Elle la lâcha, et la main retomba, toujours inerte. La recluse laissa échapper un cri d'épouvante :

— Mon Dieu, mon cher seigneur, allez-vous mourir? Pourquoi votre main est-elle glacée? Oh! répondez-moi donc? rassurez-moi donc!

Le marquis pleurait.

— Vous êtes bien cruel, Ollivier, continua-t-elle; ai-je dit quelque chose de mal? Oh! parlez! mes yeux sont sans doute bien affaiblis, mais il me semble que vous détournez vos regards de moi. Seriez-vous donc irrité? Oh! je ne revois plus ce regard de lion, si terrible dans la colère, si doux quand il se fixait sur moi. Approchez donc, Ollivier, et regardez votre pauvre Jeanne. Les yeux, c'est l'âme. Et je verrai bien tout de suite si vous m'aimez toujours. La bouche peut mentir et tromper, mais les yeux ne savent pas faire semblant d'aimer quand le cœur est indifférent. Ollivier, mon mignon seigneur, regardez-moi!

— Hélas! hélas! dit le marquis, je ne vous verrai plus jamais, jamais. Oh! ce supplice, je ne l'avais pas rêvé.

— Que voulez-vous dire? Ollivier, s'écria la Colliberte qui arracha la lanterne des mains de Jacques, et la porta brusquement au visage du marquis.

L'Innocent s'éloigna pour aller faire le guet et ne pas gêner les épanchements de cette entrevue, dont il ne se sentait plus la force de soutenir les émouvantes impressions.

— Oh! votre visage m'épouvante, s'écria Jeanne en contemplant le marquis. Pourquoi cette expression terne et glacée? Autrefois, en m'apercevant, vos traits s'épanouissaient, vos bras se nouaient autour de mon cou, vos yeux brillaient de joie et de tendresse. Ah! je devine, ajouta-t-elle avec un accent de voix amer, vous me trouvez laide. Mon aspect vous repousse et je vous fais pitié.

— Non, Jeanne, tu te trompes étrangement, murmura le seigneur de la Bauge avec un sourire forcé, c'est moi, au contraire, qui vais te faire pitié. Tu ne comprends donc pas, ma bien-aimée, que je ne puis plus te regarder que dans mon souvenir et dans mon cœur?

— Mon Dieu! expliquez-vous, Ollivier. Toujours ces yeux fixes et ternes qui m'effraient!

— Jeanne, je suis aveugle, dit le marquis.

La Colliberte poussa un cri déchirant.

Jeanne, je suis aveugle. — Page 48, col 2.

— Calme-toi, reprit-il. Tu oublies que les années ont coulé entre nous, Jeanne. Tu te crois au lendemain de notre séparation. Je suis un vieillard, sais-tu, moi qui te parle. Mais n'accusons pas trop la providence. Grâce à ce malheur, pour moi, tu es toujours belle comme autrefois. C'est ma chère et resplendissante Colliberte que je crois voir devant moi et que j'entends, car le timbre pur et argentin de ta voix ne s'est pas altéré. Mais tu ne réponds rien, Jeanne, me repousseras-tu, toi, parce que je ne suis plus qu'un être infirme? Parle-moi, car je ne puis te voir ni connaître si tu souffres, car Dieu m'a fait cette impuissance que je ne pourrais secourir même celle que j'aime, moi qui ai besoin des secours de tous.

— Pauvre Ollivier! oh! ne doute pas de moi, dit la recluse, ce serait un blasphème. Dieu a bien marqué l'heure de notre réunion, puisqu'il l'a fixée au moment où mon aide peut t'être utile, — où mon bras débile et mes yeux affaiblis peuvent te guider. Je te ferai une vieillesse heureuse, mon doux seigneur. Tu ne seras plus isolé, végétant dans ton ennui et ta souffrance. Nous fuirons loin de ce château maudit.

— Fuir! s'écria le marquis. Crois-tu donc que mon pouvoir et ma volonté soient paralysés comme ma paupière et mon bras? Non, Ollivier l'aveugle et l'infirme ne sera pas un objet de pitié et de risée. Privé de toi, isolé de toute affection, j'ai pu prendre peu de souci de mes droits; mais pour te protéger, tu me verras rajeunir. Sois mes yeux, Jeanne, et je reparaîtrai plus terrible que jamais dans la grande salle de la Bauge. J'oublierai que je suis père pour devenir juge!

— Sois Clément et miséricordieux, dit la Colliberte.

— Non, répliqua le marquis. La clémence serait, pour de tels crimes, faiblesse et lâcheté. Je te vengerai.

Au même instant, ils entendirent comme un bruit de pierres qui roulaient avec fracas, de coups de pioche qui retentissaient sourdement, — puis un cri de désespoir et de rage qui éclata avec la vibration d'une corde qui se brise, et que répétèrent les échos des caveaux.

L'aveugle et Jeanne s'étaient tus et restaient atterrés de surprise et d'effroi.

— Quel est ce bruit? dit enfin le marquis.

— Je ne sais; mais mon cœur se serre, répondit la recluse. Oh! si nous pouvions fuir! J'ai soif d'être tirée de ce sépulcre. Mais je suis encore si faible... Je puis à peine me soulever sur ce grabat de paille...

— Le Collibert nous a dit de l'attendre, répliqua l'aveugle.

Un nouveau cri de détresse vint retentir jusqu'à eux. La recluse frémit de tous ses membres.

— Mais votre cœur est donc sourd, Ollivier? s'écria-t-elle. Il n'a pas remué et tressailli à cet appel! Mais c'est la voix de Jacques. Je n'osai pas vous avouer ma crainte tout à l'heure. Mais c'est lui qui nous appelle et nous attend!

— Jeanne, es-tu sûre de cela? dit le marquis

Le docteur et les deux paysans achevaient rapidement leur œuvre sinistre. — Page 52, col. 2.

d'une voix altérée. Aurions-nous à craindre un guét-apens? Mais, rassure-toi. Je suis le maître. Que je paraisse, et l'on m'obéira !

Les coups de pioche retentissaient toujours. La recluse se souleva avec effort et fit quelques pas en chancelant; mais elle s'arrêta bientôt, la mort dans le cœur, en disant :

— Je ne puis, je ne puis aller plus loin. De la force, mon Dieu, donnez-moi donc de la force. Nous sommes trahis, Ollivier. Ils me tueront mon fils. Oh ! lâche créature, qui ne peut aller vers son enfant !

— Mais moi, je puis marcher, s'écria le vieux seigneur; j'ai de la force plus que toi. Mais dussé-je me traîner à tâtons dans ces caveaux...

— Oui, et le temps se passe; et ils le tueront, interrompit la pauvre mère avec un rire terrible et insensé.

— Mais écoutons, reprit le marquis. Le bruit devient plus sourd. Que font-ils?

Chacun essayait de cacher à l'autre sa crainte mortelle et attendait. Mais alors ils commencent à comprendre le danger qui les menace, et la Colliberte s'écrie :

— Oui, nous sommes trahis. Savez-vous, Ollivier, ce que signifie ce bruit infernal. Mes bourreaux font murer l'entrée du souterrain; ils nous enferment ici comme dans une tombe.

— C'est impossible, dit l'aveugle. Ils ne sont pas descendus à ce degré d'infamie de devenir parricides, de tuer celui dont ils ont reçu la vie.

— Nous sommes condamnés, vous dis-je, insista

Jeanne. Oh ! vous avoir revu, mon cher seigneur, avoir espéré regarder le soleil doré dans le ciel et mourir dans ces ténèbres froides. Si seulement, ajouta-t-elle, ils me faisaient mourir seule, si je ne vous entraînais pas dans ma perte, Ollivier !

— Mais, moi, je ne t'ai pas retrouvée pour te perdre, pour voir s'anéantir tout cet avenir que je rêvais, s'écria le marquis avec rage. O mes yeux vides ! que ne pouvez-vous briller quelques instants ! mais non, partout l'ombre autour de moi, partout la nuit. Et ces mains robustes qui eussent autrefois fait écrouler des murailles, me servent moins que les mains de lait d'un enfant.

Mais, comme le bruit sourd ne cessait pas, l'aveugle continua :

— Il ne faut pas s'abandonner soi-même. Il me reste une main vaillante et une épée. Jeanne, je vais t'emporter, puisque tu n'as pas la force de marcher. Cramponne-toi bien à mes épaules. Tu verras pour moi, tu me guideras, et peut-être arriverons-nous à temps.

— Oh ! oui, sauvons notre enfant, dit-elle, et elle obéit, dans un transport convulsif, à l'ordre du vieux seigneur qui s'avança d'un pas lourd et chancelant, hésitant à se diriger vers l'issue du souterrain.

Par malheur, en soulevant la grille qui fermait l'entrée du petit caveau, cachot de la Colliberte, celle-ci laissa échapper la lanterne de ses mains. La lanterne roula sur les degrés et la lumière s'éteignit.

Ce fut un moment d'angoisse horrible pour le

infortunés. Ils errèrent alors presque au hasard, avec l'aveugle ténacité du désespoir, séduits néanmoins quelquefois par une folle espérance, s'arrêtant pour écouter la voix d'un libérateur et n'entendant que le bruit mat des pierres qu'on entassait.

Souvent le marquis s'arrêtait, épuisé de fatigue et à bout de courage, — et il disait à la Colliberte, avec cette hésitation de l'homme qui s'attend à une déception, mais qui veut faire croire qu'il espère, qu'il entrevoit une chance de salut :

— Jeanne, — ne vois-tu rien encore, ne te vient-il pas un peu de jour, un rayon, une lueur qui indique l'issue du souterrain. Il me semble qu'un vent frais m'a frappé au visage, que je sens l'air du dehors ?

— Allons toujours, répondait la recluse. Je ne vois rien encore.

— Oh ! que les détours de ces caveaux sont longs, s'écria le vieillard en s'appuyant à la muraille.

— Je puis les abréger et vous guider, dit tout à coup une voix à quelques pas d'eux.

Le marquis et la Colliberte poussèrent un cri de joie.

— Mais à une condition, ajouta la voix.

— Qui que tu sois, parle donc, parle vite, dit le marquis.

— Eh bien, abandonnez cette femme, cette Colliberte sacrilège, marquis Ollivier. Choisissez entre elle et la vie !

— Jamais ! jamais ! s'écria le vieillard.

Eh bien ! soit, vous périrez ensemble. Que Dieu vous garde, dit la voix en ricanant.

— Arrête ! arrête ! répéta l'aveugle avec angoisse. Ecoute ; si tu nous guides et si tu nous sauves, je t'offre une récompense royale. Ce que tu demanderas, tu l'auras. Es-tu un gentilhomme ? Au nom de l'honneur, je te supplie...

— Je ne suis qu'un paysan, un manant pour parler votre langage, marquis Ollivier, interrompit la voix.

— Eh bien ! aimes-tu une fille pauvre ? je la doterai. As-tu des enfants ? je les élèverai. As-tu de l'ambition ? je remplirai d'or ton chapeau de paysan.

— Rien, je ne veux rien, — que la mort de cette femme, et je l'aurai, répondit la voix menaçante.

— Qui donc es-tu ? demanda le marquis d'une voix éteinte.

— Marquis Ollivier de Sanglier-Chavannes, je suis Bastien Lenoir, — le fils de Pierre Lenoir ; — tu te souviens, — de Pierre que tu as fait pendre sans pitié parce qu'il se plaignait de ce que tu vendais tous nos frères pour payer les joyaux de la Colliberte !

— Le fils de Pierre Lenoir !... répéta douloureusement l'aveugle ému d'un remords poignant.

— C'est moi qui vous ai dénoncés, — écoutés, — suivis, ajouta Bastien.

Le vieillard courba la tête avec résignation devant cette fatalité implacable, et serra de sa main frémissante la garde de son épée.

— Retiens-le, retiens-le, lui dit la recluse éperdue ; qu'importe le salut d'une créature qui allait mourir ? Il faut sauver Jacques, et toi-même, mon cher seigneur.

Mais le marquis restait immobile, écoutant avec angoisse et désespoir les pas de Bastien Lenoir se perdre dans l'éloignement. Enfin, il essaya machinalement de le suivre. Mais le malheureux semblait être devenu fou. Il courait, haletant, dans la direction du paysan ; il se heurtait aux pierres des parois ; il y ensanglantait son front et sa main vacillante.

Par moment il s'arrêtait découragé ; puis il se traînait de nouveau avec son fardeau précieux lentement, péniblement, la sueur ruisselante à ses tempes dépouillées.

Parfois, ils entendaient plus distinctement le bruit des travailleurs, puis ce bruit semblait s'éloigner et s'éteindre.

— Mais, mon ami, dit la recluse dans un de ces instants affreux ; — ne te souviens-tu plus des détours de ces caveaux qui t'étaient si familiers autrefois ?

— Mais, malheureuse, tu oublies donc, répondit le pauvre Ollivier, que je suis aveugle, que je vais au hasard, — que ma force, ma volonté, mon courage, tout s'anéantit devant cette infirmité. Et ma tête s'égare et le danger augmente à chaque instant. Mais une idée me vient. Où sommes-nous, maintenant ? Peux-tu distinguer quelque chose autour de nous ?

La Colliberte porta ses mains sur un mausolée contre lequel ils étaient alors appuyés et dont le marbre blanc se détachait vaguement dans l'ombre.

— Je touche, répondit-elle, le mausolée sur lequel est couché un chevalier mourant qui écrase sous son gantelet de fer la tête plate et hideuse d'un serpent dont les anneaux monstrueux s'enroulent autour du corps d'un petit enfant.

— O Dieu soit loué ! s'écria le marquis. Nous sommes sauvés. J'étais vraiment fou de ne pas songer plus tôt à t'interroger ainsi. C'est la statue du baron Armand de Sanglier-Chavannes, le Croisé, dont le dernier né fut étouffé par un serpent énorme que cet héroïque guerrier avait rapporté de la Terre-Sainte. Armand vengea son fils, mais il fut mordu par le reptile au défaut de sa cotte de mailles et faillit périr. Nous sommes sauvés, te dis-je ; suivons la galerie à droite, et nous arriverons au bas de l'escalier qui conduit aux appartements de la Tour.

Il marcha alors avec une ardeur nouvelle et au bout de quelques minutes, pendant lesquelles ils entendirent le bruit des pioches et des éboulements de pierres se rapprocher, la Colliberte se laissa glisser à terre et arrêta le marquis en s'écriant :

— Le recteur est là, à dix pas de nous !

Ils ne s'étaient pas trompés. Deux paysans s'occupaient activement à murer une porte de pierre le bas de l'escalier.

L'un de ces paysans était le dénonciateur Bastien Lenoir, — le fils du pendu, — le frère de lait d'Orré.

Devant eux le recteur retenait violemment le Collibert et cherchait à étouffer ses cris d'appel et de détresse. Le cœur de la recluse ne l'avait pas trompée. C'était bien la voix de son enfant qu'elle avait entendue.

Jacques se débattait depuis longtemps ainsi, sous la main robuste du recteur, essayant de se dégager afin de retourner avertir son père de leur nouveau danger, menaçant et suppliant tour à tour, mais en vain.

Ses forces commençaient à s'épuiser dans cette lutte sourde et acharnée.

En entendant la voix de sa mère, il fit un violent et suprême effort et se détacha de l'étreinte du prêtre.

— Au secours ! à moi, monseigneur Ollivier ! s'écria-t-il d'une voix pantelante. A nous deux nous pouvons lutter, à nous deux nous pouvons vaincre le recteur qui veut nous prendre dans ce souterrain comme il forcerait un sanglier dans sa bauge.

— Monsieur le marquis Ollivier sait qu'il est libre

de sortir des caveaux s'il abandonne cette femme, dit gravement le recteur en désignant de la main la Colliberte.

— Honte sur vous, ministre de Dieu, qui prêchez le crime et qui proposez une pareille lâcheté à un gentilhomme, à votre hôte, s'écria le marquis indigné. Nous sortirons tous d'ici, librement ou de force, entendez-vous, recteur de Kerbader !

— C'est ce que nous verrons ! repartit ce dernier. Nous sommes trois hommes robustes et résolus de notre côté, et nos trois adversaires sont un vieillard infirme, une femme moribonde et un enfant idiot. La victoire ne sera pas fort glorieuse peut-être, mais elle a le mérite de ne pas être douteuse.

— Oh ! ce mur monte toujours, dit la recluse.

En effet, les deux paysans empilaient toujours les pierres les unes sur les autres, sans s'émouvoir de ce qui se passait, comme des automates que rien ne pouvait distraire de leur besogne mécanique.

— Ces travailleurs sont vos vassaux, mon père, dit alors Jacques au marquis. Ordonnez-leur de cesser leur tâche criminelle.

— Si la voix de votre maître a encore quelque autorité sur vous, cessez d'élever ce mur infâme, s'écria le marquis Ollivier. Jetez ces outils, renversez ces pierres, et faites-nous libre passage.

— Au nom de Dieu, votre vrai et suprême seigneur, continuez votre œuvre, ordonna le recteur.

Mais la voix tonnante du vieux marquis avait imposé aux deux paysans si longtemps habitués à la craindre et à le respecter.

Ils interrompirent leur travail et laissèrent tomber leurs outils à terre.

— Ils vous obéissent, mon père, dit Jacques avec un transport de joie. Nous l'emportons. Maintenant, dites à ces fidèles gars de nous aider à nous emparer de cet homme.

— Bien ! dit le marquis, vous avez reconnu la voix de votre maître. Ce n'est pas tout. Saisissez le recteur et veillez sur lui. Vous m'en répondrez sur votre tête.

Les paysans se regardèrent et hésitèrent.

Le recteur de Kerbader poussa un ricanement sourd et dit :

— C'est vendre un peu trop tôt la peau de l'ours, monseigneur.

Puis s'adressant aux manants immobiles :

— Venez donc, ouailles égarées, ajouta-t-il. Mais, non. Ils savent bien que quiconque met sa main sur le ministre et l'oint du Seigneur en est cruellement puni. Sa main se dessèche et son âme est perdue. Vous êtes allé trop loin, marquis Ollivier. Vous avez gâté votre cause. Cet acte de violence n'aura servi qu'à me rendre inexorable.

— Qui donc est votre maître ici, de ce prêtre ou de moi ? s'écria le vieillard dans un accès de fureur. Obéissez, ou sinon...

Les paysans ne bougèrent pas.

— Vous l'entendez, mes frères, interrompit le recteur, l'âge et les infirmités n'ont pas été pour le marquis un avertissement assez dur et salutaire. C'est toujours le tyran qui parle. Obéissez, ou sinon ! Toujours la menace à la bouche, comme s'il avait son escouade de valets armés de fouets et de bâtons, prêts à châtier la moindre désobéissance à ses caprices, — comme au temps où il fit pendre ton père, Bastien Lenoir.

Ce dernier laissa échapper un cri sourd à ce sou-

venir qui le blessa au cœur comme une lame ardente.

Le prêtre vit l'effet de ses paroles, sourit et continua :

— Défends donc le bourreau de ton père, Bastien, ou sinon... il te fera pendre aussi. Heureusement, on a rogné le boutoir du sanglier ; ses griffes sont usées. Il ne tuera plus personne. Bastien Lenoir, ramasse ta truelle et reprends ta besogne.

Bastien obéit.

— Misérables ! s'écria le marquis, vous vous révoltez contre votre maître ?

— Monseigneur, nous ne lèverons pas la main contre vous, répondit l'autre paysan ; —mais nous ne pouvons pas non plus faire du mal à un ministre de Dieu.

Et il se remit à l'œuvre, ainsi que son compagnon. Le recteur ne put cacher un tressaillement de joie infernale.

— Tu ne triomphes pas encore, lui dit le Collibert exaspéré par cette scène terrible. Mon père, à nous deux, ne briserons-nous pas facilement cet obstacle, le seul qui se dresse entre nous et la liberté, et la vie ?

Et s'élançant sur le recteur, il l'étreignit et l'enlaça de ses bras grêles, mais nerveux.

Surpris de cette attaque soudaine, le prêtre chancela et ne résista qu'avec peine au Collibert, dont l'agilité extraordinaire balançait sa force supérieure.

Jacques fit entendre un cri de triomphe, — et le recteur pâlit en voyant s'avancer vers eux le marquis, le visage bouleversé par le désespoir.

— Frappez le misérable, s'écria Jacques. Tirez l'épée du fourreau. Frappez-le de l'épée !

Le recteur essaya de se dégager par un effort violent ; mais il tomba, au contraire, sur un genou. Sa position devenait critique. Les paysans restèrent immobiles et regardèrent curieusement la lutte.

Le marquis tira en effet son épée : il était encore robuste, et d'un seul coup il pouvait sauver tout ce qu'il aimait au monde. Il s'avança, plein d'espérance cette fois, guidé par la voix du Collibert.

Mais quand il se trouva, souffle à souffle, devant le groupe ardent des lutteurs, — qu'il entendit leur respiration haletante, — qu'il se pencha sur eux et qu'il n'eut plus qu'à lever sa main armée de l'épée et à la laisser retomber, — qu'il se sentit le pouvoir de faire courber la face contre terre à ce prêtre odieux, — quel ne fut pas l'étonnement de tous en voyant le terrible vieillard pâlir, tressaillir et hésiter !

—Mon père, frappez donc ! répéta le Collibert consterné, éperdu. — Mes forces s'épuisent. Tous mes membres ruissellent de sueur. Frappez donc !

Le marquis Ollivier jeta un cri déchirant, mêlé de rage et d'angoisse, et recula de deux pas.

— Mon père, mon père, que faites-vous? dit encore le pauvre enfant. Ployez donc cet homme sous votre main puissante. Il reprend courage. Je le sens qui se relève insensiblement, comme si la terre lui eût rendu des forces.

La Colliberte joignant ses mains, interrompit sa prière à Dieu pour crier à son tour :

— Mon cher seigneur, secourez donc votre enfant !

— Malheureux ! dit alors le vieux marquis à Jacques, d'une voix brisée, — je n'ose pas frapper.

— Vous n'osez pas ! dit Jacques avec stupeur.

— Veux-tu donc que je risque de te tuer? Oublies-tu donc que je suis aveugle, — aveugle, — et que mon épée frapperait au hasard ?

A cet aveu déchirant, le recteur redoubla de sauvage énergie et conçut une nouvelle lueur d'espoir.

— Eh! qu'importe! frappez au hasard! — s'écria impétueusement le Collibert qui raidissait ses bras avec une force convulsive, — mais sauvez ma mère. Si le recteur se dégage de mon étreinte, nous sommes perdus.

Mais le marquis semble pétrifié; il n'ose suivre l'héroïque conseil de son fils; il sent ses idées se confondre, sa raison vaciller dans cette horrible alternative.

A chaque plainte oppressée, qui sort en sifflant comme un râle de la poitrine du Collibert, il répond par un cri rauque, et son épée reste suspendue et menaçante sur les deux adversaires. Peut-être la laisserait-il tomber enfin; mais la pauvre Jeanne se traîne à ses pieds et lui crie :

— Ollivier, ne tue point ton enfant!

Et le marquis n'ose frapper. Cependant les secondes sont des siècles pour les deux ennemis; — à mesure que la lutte continue, le Collibert sent défaillir ses forces, et le recteur retrouve les siennes, comme l'Antée de la fable, dans l'espoir de son triomphe et de l'abandon de Jacques.

La souffrance arrache à celui-ci des gémissements de plus en plus étouffés. Il a à peine la force de murmurer :

— Mon père! au secours! ne m'abandonnez pas, ne perdez pas ma mère!

Le souffle expire sur ses lèvres violettes. Ses yeux se ferment par moments, et sa tête se penche sur son épaule. Cependant ses doigts sont encore incrustés, comme s'ils étaient de fer, au cou du recteur.

— Qu'ai-je donc fait au ciel pour être ainsi frappé d'impuissance! dit le malheureux père. Aveugle! être aveugle! se sentir ferme de cœur, serrer la poignée d'une épée dans sa main, tenir son ennemi presque à sa merci, — et ne pas voir où diriger le coup qui nous délivrerait tous.

Les bras du Collibert se détendirent, — et il s'affaissa aux pieds du recteur en criant :

— Ma pauvre mère!

— Mon Dieu! quel crime ai-je donc commis, murmura l'aveugle, — pour que vous me forciez d'assister, comme un spectateur indifférent, à l'agonie de mon fils!

Cependant le prêtre, saisissant Jacques évanoui dans ses bras, se retourna, — enjamba le nouveau mur qui s'élevait déjà à moitié de la voûte, — puis il s'écria :

— Ah! digne seigneur, vous vouliez me tuer. Eh bien! vomis maintenant contre moi l'imprécation et le blasphème. Que la colère empourpre ton visage! Je me ris de tes menaces et de ta colère. Si tu étais moins orgueilleux, tu m'implorerais peut-être. Mais je te préviens que ce serait aussi inutile. Chacun son tour. Tu auras le temps de cuver ta rage, noble châtelain de la Bauge!

Puis, s'adressant aux paysans :

— Mes enfants, dit-il, terminez vite votre besogne. Votre récompense sera large, et je vais d'ailleurs vous aider. Quant au Collibert, je serai généreux, je lui octroie la vie et la liberté. Qu'il aille vous chercher, s'il veut, des défenseurs au château.

— Mes fils ne sont pas les complices de ton crime, dit fièrement le vieux gentilhomme. Jacques appelle-les à notre aide. Cet homme les calomnie. Il a beau jeu pour nier les sentiments de famille, lui prêtre sans famille, détaché de tous liens d'affection, et qui n'a qu'un bréviaire à la place du cœur.

— Vous avez la mémoire courte, monsieur le marquis, répondit ironiquement le recteur. Vous oubliez que vos excellents fils sont les assassins de la Colliberte, — qu'ils se soucient fort peu d'affronter votre vengeance, que vous appelez votre justice, — et qu'ils sont peut-être pressés d'hériter.

— Tais-toi, infâme! s'écria le noble aveugle. Je ne te demande plus que la pitié de ton silence.

Et se couchant à terre, adossé aux parois, pressant la tête de la Colliberte sur son sein, il attendit, le visage gonflé de larmes.

Le recteur et les deux paysans achevaient rapidement leur œuvre sinistre.

Cependant le Collibert, bientôt ranimé par la fraîcheur de l'air, et profitant machinalement de la générosité singulière du prêtre, qui ne provenait que d'un extrême dédain et d'une profonde conviction de sa puissance, — se mit à gravir lentement les degrés qui montaient aux appartements de la tour de l'Eau, — et disparut après avoir jeté un regard désespéré sur le marquis et la recluse.

L'EAU DE JOUVENCE.

Deux heures après la sortie d'Octave, j'entendis gratter à ma porte. J'ouvris et je crus voir l'ombre du Collibert; ses yeux seuls, étincelants d'un feu sombre, semblaient vivre sur son pâle visage.

Il m'apprit en quelques mots l'horrible situation de Jeane et du marquis; puis il ajouta rapidement :

— Suivez-moi, Camille. Peut-être pourrons-nous encore les sauver. Dans mes courses vagabondes, j'avais découvert, il y a deux ans, l'entrée d'une grotte toute voilée de broussailles et de genêts sur le revers des rochers qui bordent le midi de la Bauge. Je n'osai pas alors m'aventurer dans ses détours, parce que les eaux des torrents y pénètrent souvent; — mais je suis sûr que cette grotte doit aboutir aux caveaux, et je veux tout tenter pour parvenir jusqu'à ceux qui comptent sur moi.

— Mais vos frères vous empêcheront de sortir du château, Jacques, répondis-je.

— Mes frères! dit-il avec un sourire égaré; je leur prépare un étrange sujet de distraction. Dans quelques minutes, ils n'auront guère le loisir de songer à moi.

Il me montra mystérieusement le col d'une petite bouteille cachée sous son sayon bleu.

— Quel talisman renferme donc cette bouteille? demandai-je avec une sorte d'inquiétude instinctive.

— Tu verras, Camille, tu verras! mais dépêchons.

Et il se mit à gambader, comme un insensé, en m'entraînant vers la porte. Dans ce moment, j'en suis sûre, la tête du malheureux enfant, frappée par tant de commotions successives et par la catastrophe à laquelle il venait d'assister, était en proie à une sorte de délire.

Tout à coup la porte s'ouvrit brusquement, et nous vîmes entrer mademoiselle Renée de Béjarry.

Son premier regard fut effrayant de hauteur et de dédain soupçonneux. Nous reculâmes de surprise.

— Ah çà! est-ce que vous conspirez ici, mes petits amis, dit-elle en ricanant.

Elle était vêtue d'un long peignoir blanc serré à la taille par une cordelière dont les bouts flottaient ; ses cheveux, tressés en deux longues nattes piquées çà et là de roses vives, tombaient gracieusement sur ses épaules. Un collier de corail à triple rang sautelait au hasard sur son cou et sa blanche poitrine. Elle avait ainsi l'aspect étrange d'une jeune druidesse, regardant avec un sourire de triomphe les captifs ramenés par les guerriers de sa tribu et dévoués à Teutatès.

L'aube venait de paraître.

— Ma visite matinale vous surprend un peu, n'est-ce pas ? reprit-elle en narguant notre silence.

— Que désirez-vous de nous, mademoiselle Renée ? dit le Collibert, qui s'avança vers la porte avec vivacité.

— Vous dire que vous êtes mon prisonnier, Jacques, répondit-elle en souriant toujours. Le recteur vient de me mander qu'il vous confiait à ma garde et que vous ne deviez pas sortir du château.

— Oh ! les infâmes ! dit Jacques, dont les yeux prirent une fixité effrayante ; ils veulent consommer l'iniquité. Ils se défient même du rat qui peut ronger les mailles du filet sanglant. On me donne une femme pour geôlier. C'est juste, je suis un enfant.

— Quant à votre compagnon, Jacques, dit mademoiselle Renée d'un air glacial et sans me regarder, il est libre de quitter la Bauge. La porte est ouverte pour lui.

— Je ne sortirai qu'avec le Collibert, mademoiselle, répondis-je tout émue.

— Ah ! ah ! s'écria la fière jeune fille, Monsieur Camille craint sans doute qu'on ne devine le secret honteux de son travestissement. N'importe ! je lui conseille de le garder pour courir les chemins creux et les landes. Mais je ne dois pas me commettre plus longtemps avec une créature qui devrait avoir été chassée, comme une mendiante, du château, depuis le premier jour de son arrivée. Sortez, vous dis-je ! ajouta-t-elle impérieusement.

— Camille ne sortira pas sans moi, dit le Collibert.

— Je vous félicite d'avoir trouvé un tel champion, un si puissant protecteur, me dit dédaigneusement mademoiselle Renée.

— Oh ! ma mère qui m'attend ! murmura Jacques.

Et, s'avançant vers la jeune fille, il lui dit :

— Renée, Renée de Béjarry, Dieu veut que je sorte du château !

Elle haussa les épaules.

— Et moi, qui ai le droit d'y rester aussi bien que vous, mademoiselle, m'écriai-je alors indignée, je m'éloignerai sans me plaindre ; mais soyez douce pour Jacques, mais ne me forcez pas à errer dans ces campagnes désolées comme une étrangère et une vagabonde.

— Le droit d'y rester, dit mademoiselle Renée. Ah ! je vois bien que vous êtes folle, ma chère. Vous êtes un peu trop vaine de la beauté qu'on vous accorde. Eh bien ! vous tâcherez d'attendrir quelque seigneur des environs ; il vous donnera l'hospitalité comme a fait celui de la Bauge. Vous n'avez rien à craindre ; l'aumône ira au-devant de vous. Les gentilshommes de la province sont fort charitables et ne vous demanderont qu'un peu de reconnaissance. Quel besoin avez-vous d'un compagnon et d'un défenseur ? qui songe à nuire à la beauté ? Ce visage angélique, voilà votre arme la mieux trempée, votre bouclier le plus fort, votre compagnon le plus fidèle. Ne croyez pas cependant à tous les éloges ; ne vous enivrez pas de ce nectar qui tourne facilement en poison, de ce miel si doux qui s'aigrit bien vite et devient amer. Les hommes sont trompeurs. Quand ils ont assez admiré la beauté d'une femme, ils tournent les yeux vers d'autres soleils. Puis, entre nous, ma chère, votre beauté est un peu flétrie et n'a rien de bien extraordinaire. Mais cet air de souffrance et de pâle langueur plaît quelquefois à nos tyrans.

Mon cœur bondissait à ces insultes d'autant plus cruelles qu'elles étaient dites avec une aisance parfaite et une sorte d'intérêt ironique. Néanmoins je me contins et je répondis doucement :

— Je sais que je suis moins belle que vous, mademoiselle de Béjarry ; mais les beaux yeux doivent annoncer une belle âme. J'espère en vous. Laissez-vous toucher et donnez la liberté à Jacques. Vous avez pour vous le bonheur, comme vous aviez déjà la richesse et le rang : vous êtes noble, et noblesse oblige. Ne faites pas le malheur des autres ; ne soyez pas mon ennemie.

— Je crois, Dieu soit témoin, que la maîtresse du comte de Chavannes ose se mettre en parallèle avec moi, répliqua mademoiselle de Béjarry avec un rire insolent et en me regardant avec un mépris souverain et écrasant.

Je me contins encore, quoique je sentisse des larmes brûlantes jaillir de mes yeux.

— Mademoiselle, ayez pitié, lui dis-je. Triomphez de votre victoire, de vos avantages sur moi : je suis une humble fille, sans esprit, sans orgueil, sans ambition. Le malheur a brisé ma fierté et a durement coupé les ailes à tous mes rêves. Je suis l'ombre de moi-même, et je ne me reconnais plus, ni quand je descends au fond de mon cœur, ni quand je contemple mon visage abattu au miroir. Vous m'avez, toute jeune, vieillie et anéantie en quelques jours, car vous m'avez enlevé l'amour de l'homme qui était mon Dieu. Quel ressentiment pouvez-vous donc avoir contre moi qui suis votre victime ? Non, vous allez me dire, n'est-ce pas, que tout ceci n'était qu'une épreuve et qu'un jeu ; que vous êtes venue pour me rendre Octave ; que vous me permettez de faire valoir mes droits sur lui, car je ne puis penser que mademoiselle de Béjarry, la belle et la noble, soit venue ici pour outrager cruellement une femme délaissée, trahie. — Un seul mot de vous peut annuler le passé, et je recevrai à deux genoux, comme une grâce, votre parole de laisser Octave libre de tenir sa promesse.

— A merveille ! s'écria alors mademoiselle Renée en éclatant de rire. Vous vous croyez ma victime. Voilà donc ce qu'un semblant de beauté peut inspirer d'aveugle présomption à une petite fille.

Et, me regardant à demi prosternée devant elle :

— Voilà donc cette beauté qui a captivé le cœur du courtisan de Versailles ? En vérité, l'amour s'acquiert à bon marché. Il suffit de n'être pas trop rigide !

— Je ne pus tenir à ce dernier outrage.

— C'en est trop ! dis-je en relevant la tête. Oh ! si, après de telles paroles, vous ne renoncez pas à l'alliance du comte de Chavannes ; — si vous ne me quittez pas comme une fée généreuse, en terminant l'entretien par ce mot trop attendu : Soyez aimée d'Octave, — non, pour toutes ces richesses, pour ces parchemins et ces terres, pour cette beauté éclatante qui vous rendent si fière, je ne voudrais pas être mademoiselle de Béjarry telle qu'elle apparaîtrait à mes yeux !

— Bien, répliqua-t-elle ; je vous connais maintenant. Le masque tombe, ma toute belle ; votre feinte humilité cède à la rage de l'ambition trompée. Que ne m'appelez-vous démon ! Eh ! mon Dieu ! qui n'est pas exposée aux insultes des mendiants de la route ?

— Honte ! honte sur vous, noble héritière ! m'écriai-je. Si j'ai commis une faute, Dieu, qui m'a punie, sait que j'étais une créature jeune, inexpérimentée et crédule ; mais jamais mon cœur n'a déserté l'honneur et n'est tombée dans le mensonge et la bassesse. Je suis restée chaste par l'âme et je n'ai fait que souffrir pour mon amour insensé. Mais vous, fille noble et pure, je sais que le crime couve sous ce masque de froideur et d'indifférence hautaine ; — je sais que l'hypocrisie seule a collé ce masque sur votre visage pour cacher l'ardeur qui vous entraîne vers les plus viles passions.

— Misérable ! interrompit mademoiselle Renée en se mordant les lèvres jusqu'au sang pour conserver un air de calme apparent, ne reste pas un instant de plus sous le toit de la Bauge. Je te chasse, entends-tu, comme on chasse les voleurs et les femmes de vie impure.

— Bien ! bien ! dit alors le Collibert en me prenant la main, tu as dit la vérité à la fille de Bélial, au Mammon d'iniquité. N'en rougis pas. Tu as été assez longtemps résignée, assez noblement patiente. Il faut écraser sous son pied le reptile qui rampe jusqu'à vous pendant votre sommeil et veut boire votre sang. Viens, Camille.

Mademoiselle Renée, pâle et frémissante de colère, me montra la porte du doigt ; mais elle repoussa le Collibert lorsqu'il voulut sortir le premier.

— Tu resteras ici, drôle, et on t'attachera au chenil ! s'écria-t-elle.

— Prends garde à toi, Renée, répondit Jacques d'une voix brève et irritée. Pour ceux qui m'attendent, Dieu ne veut pas que j'aie patience. Tu es l'Astaroth qui a pris une forme séduisante pour tromper les hommes. Je ne porterai pas la main sur une femme, parce que c'est lâche ; — mais prends garde ! toi qui es fière de ta beauté, de ta jeunesse, de ta force, prends garde que Dieu ne te frappe et ne te retire tous ses dons. Ne me tente pas. Dieu me parle à cette heure, et sa voix est sévère et retentissante.

— Misérable Collibert ! en es-tu venu à ce point de folie et d'idiotisme de te croire l'ambassadeur de Dieu et l'exécuteur de ses justices ? repartit la jeune fille.

— Je puis beaucoup, je puis beaucoup ! répéta le Collibert, dont l'exaltation croissait de plus en plus et dont la face se couvrait d'une sueur ruisselante ; je puis verser sur toi la laideur et l'humiliation... La beauté peut cacher le vice sous son mirage étincelant, comme la verte prairie cache la vase molle et tremblante où s'enfonce le voyageur imprudent. Prends garde que je ne te frappe de laideur.

— Sortez ! me dit pour toute réponse mademoiselle Renée.

Et s'adressant à Jacques :

— Pour toi, dangereux sorcier, sur ta vie, ne bouge pas.

— Elle brave son sort, continua le Collibert. Re-

née, il en est encore temps, laisse-moi m'éloigner ; je t'en supplie pour toi-même. Je ne me reconnais plus ; j'ai cessé d'être doux et patient. On a mis la haine dans mon cœur, et la haine porte ses fruits.

— Tais-toi, idiot, dit mademoiselle de Béjarry.

Et, saisissant sur une table la cravache d'Octave, elle en frappa l'épaule du Collibert.

La figure de Jacques se crispa de rage et devint livide. Ses yeux s'injectèrent de sang.

— Tu l'as voulu ! s'écria-t-il avec une agitation extraordinaire. Souvent je t'ai entendue regretter, lorsque tu lisais les fables anciennes , le privilège de ces déesses, qui retrempaient leurs charmes vieillis et leur jeunesse fanée à une source immortelle. Tu enviais la découverte de cette onde souveraine qui effaçait les rides et rendait au corps la brillante souplesse des jeunes années. — Eh bien ! moi qui suis sorcier, je possède une eau de Jouvence singulière, et qui peut transformer ta personne aussi vite que la baguette magique d'une fée.

— Trêves de sottises ! interrompit l'héritière.

— Tu as hâte d'en finir, n'est-ce pas ? reprit le Collibert avec un accent étrange. Eh bien ! sois flétrie dans ta beauté, Renée. Cet appât du démon ne servira plus un mauvais cœur. Tu ne séduiras plus personne ; mais, à ton tour, tu connaîtras l'aversion et la pitié des autres.

Et, saisissant avec rapidité la petite bouteille cachée sous sa saye, il la déboucha, et, avant que j'aie pu faire un mouvement, il jeta au visage de la belle Renée une partie du liquide qu'elle contenait.

Mademoiselle de Béjarry poussa un cri terrible et déchirant, qui retentit jusqu'au fond de mon cœur, et recula en chancelant.

— Viens, Camille : la Colliberte attend, me dit Jacques au moment où je me précipitais vers la jeune fille pour la secourir.

— Oh ! que je souffre ! murmura-t-elle d'une voix rauque. Tu m'as tuée, misérable !

— J'ai mieux fait, répliqua le Collibert avec son rire idiot ; je t'ai défigurée, je t'ai rendue laide, — laide à faire peur, répéta-t-il.

Renée se redressa de toute sa hauteur et s'écria en se tordant les mains :

— Non ! non ! cela n'est pas !

— Tiens, regarde ! dit Jacques en lui tendant un miroir.

Elle ne se fut pas plus tôt regardée, qu'elle saisit le miroir avec rage et le brisa contre terre en proférant d'affreuses menaces, mêlées de blasphèmes et de cris de douleur.

— Ce n'est pas moi, dit-elle enfin avec épouvante. Ce visage hideux n'est pas le mien. Répondez, répondez ! n'est-ce pas que je ne fais pas horreur ? Mais regardez-moi donc ! mais dites-moi donc que tout ceci n'est qu'un rêve !

Mais lorsqu'elle me vit détourner la tête, car je n'osais contempler son visage horriblement brûlé, ses yeux gonflés, rouges et troubles, ses lèvres pendantes , ses joues marquées et déchirées de sillons ardents, elle tomba renversée sur le plancher, évanouie, inanimée.

— Qu'avez-vous fait, Jacques ? dis-je alors avec stupeur. Quelle est donc cette eau terrible ?

— C'est du vitriol, répondit le Collibert, que la vue du mal qu'il avait produit commençait à rappeler à la raison. Mais viens ! fuyons !

— Pouvons-nous laisser cette malheureuse mourante et sans secours ? lui dis-je. D'ailleurs, ses cris ameuteront tous tes frères sur notre passage, si elle reprend bientôt connaissance, et nous serons perdus alors tout à fait.

— Non, répliqua Jacques; elle se gardera bien de crier, car tous ceux qui accourraient à ses cris verraient sa laideur, et l'orgueil l'emportera sur le désir de se venger. Elle se traînera seule jusqu'à sa chambre.

Le Collibert m'entraîna ainsi et me guida si habilement par les détours qui lui étaient familiers, que nous ne rencontrâmes que deux ou trois valets.

En sortant du château, nous longeâmes un hangar sous lequel les bûcherons empilaient les arbres et les branchages coupés dans la forêt pour le service du château.

Jacques me pria de l'attendre un instant et disparut derrière les pyramides de bois qui encombraient le hangar, en me disant que ce temps serait bien employé pour notre vengeance.

Il revint bientôt vers moi, et nous nous dirigeâmes en toute hâte vers les rochers.

Un quart d'heure après, il me montrait un buisson de houx, entouré de genêts, et disait :

— Ce buisson cache l'entrée de la grotte.

Au même moment, nous entendîmes une voix crier :

— Camille!

Nous retournâmes la tête, pleins d'angoisse, et nous aperçûmes le comte Octave, qui, sous prétexte de chasser dans les rochers, s'y promenait en rêvant.

— Où allez-vous ainsi, mes camarades? reprit-il d'un ton froid et railleur. Vous vous êtes donc décidée à nous quitter, Camille? J'avais deviné quel compagnon vous choisiriez.

Et, s'avançant, il se plaça entre nous et l'entrée de la grotte.

— Victor-Octave, ne nous arrête pas, — ne nous fais pas perdre une minute! s'écria Jacques.

— Quelle mission importante as-tu donc à remplir, pauvre diable? dit le comte.

— Je vais sauver ma mère et le marquis Ollivier, que le recteur fait murer à cette heure dans les caveaux de la tour, répliqua le Collibert avec violence.

Octave le regarda d'un air étonné et dit :

— Ah çà! c'est un rêve de ton esprit égaré, Jacques?

— Non, non, ce n'est point un rêve, répliqua le Collibert; ainsi, laisse-nous aller librement, ou j'oublierai que tu es mon frère.

— Au fait, observa Octave, je n'avais point remarqué que tu t'es armé d'une de mes épées.

— Octave, ne me force point à tourner la pointe de cette épée contre la poitrine de mon frère.

— Pauvre Innocent, tu me menaces, je crois, dit machinalement le comte.

— Sais-tu, Victor-Octave, ce qu'a fait cet Innocent, s'écria le Collibert, dont l'exaltation renaissait à la vue de ce nouvel obstacle : il a mis le feu au château de tes pères. En ce moment, l'incendie couve au pied des murs de la Bauge. Dans quelques minutes, les langues de flamme l'envelopperont et danseront sur le haut de ses tours.

— Tu divagues, Jacques, interrompit le comte, saisi d'un secret et involontaire effroi. Mais si tu avais été assez idiot pour commettre ce crime, malheur à toi! Viens, retourne au château avec moi et crains un châtiment digne de ta folie. Camille, n'est-ce pas qu'il ment?

Je n'osai répondre, car les paroles de Jacques venaient de m'expliquer le mystère de sa courte absence sous le hangar.

Le comte fut alors véritablement alarmé. Il voulut ramasser son fusil qu'il avait déposé à terre; mais le Collibert le poussa du pied dans un des précipices dont tous ces rochers étaient les crêtes chauves et menaçantes.

— Malheureux! s'écria le comte. Viens avec moi de gré ou de force. J'arriverai peut-être à temps pour prévenir les résultats de ton crime.

— Mais pas assez tôt, dit le Collibert, qui avait fait un bond en arrière et tiré son épée, — pour empêcher la belle Renée de souffrir et d'être perdue à jamais. En ce moment, elle se tord dans des convulsions de douleur, mon frère.

— Tu mens! tu mens! répliqua Octave, dont les yeux étincelèrent. Oh! je vais courir au château, mais après avoir fait justice de toi.

— Et moi aussi, j'arriverai à la grotte, dit Jacques, mais après avoir vengé ma mère du seul de ses assassins qui allait m'échapper.

Alors, les deux frères croisèrent leurs épées et échangèrent des regards chargés de haine.

— Ta mère peut t'attendre longtemps, dit le comte. Elle est derrière mon épée, et c'est là une muraille que tu ne renverseras pas, misérable!

— Ta noble fiancée Renée t'appelle sans doute, Octave, dit le Collibert. Tout à l'heure elle sera menacée par les flammes et ne pourra se sauver sans ton secours. Elle t'attendra et tu ne viendras pas.

Le choc des épées devint plus rapide et plus terrible. Octave était certainement beaucoup plus habile à l'escrime, mais le Collibert devait à ses habitudes de coureur de landes et de bruyères une agilité sauvage et une vigueur nerveuse qui compensaient son désavantage évident. Il bondissait comme un serpent, par sauts imprévus, et fatiguait son adversaire, en faisant voltiger et tournoyer autour de lui la pointe de son épée comme la mèche d'un fouet.

Il ne parait jamais, mais semblait s'évanouir sous les coups les plus sûrs d'Octave, et déroutait toute la science de ce dernier, dont la furie augmentait d'autant plus en voyant l'inutilité de ses efforts.

Tout à coup une lueur étrange grandit et éclaira les rochers d'une teinte rouge éclatante.

— Le feu! le feu au château! m'écriai-je avec terreur.

— Le feu! répétèrent les deux frères.

Puis ils recommencèrent aussitôt leur combat furieux avec plus d'acharnement encore.

— La belle Renée va mourir, dit Jacques, et les assassins seront brûlés vivants.

— Et le château embrasé s'écroulera sur les caveaux où ta mère t'attend, sais-tu? dit Octave.

— Eh bien! va donc sauver ta fiancée, répliqua Jacques, ivre de désespoir et de folie.

— Et toi, tâche donc d'arriver jusqu'à la Colliberte avant la flamme, s'écria le comte exaspéré.

Leur haine semblait prendre de nouvelles forces à la clarté de l'incendie. Ils s'attaquèrent alors avec une rage aveugle, sans précaution, comme des bêtes fauves voulant se déchirer, et du premier coup ils furent blessés tous deux.

— Ce coup pour René! dit Octave.

— Ce coup pour ma mère la Colliberte, dit Jacques.

La chaloupe fila bientôt non sans éprouver de violentes secousses. — Page 53, col. 2.

Les lames étaient rouges de sang et rouges du reflet des flammes. On commençait à entendre des clameurs d'épouvante s'élever de tous côtés. Je vis des gens sortir du château et courir çà et là, éperdus et stupides. La gigantesque Bauge brûlait tout entière comme une montagne de feu et lançait des tourbillons de flamme vers le ciel, ainsi que les volcans en éruption. C'étaient des pluies d'étincelles balayées par le vent, des nuages de fumée noire qui s'élargissaient tout à coup en éventails flamboyants et formaient une ceinture étincelante au château. Des flèches de feu se dardaient dans l'air, puis des spirales se tordaient et tournoyaient en sifflant dans les masses de fumée comme des escaliers de diamants. Le brasier intérieur commençait à rugir. C'était un spectacle sublime d'horreur.

Mais les deux frères ne regardaient pas. Ils combattaient toujours. Leurs vêtements étaient déchirés, leurs épées brisées et tordues, leurs membres ruisselants de sueur et de sang.

Cependant, le Collibert blessé perdait son agilité et ses forces, déjà lassées par sa lutte avec le recteur, et ne pouvait plus lutter contre Octave. Ce dernier le regarda alors avec un sourire diabolique et lui plongea son épée dans la poitrine en disant :

— Renée ! sois vengée.

Jacques poussa un cri sourd et tomba.

Je voulus retenir Octave, mais il s'élança vers le château aussi rapidement que s'il n'eût point été blessé. Je m'agenouillai près du Collibert. Ses lèvres étaient blanches et ses yeux vitreux. Je pris sa main qui se glaçait déjà. Il me dit péniblement :

— La grotte... ma mère... sauvez-lez ! Camille, oui, je vous aimais !

Et il expira, comme s'il eût attendu de me faire cet aveu pour mourir.

Je regardai avec stupeur ce front pâle et ce pur visage où la souffrance avait si tôt marqué son empreinte. Mais je pensai à la mission que me léguait le pauvre enfant ; et, me relevant, j'allais me précipiter vers la grotte quand je vis paraître le recteur suivi de Bastien Lenoir et de l'autre paysan qui avait muré l'entrée des caveaux.

Terrifiée, je voulus fuir, mais le recteur fit un signe à ses compagnons qui me saisirent, puis il me dit d'une voix brève :

— Je me charge de votre salut, mademoiselle ; j'ai un asile tout prêt à s'ouvrir pour la protégée du comte de Chavannes. Le Collibert a voulu lutter contre moi, mais vous voyez que Dieu me protége. Ainsi donc, pas de vaine résistance, pas de supplications inutiles. De gré ou de force, vous nous suivrez.

Bastien Lenoir m'entraîna facilement sur les pas du recteur, car je n'avais plus conscience de mes actions ni de mes pensées.

Tout ce dont je me souviens, c'est que nous nous arrêtâmes près d'une hutte de *chappuscurs*, où nous trouvâmes des chevaux préparés.

— Où donc me conduisez-vous ? demandai-je machinalement au recteur.

Cette cellule était donc la tombe d'où je ne devais pas sortir. — Page 59, col 2.

— A la torche de Pen-Mark, me répondit-il d'une voix dure qui me fit tressaillir.

LE GUETTEUR DE PEN-MARK.

Pendant trois jours et trois nuits nous ne nous arrêtâmes presque pas. Mes guides ne répondaient plus à mes questions. Plus nous nous éloignions de la Bauge, plus le pays prenait un aspect désolé et sauvage. Nous traversions de vrais déserts de landes et de bruyères.

En plusieurs endroits, la Sèvre était débordée, et des plaines se trouvaient transformées en grands lacs sur lesquels pointaient çà et là quelques hameaux bâtis sur des éminences. Nous les traversions dans des *toues*, petites embarcations attachées à la porte de chaque maison. C'était le côté du Bocage qui touche à la Bretagne.

Bien d'autres inconvénients rendaient notre route fort pénible et même dangereuse. Nous étions obligés de passer par des sentiers ou plutôt des ravins sinueux — et si étroits qu'une charrette en occupait toute la largeur. — Ils étaient encaissés par deux rangs de fossés de six pieds. — La crête de ses levées de terre était murée de broussailles et d'arbres mutilés par des émondes septennales qui ne laissaient que des troncs hideux ou des souches dont les branches renaissantes formaient au-dessus de nos têtes une voûte verte épaisse vraiment périlleuse pour les voyageurs à cheval.

Nous rencontrions peu de gens dans les chemins;

les paysans des hameaux que nous traversions venaient baiser la soutane du recteur, et quand il leur annonçait les bleus, ils secouaient leurs longues et grasses chevelures et brandissaient leurs bâtons noueux d'une façon menaçante en disant :

— Ont-ils la tête dure ?

Du reste, l'hospitalité nous attendait partout. Pas une métairie où l'on ne nous offrit, avec un cordial empressement, les tranches de bouillie froid de sarrasin, humectées de lait caillé bouillant.

Nous étions bien en Bretagne. A tout instant nous voyions se dresser, au milieu des landes, ces autels informes et gigantesques, ces blocs entassés et comme suspendus en l'air le plus souvent, que les érudits nomment des menhirs, des cromlechs et des dolmens.

Le soir du second jour, le recteur nous quitta. Mes guides me virent si abattue et si fatiguée qu'ils eurent pitié de moi et me permirent de me reposer quelques heures dans une métairie.

Mais le repos m'était plus funeste que la fatigue du voyage; le souvenir de ces derniers jours m'obsédait si cruellement que je ne pus trouver un instant de sommeil et que je demandai moi-même à continuer notre route.

Vers la fin de la troisième nuit, j'entendis tout à coup un bruit sourd, qui, à mesure que nous avancions, devenait plus distinct et même terrible. On eût dit l'immense grondement qui devait être la voix du chaos, lorsque tous les éléments y luttaient pêle-mêle.

Le ciel était gris et opaque de brouillards. Des abats d'eau glacée venaient nous fouetter le visage, poussés en tourbillons par la rafale.

Effrayée de ce mystérieux bruissement qui grandissait toujours, j'arrêtai court mon cheval ; car il me semblait que je courais vers un abîme, lorsque Bastien Lenoir me dit pour me rassurer :

— C'est la mer !

Bientôt, en effet, nous arrivâmes à une éminence d'où nous aperçûmes un spectacle d'une affreuse beauté.

C'était la baie de Douarnenez toute dentelée de rochers, d'écueils et de récifs. La côte, à perte de vue, ne formait qu'une montagne blanche d'écume et de flots, mouvante et tumultueuse. Les vagues montaient se briser jusqu'au haut des rochers. Les brouillards descendaient jusqu'à leurs crêtes nues et sauvages.

Nous suivîmes silencieusement la côte pendant quelques heures. Je ne pouvais me lasser d'admirer le formidable tableau de cette mer éternellement courroucée, cachant sous son écume la digue de rochers qu'elle ne pouvait renverser et se confondant au ciel. Cet aspect grandiose et terrible s'harmoniait bien avec mon âme déchirée par tant de secousses, vide et désespérée.

Nous nous arrêtâmes enfin à un endroit où la côte faisait une pointe dans l'Océan par une réunion de rocs dépouillés que la tempête attaquait avec une furie dont nulle description ne saurait te donner l'idée.

Ces rochers dangereux et séparés se prolongeaient jusqu'aux bornes de l'horizon. D'épaisses vapeurs nageaient entre les flots tourbillonnants et le ciel. Je n'apercevais dans ce sombre brouillard que d'énormes globes d'écume qui s'élevaient impétueusement, bondissaient et se brisaient dans les airs avec un fracas épouvantable.

Je crus sentir la terre ou plutôt les rochers trembler sous moi, et machinalement je voulus fuir.

Je voyais les flots s'amonceler les uns sur les autres, se gonfler en montagnes et menacer de tout engloutir, comme si des voix furieuses sortaient de leurs flancs noirs. Ils s'avançaient, s'avançaient, tournoyaient en écumant à la crête des écueils et jaillissaient en pluie jusque sur nous. Étourdie d'un saisissement inexplicable, le cœur serré, je crus que le chaos marchait vers moi et allait m'emporter, comme la vague emporte une plume d'alcyon. Je comprenais si bien mon néant en face de cette immensité !

— Oh ! c'est là, m'écriai-je, l'extrême limite imposée à l'audace de l'homme.

— Que non pas, répondit Bastien Lenoir. Regardez là-bas, à gauche, dans le brouillard, que voyez-vous ?

— Une lumière, dis-je avec stupeur.

— C'est la torche de Pen-Marck, reprit-il, un rocher séparé de terre par cet espace où la mer se jette avec fureur, et qu'on appelle le Saut-du-Moine. On prétend qu'un moine poursuivi par les gardes d'un roi païen parvint à leur échapper, au moment d'être saisi, en se jetant dans la mer, et trouva un asile sur ce rocher. On y a élevé un phare à feu tournant. C'est à ce phare que nous avons ordre de vous mener.

Je ne répliquai pas un seul mot, — car je me regardai, dès ce moment, comme bannie et séparée du monde à jamais. Je conservai une sorte de calme qui provenait de mon épuisement, non de ma résignation. Le passé et l'avenir ne s'offraient plus à ma pensée que sous la forme de deux abîmes, l'un qui avait dévoré mon cœur, l'autre qui allait prendre ma vie. Une parole de mon guide confirma cette dernière pensée.

— Vous allez faire une halte qui durera longtemps, dit-il.

Nous descendîmes, non loin du village de Pen-marck, par des degrés grossièrement taillés dans le roc jusqu'à une petite anse, où se trouvaient amarrées plusieurs chaloupes. Bastien nous fit monter dans celle qui nous était destinée : le patron nous attendait et la chaloupe fila bientôt, non sans éprouver de violentes secousses, au milieu des vagues irritées qui tantôt la portaient sur leur dos écumant, tantôt la faisaient glisser comme une flèche descendant au fond d'un précipice.

Un instant, nous déviâmes de notre route par suite d'un coup de vent qui fit pirouetter la chaloupe sur elle-même et faillit la faire sombrer sous l'eau. Je vis pâlir le patron, et j'entendis un fracas de vagues si furieux que je crus être à ma dernière heure.

— Rendez grâces à Dieu, nous dit cet homme d'une voix altérée. Si le vent nous avait chassés jusqu'à ce tourbillon de vagues que vous voyez à droite, nous étions perdus. C'est l'Enfer de Pen-Marck, un abîme au-dessus duquel rien ne surnage ; une planche, une coque de noix y enfonce aussi net qu'un vaisseau. L'Enfer ne rend rien.

Nous regardâmes avec une curiosité mêlée de terreur ce redoutable abîme ; les rochers du fond étaient de couleur rouge et le jeu de l'écume et des vapeurs les faisait paraître en mouvement.

Enfin, nous atteignîmes la Torche.

La tour, de soixante pieds de hauteur, se divisait en deux étages : le premier, auquel on montait par un escalier perpendiculaire incrusté dans le mur, était le magasin ; le second était l'appartement du guetteur, entouré d'une petite galerie.

Sur la plate-forme, autour de la gigantesque lanterne, circulait aussi une galerie de deux pieds de largeur, qui devait lui servir de promenoir.

Le guetteur, chargé d'entretenir le feu du phare, se condamnait volontairement à une réclusion perpétuelle dans cette tour, de douze pieds de diamètre, qui semblait un vaisseau à l'ancre au milieu de la tempête.

Lorsque la lune était aux quadratures, la mer couvrait complétement le rocher ; alors le guetteur ne pouvait sortir de la tour une minute.

Il lui était défendu de posséder un canot ; car, entraîné par l'orage, il eût pu laisser éteindre le feu au moment le plus nécessaire.

Tous les huit jours, la chaloupe qui nous transportait venait renouveler sa provision de vivres. Mais à l'époque des équinoxes il restait souvent plusieurs semaines sans pouvoir sortir et sans voir une créature vivante.

Le patron nous raconta ces détails pendant la traversée.

Dès que nous eûmes abordé à la Torche, mes guides hélèrent le guetteur. Une voix rauque leur répondit et la porte du magasin fut ouverte.

Nous montâmes par l'échelle incrustée au mur, et nous fûmes reçus par le solitaire habitant de la Torche avec assez peu d'empressement.

C'était un homme d'une taille très-élevée, mais d'une effrayante maigreur. Ses membres très-longs, mais secs et tannés, devaient être doués d'une force singulière. Sa tête était petite et son front déprimé. Ses yeux creux et rouillés semblaient s'abriter sous ses rudes sourcils fauves, comme s'ils eussent craint de se fixer sur vous. On eût dit que la lumière du jour l'éblouissait et l'inquiétait comme la chauve-souris chassée de l'angle obscur où elle se gîte.

Ses pieds difformes, ses mains larges, ses cheveux plats et longs, sa barbe hérissée, sa figure enfumée et sauvage lui donnaient un aspect sinistre.

L'habitude de l'isolement lui avait fait perdre, pour ainsi dire, l'usage de la parole. Il était sobre de réponses, — et ne parlait souvent que par monosyllabes.

Quand Bastien Lenoir lui eut expliqué à voix basse le sujet de notre visite imprévue, — il grommela quelques mots que je ne pus entendre, et jeta sur moi un regard curieux et furtif.

Il nous fit traverser le magasin qui était encombré de planches, de meubles, d'étoffes, de caisses, épaves des naufrages que le phare n'avait pu empêcher.

Il marchait lourdement devant nous avec sa souquenille de toile et ses larges braies gauloises, costume des paladiers guérandais qui ajoutait à son air étrange.

Nous montâmes ensuite à sa chambre, où il dit aux guides de se reposer et de l'attendre pendant qu'il me conduirait à la Guette.

Oh! comme j'eus envie, à ce moment, de me jeter aux pieds de mes guides et de les supplier de me ramener à la côte!

Tout mon corps frissonnait à la pensée de rester seule avec ce guetteur sauvage, — sur ce rocher isolé de tout secours humain, — et où je n'avais pu être menée que pour y être lâchement assassinée, — et puis jetée à la mer, cette tombe muette qui ne rend pas ses victimes et ne trahit jamais les coupables.

Mais comment exciter la pitié de ces hommes dévoués au recteur, — et pour qui je n'étais qu'une étrangère!

D'ailleurs mes soupçons pouvaient les irriter au lieu de les émouvoir et les pousser à précipiter l'exécution de leurs desseins infâmes.

Le Breton me conduisit à la Guette.

C'était une cellule voisine de la sienne et meublée comme les chambres des fermiers du pays.

D'un côté se dressait un vieux bahut orné de quelques plats d'étain; — de l'autre, une large caisse soutenue à quatre pieds du plancher par quatre pilastres montant jusqu'au plafond.

Cette caisse, accolée au mur et sculptée ainsi que les étais et la corniche couronnant la façade, était un lit, garni en guise de matelas, d'un large sac d'avoine.

Le guetteur me dit durement :

— La nuit vient vite ici; couchez-vous.

Il attacha à un fer qui sortait de l'angle d'un mur une chandelle de résine qu'il venait d'allumer, et ajouta :

— Dans un quart d'heure, je viendrai la reprendre.

— Quoi! ne pourrai-je conserver toute la nuit cette lumière? lui demandai-je en tremblant.

Il me regarda d'un air étonné et répéta avec une sorte de rire silencieux :

— Toute la nuit! voir clair pour dormir!... Oh! oh! trop d'exigence, c'est défendu.

— Mais, par pitié, repris-je, laissez-la moi. Je suis si souffrante; cette lumière me consolerait, j'aurais moins peur.

— Pourquoi peur? interrompit-il aussitôt en fixant sur moi un regard perçant, mais rapide, qu'il détourna aussitôt.

— Mais vous voyez, répliquai-je, que je suis seule ici, abandonnée, sans amis...

— Oh! très-sûr. Personne ne viendra vous chercher à la Torche de Pen-Marck. Mais la lumière ici, c'est impossible.

Il sortit. — J'examinai aussitôt ma prison. La porte fermait en dehors. La fenêtre, qui donnait sur une petite galerie circulaire, était grillée de barreaux de fer. Cette cellule était donc la tombe d'où je ne devais pas sortir.

Le guetteur revint, — prit la chandelle de résine et l'emporta sans daigner me parler.

Ma résignation ne put vaincre l'horreur universelle qui saisit mon cœur et tous mes membres à la pensée de la mort sourde et inévitable qui m'attendait.

Je priai sans pouvoir me calmer. J'essayai de me jeter sur le lit et de dormir : impossible.

Certes, la vie n'avait plus d'attrait pour moi. J'aurais cherché avec joie les occasions de la sacrifier, mais librement, au grand jour, par quelque acte de dévouement, — tandis que cette vengeance qui me choisissait pour sa proie, cette condamnation mystérieuse qui préparait lâchement ma perte, cette attente pleine d'angoisse, tout me révoltait contre la sentence inique dont l'homme de Pen-Mark devait, sans nul doute, être le sinistre exécuteur.

Je cherchai à entendre la conversation de mes guides avec lui; mais le bruit lamentable des flots couvrait leurs paroles.

La nuit se passa dans ces anxiétés douloureuses. Vers le matin, brisé par la lassitude, je tombai dans une sorte d'engourdissement et de demi-sommeil.

Le guetteur m'éveilla à cinq heures du soir en entrant dans ma cellule pour m'apporter un peu de laitage et de pain.

Je demandai à voir Bastien Lenoir.

Le guetteur me répondit avec son regard vague :

— Parti ce matin! La Torche n'aime pas les hôtes. On n'y reste jamais longtemps. Je dois être seul à mon poste.

Cependant il me permit de me promener pendant une heure sur la galerie.

Je profitai de cette complaisance inattendue, et bientôt je m'absorbai tout entière à regarder l'Océan grondant sous mes pieds.

En contemplant sa vaste étendue, il me vint à l'esprit mille rêves de liberté et de délivrance. J'enviai les ailes des mouettes et des goélands. Puis peu à peu un singulier vertige s'empara de ma pensée.

Il me sembla que les vagues essayaient de monter vers moi, afin de m'emporter loin, bien loin de cette tour maudite.

Leurs rugissements cessèrent de m'effrayer, et je crus les entendre m'appeler dans leur sein — et me dire qu'elles me cacheraient à jamais et me sauveraient de la main sanglante des hommes.

Tant de terreurs avaient ébranlé ma raison! et le jeûne avait encore contribué à augmenter mon égarement.

Je sentais la faim me déchirer la poitrine, et pourtant je versai d'un œil morne et d'une main ferme dans la mer le laitage apporté par le guetteur. Je pensais que ce laitage pouvait être empoisonné.

Je ne tardai pas à voir toutes choses remuer et tourbillonner autour de moi, les montagnes de la côte, les flots, les nuages, le ciel et jusqu'à la galerie où j'étais, et qui me semblait s'abaisser vers la mer.

Alors une horrible tentation me prit.

Je crus entendre le pas lourd du guetteur, sentir sa main se tendre vers moi, son souffle m'effleurer, — et, dans un transport d'épouvante et d'hallucination, — je me penchai sur la balustrade de la galerie, les yeux fermés et les bras étendus, lorsque j'entendis une voix s'écrier :

— Malheureuse !

Je me retins machinalement à la balustrade et me retournai.

Le recteur était debout, pâle comme la mort, à la porte de la galerie.

Il n'avait pas fait un geste, un mouvement pour me sauver, mais le cri qui lui était échappé m'avait rendu la raison.

Il avait le visage bouleversé comme par une émotion violente, — et il me regardait avec un trouble inexprimable.

Son émotion et le cri même qu'il avait jeté me rassurèrent un peu. J'allai droit à lui et je m'écriai :

— Ayez pitié de moi !

— Que craignez-vous et qui craignez-vous? demanda-t-il d'un ton sévère.

— Je crois que ma vie est en danger ici, répondis-je.

— Elle était en danger il n'y a qu'un instant, répliqua le prêtre.

— Mais c'est la mort qui m'attend ici, j'en suis sûre, m'écriai-je, — une mort plus cruelle, — et vous pouvez me sauver. Ayez pitié de moi !

— Vous m'accusez, reprit froidement le recteur. Si je voulais votre mort, pourquoi vous aurais-je sauvée tout à l'heure? — Pourquoi? Oui, dites-le moi. Et surtout ne mentez pas, ajouta-t-il avec un geste d'emportement et comme un homme égaré. Je n'avais pas même besoin de vous pousser du doigt dans l'abîme, — et c'est moi qui vous ai arrêtée sur le seuil de l'espace, lorsque vous tendiez vos bras à la mort et votre âme à la damnation éternelle. N'est-ce pas là la vérité? Eh bien! dites, pourquoi vouliez-vous mourir? et pourquoi, — au moment où vos yeux se fermaient, ai-je cru voir reparaître devant moi la pâle image d'une femme... Mais qu'ai-je dit? j'ai parlé d'une femme... Folie ! Que m'importe que vous viviez ou non, fille du péché! Le passant se détourne-t-il pour écouter la plainte expirante du vermisseau, rampant dans l'herbe, que son pied écrase? D'ailleurs, n'avais-je pas des droits sur votre vie? continua-t-il d'une voix de plus en plus irritée. Répondez, mademoiselle, n'est-ce pas vous qui avez essayé de détruire tous mes projets, — qui vous êtes jetée fatalement sur mon chemin, — qui avez voulu ravir à mademoiselle de Béjarry l'amour et l'alliance du comte de Chavannes? De quel droit avez-vous semé le trouble dans cette famille, vous, pauvre bourgeoise, que le comte aura prise sur son chemin, je ne sais où? — Mais ne dirait-on pas que j'ai besoin de justifier ma conduite à vos yeux? C'est étrange. — Mais ne me regardez pas ainsi avec ces yeux suppliants, car je crois toujours voir *celle* que je ne puis oublier... Oh! l'importune vision ! Elle me poursuivra donc sans cesse ! —Non, jamais je n'aurai le courage... Jeune fille, s'écria-t-il alors en me

saisissant par le bras, ne te joue pas de moi! Dût mon cœur saigner, je sais le dompter. Ne te fie pas à ce trouble singulier que tu as eu le pouvoir d'éveiller dans cette âme que je croyais endurcie et implacable à jamais, depuis que le vieil homme est caché sous une robe noire!

— Vous l'avouez ! vous avez pitié de moi, répondis-je, ne comprenant au milieu de ses paroles incohérentes que ce sentiment de remords auquel il semblait vouloir résister.

— Arrière, pécheresse ! s'écria-t-il en me repoussant. Je ne me reconnais plus. Quels traits as-tu empruntés pour me fasciner? Mais je lutterai contre la faiblesse qui remue mon cœur. Albain! Albain !

Le guetteur accourut.

— Oh ! ne me livrez pas à cet homme, m'écriai-je en tombant agenouillée et embrassant de mes mains crispées les barreaux de la balustrade.

— Tu n'es pas faible comme moi, n'est-ce pas, Albain? dit le recteur au gardien. Tu ne trouves rien d'extraordinaire à cette fille qui tremble et qui pleure! C'est une femme comme les autres femmes, au sourire qui ment, à la bouche qui ment, aux yeux qui mentent, au cœur qui oublie. Réponds, Albain. N'est-ce pas là un tableau touchant, et la terreur de cette belle fille ne fait-elle pas tressaillir tout ton être?

— Je ne sais ce que vous voulez dire, mon père, répondit le guetteur. Rien ne me fait d'effet à moi, voyez-vous. J'ai trouvé plus d'une fois, à la marée basse, des jeunes filles noyées sur les écueils, et je n'ai jamais pensé qu'à détacher leurs colliers de leur cou livide et à enrager de la peine que j'avais à tirer leurs bagues de leurs doigts raidis et gonflés.

A ces horribles paroles, un frémissement nerveux secoua tous mes membres.

— Tu es un homme, toi, Albain, répondit le recteur. Celui qui aurait ton cœur de bronze et mon cerveau pourrait tout oser. Mais il est des heures où je sens ma main trembler comme celle d'une femme. Oui, je suis un lâche. Allons, emporte cette folle dans ta guette.

— Grâce! grâce! criai-je encore. Quel mal vous ai-je fait?

— Emporte-la! Faut-il te le répéter, Albain? dit sévèrement le recteur. Je ne puis voir ses yeux se fixer sur moi, — entendre sa voix ! Ses cris m'entrent au cœur comme des lames ardentes.

Le guetteur essaya de détacher mes mains des barreaux qu'elles étreignaient convulsivement.

— Hâte-toi, Albain, disait le prêtre, car il me semble que j'ai envie de la défendre contre toi et que je t'en veux de m'obéir. Quelque chose me pousse à me jeter entre elle et toi. Folie ! Non, cette fille sait trop de choses ; elle peut me perdre. Elle doit me haïr ; elle me hait. Pas de faiblesse.

Je me débattais furieusement sous les larges mains du guetteur.

Dans la lutte, je laissai tomber le médaillon qui renfermait le portrait de ma mère, — et que je n'avais jamais cessé de porter sur mon cœur.

Au même instant, mes mains torturées par Albain avaient lâché les barreaux, et le misérable m'emportait.

Le recteur ramassa le médaillon; mais il ne l'eut pas plus tôt regardé qu'il jeta un cri terrible et cria à Albain de s'arrêter.

Cet homme, au lieu d'obéir, hâta sa course en murmurant :

— Le recteur est faible; il se trahit lui-même.

Et il s'enferma avec moi dans la guette. Là, il tira un poignard caché sous sa longue saye et me dit rudement :

— A genoux, la belle, si voulez faire un bout de prière avant...

Il n'acheva pas. Le recteur lui ordonna d'une voix tonnante d'ouvrir. Et voyant que cet homme hésitait, il ébranla la porte par deux ou trois efforts désespérés.

Le guetteur ouvrit alors; mais revenant à moi, il dit au prêtre, la figure toujours sombre et menaçante :

— N'avancez pas ou je frappe cette femme avant que ayez pu lever votre bâton sur moi !

— Que signifie cette désobéissance, Albain ? demanda le recteur, troublé et parlant d'une voix sourde et entrecoupée.

— Cette jeune fille, dit le guetteur en posant la main sur mon épaule, n'est-elle pas une espionne des bleus que vous avez envoyée à la Torche pour y être punie comme les autres ?

— Non ! répliqua le prêtre.

— Pourtant Bastien Lenoir l'a amenée, de votre part, et me l'a recommandée comme espionne, dit Albain avec son sourire muet et lugubre.

— Bastien Lenoir t'a trompé ! dit le recteur.

— Le jureriez-vous sur mon sacré-cœur ? demanda Albain avec un air de doute et un regard soupçonneux. — Ah ! c'est qu'il ne faudrait pas que vous comptiez tromper les gars, tout recteur que vous êtes. — Voyons, jurez-vous !

Et il détacha le sacré-cœur cousu à la boutonnière de son gilet rouge et le tendit au recteur, qui jura.

— Pourquoi donc avoir envoyé cette fille à la Torche de Pen-Marck ? demanda encore le guetteur.

— Parce qu'elle savait quelques-uns de nos secrets et qu'elle devait garder bouche close jusque après l'événement, tu sais, Albain, répliqua le prêtre.

— C'est compris ! dit Albain !

— Maintenant, laisse-nous et veille bien au phare. L'heure approche.

Le guetteur sortit.

Aussitôt le prêtre s'élança vers moi, et me montrant le médaillon :

— De qui tenez-vous ce portrait ? dit-il d'une voix émue comme celle d'un homme qui veut connaître l'arrêt d'où sa vie doit dépendre.

— Rendez-le moi ! m'écriai-je. C'est mon talisman.

— Votre talisman ! reprit-il. Mais de qui le tenez-vous ? Ne mentez pas. Il y va de votre salut.

— C'est le portrait de ma mère, dis-je avec effort.

Le recteur recula avec une expression d'égarement dans le visage.

— De votre mère... Cette ressemblance... Non, il n'y a pas pas deux visages semblables... C'est bien là ce noble sourire, ces beaux yeux voilés de mélancolie... C'est elle-même ! Si cependant je me trompais... Dites-moi le nom de votre père, malheureuse enfant !

— Le nom de mon père, oh ! laissez-moi le cacher à jamais, lui dis-je. Je ne suis pas digne de prononcer ce nom que j'ai déshonoré !

— Il le faut pourtant, il le faut, insista le prêtre.

— Mais, mon père, je l'ai trahi, lui si rigide, si implacable, — et si bon pour moi !

— Oh ! c'est bien lui, interrompit le recteur, — l'homme juste et tendre, bon aux faibles, dur aux méchants. Eh bien ! ce magistrat intègre se nomme...

— Mais vous le connaissez donc, vous qui m'interrogez ? m'écriai-je confondue à mon tour, — vous connaissez le citoyen Paul Duhamel ?

A ce nom, le recteur frissonna et cacha dans ses mains son visage baigné de larmes soudaines. Ce fut pour moi un spectacle étrange que de voir pleurer cet homme implacable.

— Fatalité ! s'écria-t-il enfin en joignant ses mains tremblantes, — y a-t-il donc un Dieu là-haut ? Oui, ajouta-t-il, puisque ce Dieu m'a permis de sauver cette enfant, et qu'il a fait refluer tout mon sang au cœur à la vue de ces traits, image fidèle de ceux que je n'ai jamais oubliés.

— Que voulez-vous dire ? lui demandai-je de plus en plus surprise de ce changement subit.

— Oh ! je te fais horreur, n'est-ce pas, Camille Duhamel, reprit le recteur d'une voix sourde. Tu as envie de me fuir comme un être malfaisant et nuisible à tout ce qui l'approche. Eh bien ! veux-tu savoir le nom que me donnaient les hommes quand j'étais jeune et ambitieux d'un noble avenir, quand j'avais l'âme innocente et que le sang n'avait jamais taché mes mains, — quand j'aimais d'un cœur pur, et que les mauvaises passions ne m'avaient point infiltré leur fièvre dévorante et collé à tous les membres leur robe de poix brûlante, comme celle de Déjanire ! Ne crois donc pas, jeune fille, que je suis né marqué du sceau infâme des criminels, que je suis né pour le mal, et que je n'ai fait que remplir ici-bas ma tâche immonde. Non, j'étais un jeune homme pur et généreux, quand on m'appelait André Duhamel.

— André Duhamel ! répétai-je éperdue.

— Le frère de ton père, Camille, continua le recteur. Ah ! il ne t'a jamais parlé de moi, je le vois. Il ne t'a pas appris à me maudire. Il ne m'a pas accusé; seulement il n'a jamais prononcé mon nom devant toi. Pour lui, je n'existais plus. Peu lui importait de savoir où vieillissait la branche pourrie de l'arbre !

Je me souvins alors de la prophétie que mon père avait faite, en désignant le recteur, dans la nuit fatale où Octave avait surpris ses secrets. Je reculai, pâle et consternée, devant cet homme étrange.

— Oh ! je réparerai mes crimes, dit-il. Dieu veuille qu'il soit encore temps de me repentir !

En ce moment, le guetteur reparut et lui dit :

— Monsieur le recteur, un signal annonce que le vaisseau a dépassé l'île de Sein.

Le prêtre parut se troubler à cette nouvelle; il murmura avec agitation :

— Peut-être est-ce encore là une faute qui me sera comptée ! — Mais, non, non. Il s'agit du salut et du triomphe d'une cause sainte. Vraiment, je deviens enfant !

— Faut-il éteindre le phare ? demanda Albain en le regardant fixement.

— Tout à l'heure ! tout à l'heure ! répondit le recteur avec un geste d'impatience. Attends la nuit noire !

Le guetteur se retira ; mais ses durs sourcils fauves se froncèrent et ses paupières frémirent légèrement.

— Oui, reprit le recteur en me prenant la main, je suis le frère de Paul Duhamel. Nous nous sommes longtemps aimés, — mais nous dûmes nous haïr lorsque notre cœur battit, à tous deux, pour la même femme, l'ange qui fut ta mère, Camille. Je ne sais pas ressentir les passions à demi; en moi tout est extrême. Déjà, malgré les conseils et l'exemple de mon frère, je m'étais laissé aller à toutes les folies de la jeunesse, je vivais à la table des grands seigneurs, je vidais le fond de leurs verres et je devenais joueur, débauché et sceptique comme eux. Pour cet ange, néanmoins, je me sentais la force d'étouffer mes mauvais instincts, de devenir bon et vertueux, — mais elle aima ton père. Alors je fus envieux et jaloux du bonheur de Paul. Je raillai sa froide vertu, — je cherchai à l'humilier devant elle. Tout fut inutile. Cependant elle cherchait à me ramener dans le sentier de la vie pure, calme et sage de mon frère. Elle cherchait à me relever à mes propres yeux, à me rendre l'estime des autres et à me forcer ainsi à devenir meilleur. Oh ! crédulité de l'amour ! malgré sa froideur, je voulus deviner de l'amour dans ce soin touchant qu'elle prenait de mon bonheur, — et je ne cessai d'espérer que le jour de son mariage avec Paul. Alors je tombai du ciel dans l'enfer. Je me fis prêtre. Je vins me cacher dans les rochers de Bretagne, et je ne rêvai que mépris pour le genre humain, — haine et vengeance contre ceux qui m'avaient volé ma part de félicité dans ce monde. — Un jour enfin mon frère vint avec *elle* me visiter à Kerbader. Les insensés ! ils me croyaient guéri de ma folle passion, comme si l'on guérissait jamais d'un amour vrai qui n'a pas été accepté et compris, — comme si, à l'heure même de la mort, on ne sentait pas encore dans son cœur la pointe de la flèche acérée ! — Ils vinrent, et, emporté par le délire de tous les rêves enfantés dans ma solitude, j'abusai de la confiance de mon frère, et, pendant son absence, j'essayai de me venger du passé. Prières, menaces, folles supplications, j'employai tout pour émouvoir l'âme de cette noble femme qui me repoussait avec horreur ; je me traînai à ses pieds, je les mouillai de mes larmes, — et quand je vis mes plaintes et mes pleurs méprisés, je me relevai furieux et je voulus de force l'étreindre dans mes bras. Ce fut une lutte horrible, — et ton père, Camille, devait en être témoin un instant. S'il ne me tua pas, s'il dédaigna de châtier mon crime, c'est qu'il ne voulut pas souiller sa main du sang d'un frère, et que peut-être il me crut devenu insensé. Oui, Camille, voilà l'hospitalité que reçut Paul Duhamel chez son frère le recteur de Kerbader ! Il quitta ma maison avec *elle*, à l'entrée d'une nuit d'hiver, par le brouillard, le vent et la pluie, sans me maudire, sans m'adresser une plainte ni une menace. Mais, hélas ! son silence fut plus humiliant et plus gros de mépris que les plus cruels outrages !

Je restai étourdie de surprise après avoir entendu cette singulière confession. Le recteur allait continuer, lorsque le guetteur reparut et lui dit :

— Les gars redoublent les signaux. La coque de noix est en pleine baie Audierne, à la hauteur de Treguoanec.

— Je ne sais pourquoi j'hésite, murmura le recteur. Ces souvenirs m'ont troublé l'esprit... Mais oublions tout cela. Il s'agit de mettre la main à l'œuvre et non plus de parler.

— J'attends l'ordre, dit le guetteur avec un geste d'impatience.

— Eteins le phare, Albain, répondit le prêtre d'une voix faible.

Albain disparut aussitôt.

— Que se passe-t-il donc ? demandai-je au recteur.

— Rien, répondit-il, rien d'important. Tu es en sûreté, toi, Camille ; tu n'as rien à craindre. Mais regarde-moi donc ! Oh ! c'est bien là le visage si pur et les traits délicats de ta mère. On eût dit, en la voyant, une de ces figures vaporeuses et aériennes que les poëtes font trôner dans les nuages ! Comment ne t'ai-je pas reconnue tout d'abord pour la fille de ma bien-aimée ? mais j'éprouvais un mystérieux plaisir à te regarder, mes yeux ne pouvaient se détacher de toi, — et je croyais, fou que j'étais, que c'était de la haine. Abîmes du cœur ! qui vous connaîtra jamais !

J'étais si émue, si troublée, que je pouvais à peine respirer, — et je dis au recteur :

— Je ne sais si c'est l'effet de l'orage qui menace... mais j'étouffe... j'ai besoin d'air...

— Venez sur la galerie, Camille, répliqua-t-il avec douceur.

Nous retrouvâmes sur la galerie le guetteur, qui riait tout seul, comme le démon quand il s'applaudit de quelque méchante œuvre.

— Ohé ! bon pied, bon œil, les camarades ! criait-il en regardant les flots. Bon œil pour voir le phare ! Bon pied pour nager dans les brisants ! Oh ! oh ! c'est l'heure où les requins sentent la mort autour des coques de noix.

Ces paroles bizarres me firent tressaillir comme le cri d'un oiseau de mauvais augure.

La mer offrait alors un aspect effrayant.

Les vagues se gonflaient, — s'étendaient, — roulant leurs franges d'écume jusqu'aux crètes des rochers.

L'orage éclatait dans sa terrible magnificence. La profonde obscurité qui couvrait les eaux ne laissait voir au loin que cette écume blanchâtre qui moussait à la pointe des écueils.

Parfois la sombre lueur d'un éclair faisait les ténèbres visibles, — et la foudre, déchirant les nuages par des raies de feu, allait fracasser quelque récif.

La mer, fouettée et soulevée par les vents furieux, — rugissant comme un géant aux mille bras, aux mille voix, semblait se dresser au-dessus du phare, un instant englouti et disparu. La torche de Pen-Marck paraissait un pauvre vaisseau isolé et échoué dans la tempête, — une frêle aiguille perdue dans ce chaos immense. Tantôt la mer se brisait au pied de la tour, tantôt elle nous enveloppait nous-mêmes d'un voile et d'un nuage de poussière humide. — Sapée par les flots, entraînée par les coups de vent, ébranlée par les éclats de la foudre, la torche de Pen-Marck semblait s'agiter, s'incliner sur sa base et près de s'abîmer dans la mer, ce linceul gigantesque.

Intimidée par cette scène sublime, je détournai mes yeux vers la côte — et j'y vis briller une lueur, — fixe d'abord, — puis mobile et voltigeant çà et là.

Le phare était éteint. Cela me frappa vivement d'abord, — et je demandai au recteur comment il avait pu permettre, — je n'osai dire *ordonner*, à Albain d'éteindre le phare, lorsque la nuit et l'orage se réunissaient pour rendre la côte plus périlleuse pour les vaisseaux.

— Il le fallait ! répondit faiblement le prêtre.

Un coup de canon retentit au loin , — sur la mer.

Le recteur laissa échapper un tressaillement de joie.

— Vous avez entendu, lui dis-je. N'est-ce pas le canon d'un vaisseau en détresse ?

— Oh ! nous réussirons, s'écria-t-il. Ce vaisseau va s'engager dans les brisants et les écueils qui gardent notre côte. Dieu veuille que l'enfer de Pen-Marck l'attire et l'engloutisse ! Ah ! les braves jacobins, ils voulaient nous surprendre ; mais ils ne verront la chapelle de Kerbader qu'après être ressuscités !

— Que dites-vous ? m'écriai-je. Quoi ! vous laisseriez périr les malheureux que porte ce vaisseau surpris par l'orage ; peut-être des mères qui serrent leurs enfants contre leur sein, de jeunes filles qui aiment, des êtres faibles et innocents qui prient Dieu de les sauver. Soyez Dieu pour eux.

— Non ! non ! répliqua-t-il d'une voix forte. Ce sont des soldats, des républicains, des ennemis qui viennent pour apporter la mort là où ils vont la trouver. Nous les détruirons sans avoir besoin de lutter contre eux ; nos glaives et nos balles sont les écueils de la côte. Et si l'un d'eux s'échappait...

— Oh ! les gars qui veillent sur vos rochers les sauveraient... interrompis-je vivement.

— Enfant ! dit le recteur ; ces lueurs que tu vois s'éparpiller sur la côte, ce sont des lanternes hissées au haut de grandes croix de bois que portent des mulets enveloppés de couvertures noires et dont la tête est harnachée de courroies et de linges tordus et enchevêtrés de manière à maintenir solidement ces croix flamboyantes. Les mouvements de ces animaux sont si lents et si mesurés, que le feu des lanternes semble presque toujours fixe et immobile comme si elles ne changeaient pas de place. Ce sont des phares ambulants, qui doivent attirer les bleus au piège. L'enfer de Pen-Marck attend leurs coques de noix. Sur la côte, veillent, comme tu dis, nos gars armés de fusils, de pieux et de fourches. Ils ne laisseront pas un de ces jacobins vivants pour aller raconter aux clubs de Paris le sort de ses compagnons.

— Horrible ! horrible ! interrompis-je. Par pitié, sauvez-les vous que j'ai vu pleurer au souvenir de mon père. André Duhamel, au nom de ma mère que vous avez aimée, au nom de ces nobles sentiments qui vous agitaient tout à l'heure, je vous conjure...

— C'est impossible, répondit-il froidement. Ne m'implorez pas en vain. Ce succès doit augmenter puissamment mon influence ; les généraux vendéens seront contents de moi. Et qui sait si ton bonheur ne profitera pas de la confiance que j'inspirerai désormais à tous les royalistes !

— Il n'est plus de bonheur possible pour moi, murmurai-je.

— Pourquoi désespérer de l'avenir ? reprit-il. J'étais aveugle jusqu'à présent. Si j'avais su que tu étais la fille de Paul Duhamel, j'aurais encouragé l'amour du comte de Chavannes pour celle qui l'avait sauvé. J'aurais été ton allié, j'aurais ruiné l'espérance de cette ambitieuse Renée que j'ai si follement aidée de mes conseils. Ton triomphe eût rejailli sur moi et honoré notre famille !

— C'est là un rêve qu'il faut oublier, lui dis-je,

— Non pas, répliqua le recteur. Tu peux encore espérer de devenir la comtesse de Sanglier-Chavannes, Camille. Mademoiselle de Béjarry est morte, dit-on, dans les flammes allumées par le Collibert. Octave, qui n'a pu la sauver, est à la tête de nos gars qui entourent la chapelle de Kerbader. Et tu as courageusement gardé sa promesse, n'est-ce pas, malgré ses menaces et ses violences ?

— Je l'ai gardée, répondis-je.

— Tout peut donc se réparer.

— Non, car aujourd'hui je méprise le comte Octave.

— Mais vous l'aimiez, Camille.

— Mais après ce qui s'est passé entre lui et moi, je me jetterais dans ces flots avant de consentir à porter son nom, monsieur le recteur.

Il garda le silence et devint rêveur.

Un second coup de canon expira sourdement dans le fracas des vagues.

— Et vous êtes sûr, repris-je, que c'est un vaisseau de guerre ?

— Oui, répondit le recteur. — Octave n'a pas voulu nous révéler le nom du représentant qui dirige l'expédition, — mais, à Paris, il était parvenu à surprendre tous les plans secrets qui la concernaient. Par quel miracle ! je l'ignore. — Les jacobins croient agir dans le plus profond mystère, et en effet, pas un détail de ce guet-apens maritime n'a été ébruité, pas un avis ne nous est venu de nos comités de Paris, si bien que plusieurs de nos gentilshommes se sont d'abord défiés des renseignements du comte Octave et les ont traités de fables. Cependant la fable prend aujourd'hui toute l'apparence d'une réalité, et on n'accusera plus le comte d'avoir voulu se jouer de la bonne foi de nos Bretons et se mettre en évidence.

Pendant que le recteur parlait, je me sentais saisie d'une vague et sinistre inquiétude. Des souvenirs confus s'emmêlaient dans ma tête. Je l'interrompis vivement :

— Vous dites, monsieur le recteur, que ce sont les révélations du comte qui ont trahi le secret de cette expédition... et que le représentant qui la dirige... Répétez..., je n'ai pas bien écouté, bien compris....

— A l'heure qu'il est, M. de Chavannes seul encore sait le nom de ce représentant. Mais qu'importe ?

— Qu'importe ? repris-je machinalement en cherchant à renouer dans mon cerveau la chaîne de mes souvenirs.

— Oh ! le comte est un homme de tête quand l'amour ne le domine pas, dit le recteur. Les princes ont pour lui la plus haute estime et ne le paieront point comme tant d'autres d'ingratitude. Il ne se laissera pas oublier.

Je l'écoutais, et mon esprit retournait en même temps vers le passé. Tout à coup je me rappelai la nuit où j'avais ouvert la porte de notre maison au fugitif Octave et où il avait eu l'audace d'interroger mon père endormi.

Je jetai un cri d'effroi et je saisis le bras du recteur en murmurant :

— Oh ! malheureuse ! malheureuse ! encore ce coup pour m'accabler.

— Parlez, Camille, parlez, dit le prêtre effrayé de mon agitation.

Mais sans rien écouter, tremblante, prise de terreur, une sueur froide sur tous les membres, je criai :

N'est-ce pas le canon d'un vaisseau en détresse?— Page 63, col. 1.

— Le phare! faites rallumer le phare! Sauvez ce vaisseau! rallumez le phare!

— Expliquez-vous, disait le recteur. Mon enfant, revenez à vous! un peu de calme...

— Non, dis-je toujours éperdue, chaque minute qui passe... c'est un crime... Le représentant du peuple... c'est mon père... Paul Duhamel!

— Votre père, Camille, répéta le recteur bouleversé. Mais, non, Camille, vous vous trompez... C'est un songe, une folie...

— Le citoyen Paul Duhamel, vous dis-je. C'est lui! Oh! misérable que je suis, c'est à ma faiblesse, à ma lâcheté, à ma trahison que mon père devra cette dernière honte... la défaite et la boucherie de tous ces braves soldats... Ah! le guetteur avait raison de me flétrir du nom d'espionne... C'est moi qui ai vendu mon père... Oh! ce sang, qui tachera les flots, criera vengeance contre moi... Ces victimes pâles, déchirées, livides, je les verrai reparaître sans cesse devant moi et m'entourer et m'accuser... O spectres sortis de la mer, éloignez-vous!...

Et, dans mes remords et mon épouvante, je me traînai à genoux sur les dalles de la galerie, et je repoussai le recteur qui cherchait à me calmer, pour obtenir une explication plus positive des paroles qui m'étaient échappées.

Enfin, quand je pus parler avec plus de calme, je lui racontai comment j'avais donné asile au fugitif sous le toit du patriote Duhamel, comment j'avais fait notre hôte du noble condamné à mort, — et comment il avait profité de cet abri et de cette hos pitalité pour jouer le rôle d'espion auprès de mon père et m'entraîner à fuir avec lui.

Le recteur parut terrassé par ce récit.

— Oh! c'est sur moi que retombera tout le sang versé, dit-il. Le doigt de Dieu m'accable et tourne tous les événements contre moi. Je suis perdu si je fais rallumer le phare. Les Vendéens ne me le pardonneront pas. N'importe! je ne dois pas hésiter.

— Albain! cria-t-il.

Le guetteur parut.

— Rallumez le phare, dit le prêtre.

— C'est impossible, monsieur le recteur, répondit Albain.

— Pourquoi impossible?

— Vous savez bien qu'en ce moment la coque de noix des bleus vogue vers l'enfer de Pen-Marck. S'ils voient briller la Torche, ils seront peut-être encore à temps de rebrousser chemin.

— Albain, rallumez le phare! dit le recteur d'une voix impérieuse.

Le guetteur le regarda d'un air surpris et se retira à pas lents.

Trois minutes après il parut sur la galerie qui entourait la gigantesque lanterne, et il cria au recteur:

— Mon père, je suis enfermé ici, et nul — avant demain — ne touchera au phare dont je suis le gardien.

— Misérable! répliqua le recteur, furieux d'être ainsi joué. Auras-tu l'audace de me désobéir?

— Ne me menacez pas tant, mon père, dit le guetteur. J'ai l'oreille peu endurante; et si vous de-

Ils brisaient les mains des Bleus à coups d'aviron et les repoussaient à l'eau. — Page 65, col. 2.

venez bleu, je tirerai sur vous sans vergogne comme sur un patriote.

Le recteur, anéanti, pressa son front de ses mains comme s'il eût voulu en faire jaillir quelque pensée lumineuse. Enfin il me dit :

— Écoutez, Camille, je puis encore essayer d'être utile à ces malheureux. La chaloupe qui m'a amené est amarrée au pied de la Torche. Je connais la côte, et malgré la tempête, je tâcherai... J'ai souvent risqué ma vie pour le mal... Si je péris, ce sera une expiation...

— Et vous allez me laisser seule au pouvoir de cet homme ? lui dis-je.

— Viens donc avec moi, Camille, s'écria le recteur. Toi aussi tu as été coupable, pauvre femme. Que Dieu nous juge, car nous allons nous mettre en ses mains.

LES DEUX FRÈRES.

Cette traversée fut épouvantable, en effet. Mais j'étais si préparée, si dévouée à la mort, que je ne vis rien de la lutte titanique engagée entre le recteur et le courroux de la mer. Nous devions mille fois y périr. Notre chaloupe était balancée et secouée par les vagues comme par la plume avec laquelle joue le vent.

Enfin, le recteur parvint à la faire échouer sur le sable d'une petite plage, tout inondée, — et me prenant dans ses bras, il me fit gravir les rochers qui la dominaient, car l'eau montait jusqu'à sa ceinture.

De la côte nous assistâmes à quelques-unes des horribles scènes du drame combiné par le génie politique du comte de Chavannes.

Le vaisseau des bleus, entraîné vers l'Enfer de Pen-Marck, venait de s'éventrer sur un de ces écueils sauvages qui faisaient sans cesse rugir et écumer la mer.

Les chaloupes seules, où s'étaient jetés quelques soldats à la désespérée, vinrent se heurter, se perdre, se briser au pied des rochers.

Quelques-uns de ces malheureux s'accrochaient aux saillies de la roche et cherchaient à échapper aux vagues hurlant à leurs jambes et bondissant quelquefois par-dessus leurs têtes. Mais les gars veillaient. Ils brisaient les mains des bleus à coups d'aviron, — et les repoussaient à l'eau, tandis que les pauvres soldats leur demandaient pitié en leur tendant ces mains saignantes et fracassées.

Jamais plus horrible tableau ne frappa le regard humain que cette tuerie nocturne. Les cris des naufragés, le grondement des flots, l'effroi des ténèbres, les gémissements des blessés, les railleries féroces des gars bretons, leur aspect fantastique à la lueur des torches et des lanternes, tout me pénétrait d'horreur.

Quand ils passaient près de nous, ils brandissaient leurs lourds bâtons et disaient au recteur :

— Eh ! ils n'ont pas la tête si dure !

Le recteur me pressait la main, cherchant à me contenir, quand je voulais maudire à haute voix l'infâme cruauté de ces hommes.

Si je lui disais :

— Mais ces tigres à face humaine ne sont donc ni pères, ni fils dévoués, ils n'ont donc jamais rien aimé, jamais senti battre leur cœur !

Il me répondait : — Taisez-vous, Camille. Les bleus brûlent les chaumes de ces pauvres diables; ils coupent leurs arbres sur pied, ravagent leurs champs, — et quelquefois ils sabrent leurs femmes et noyent leurs enfants.

Je me récriai d'indignation contre ces calomnies, mais le recteur m'entraînait, cherchant avec une inquiète et haletante curiosité un visage connu parmi les cadavres jetés sur la grève.

L'orage commençait à se calmer, et les flots à se retirer de la plage qu'ils envahissaient auparavant.

Nous errions sur ces sables mouvants, où nos pieds étaient baignés par les vagues expirantes, lorsque nous crûmes voir nager vers nous une forme encore indistincte.

Nous nous arrêtâmes et nous attendîmes.

C'était un des naufragés qui portait sur son dos l'un de ses compagnons. Ils atteignirent une roche à fleur d'eau, peu distante de la grève où nous nous trouvions.

Nous nous avançâmes, et j'entendis un de ces hommes dire à l'autre :

— Abandonne-moi ici et tâche de te sauver. Je suis épuisé.

Cette voix me fit tressaillir. L'autre répondit :

— Jamais, citoyen, quand je devrais laisser un échantillon de ma peau à chacune de ces griffes du diable qui bordent la côte. Je ne suis pas un lâche.

— Laisse-moi, te dis-je, l'expédition est manquée. Je veux mourir. Qui ne réussit pas trahit sa patrie. Toi, tu n'es qu'un soldat, tu peux fuir. Oh! nous avons été vendus !

Cette fois, je reconnus la voix de mon père, le représentant du peuple, Paul Duhamel.

Le recteur s'avança le plus près possible de la roche et leur cria : — Venez à moi, je vous sauverai.

— C'est un piége! dit le soldat.

— Un piége, répéta le recteur. Mais d'un mot ne puis-je réunir autour de moi cent gars résolus. Allons, venez !

Je m'enveloppai soigneusement de mon caban de pêcheur et j'en rabattis le capuchon sur mon visage pour ne pas être reconnue de mon père et de son compagnon, qui n'était autre que l'ouvrier Brindejonc, celui qui m'avait autrefois recueillie dans sa mansarde du faubourg Saint-Antoine.

Brindejonc transporta mon père sur la grève, malgré sa résistance, et là, aidé du recteur, il le conduisit dans une de ces grottes ou excavations de rochers si communes sur les côtes de l'Océan. C'était la retraite favorite du prêtre lorsqu'il habitait Kerbader. Il alluma des sarments qui y étaient entassés. Mais à peine la flamme eut-elle brillé, que Paul Duhamel, qui était pâle à faire peur, devint livide et tremblant d'une sourde colère.

— Le recteur ! s'écria-t-il. Oh! sortons de cet asile; je ne veux rien devoir à ce démon, qui ne doit jamais m'apparaître qu'aux jours de malheur !

Il fit quelques pas en chancelant, et comme André se plaçait devant lui à l'entrée de la grotte :

— Place! place au représentant du peuple, ajouta-t-il. Je vais me livrer à vos amis les gars.

— Mon frère, répliqua le recteur, mon frère, je ne suis pas cause de ton malheur, et je veux te sauver.

— Alors tu es traître à ton parti, dit énergiquement Paul Duhamel. — Ame de boue! tu n'es pas même fidèle à ceux qui te paient et que tu sers.

— Mon frère, reprit humblement le recteur, ne peux-tu me pardonner le passé ?

— Pardonner à celui qui a fait de ma vie entière une douleur et qui a chargé ma conscience du poids de sa honte, puisque le préjugé rend solidaires tous les rejetons d'une même souche ! — Pardonner à celui qui a fanatisé de pauvres ignorants pour les armer contre leurs concitoyens, — qui a prêché pour les ténèbres et le mensonge contre la lumière et la vérité, — qui a pris le couteau en main pour déchirer les flancs de sa mère, la patrie !

— Mon frère, mets-moi sous tes pieds ! je l'ai mérité. Mais laisse-moi te sauver pour me réconcilier avec Dieu !

— Lâche humilité! s'écria mon père indigné; car il ne croyait pas à la sincérité du prêtre. Tu te fais petit pour éviter ma vengeance, — humble, parce que tu as peur !

— Mon frère, ne m'accable pas, dit le recteur d'une voix haletante. J'ai péché, il est vrai; mais souviens-toi que le même lait nous a nourris, que le même sourire a souri à nos premiers regards, que nous avons été bercés ensemble sur les genoux de notre sainte mère !

— Ajoute, dit alors Paul Duhamel en ricanant, que nous avons aimé la même femme.

Le recteur tressaillit et changea de visage. Cependant, il se contint encore :

— Mon frère, répondit-il, je ne puis craindre la vengeance d'un fugitif, d'un homme désarmé; la haine vous aveugle.

— La haine, dit le représentant; mais je n'ai pas de haine contre toi. Je te méprise, voilà tout. Je méprise l'homme de paix et de charité qui prêche le meurtre, l'incendie, la révolte. — Je méprise l'ambitieux qui se fait payer le prix du sang des pauvres gars crédules !

— Mon frère, ne m'accable pas, dit encore le recteur, lorsque je me repens et que je confesse mes fautes, lorsque je te tends la main...

— Mais cette main, je la repousse ! s'écria Paul Duhamel... Ton hypocrisie ne saurait me tromper. Je ne crois pas à ton repentir. Mais sans doute tu veux te ménager une porte de salut avec les patriotes, dans la prévision du triomphe des bleus. C'est digne de celui qui pousse les gars au combat et qui se cache derrière eux comme un lâche !

— Mon frère, mon frère ! rétracte cette parole, s'écria à son tour le recteur, dont le visage s'empourpra de colère et dont les yeux lancèrent des éclairs, — ou j'oublierai tous les souvenirs de notre enfance et je me vengerai !

— Pas tant de feu, mon cadet : je suis là, dit Brindejonc en se jetant entre les deux frères.

Mais Paul Duhamel, implacable, jeta comme un défi insultant ces mots au recteur :

— Appelle donc tes gars pour te venger de deux fugitifs !

Au même instant, des torches étincelèrent à l'entrée de la grotte; des voix confuses se répondirent, puis une douzaine de paysans se précipitèrent dans notre asile.

Le comte Victor-Octave de Chavannes était à leur tête.

— Des naufragés! des bleus échappés aux écueils, — ici ! — avec le recteur de Kerbader, dit-il d'un ton sévère.

— Vous voyez, monsieur le comte, que je ne vous ai pas trompé, dit une voix parmi les paysans.

C'était le guetteur de Pen-Marck qui, surpris de la disparition du recteur, avait hardiment gagné la côte dans un canot que les pêcheurs lui avaient laissé depuis deux jours, afin d'avoir l'aide de son courage et de sa force renommée, à l'heure de la lutte avec les bleus.

— Comment, mon père, reprit le comte avec l'accent impérieux d'un juge,—c'est vous qui avez conduit ici ces jacobins.

— Je l'ai entendu, dit le guetteur, les supplier de se fier à lui.

Le recteur, à cette accusation directe, pâlit et hésita à répondre.

— Vous voyez, reprit Albain, il se trouble ; il est d'accord avec les ennemis du roi. D'ailleurs, je vous le répète, il m'avait ordonné de rallumer le phare.

— C'est un traître ! dit le comte, peut-être secrètement satisfait de ne pas avoir à partager les honneurs du succès avec son ami le recteur.

— C'est un traître ! répétèrent les gars bretons. Qu'il soit jugé et puni !

— Quand il vous prêchait et vous exhortait à vous battre, c'était pour vous envoyer à la boucherie !

Pendant cette grêle d'insultes et d'accusations, le recteur avait eu le temps de reprendre un air de hauteur et de calme dédaigneux.

Il fit signe qu'il voulait parler.

— Qu'as-tu à répondre ? demanda sèchement le comte. Les preuves sont contre toi. N'est-il pas vrai que tu as conduit ces bleus dans cette grotte ?

— C'est la vérité, répondit le recteur.

— Tu les a arrachés à la mort qui les attendait sur la plage en leur indiquant cet abri ?

— C'est la vérité.

— Tu leur as promis enfin de les sauver, au risque de ta vie, n'est-ce pas ?

— C'est la vérité, répondit toujours le recteur.

— Vous entendez ! il avoue son crime, s'écria le guetteur.

Alors le prêtre l'interrompit, et le désignant du geste :

— Mais ce que cet homme ne vous dit pas, mes gars, reprit-il, c'est que si j'ai caché les bleus dans cette grotte, c'était pour vous les livrer.

Un mouvement général de surprise eut lieu dans les groupes de paysans.

— Expliquez-vous, dit le comte. C'est là une chose facile à dire, mais difficile à prouver.

— Difficile ! répliqua le recteur en ricanant. Non pas quand j'aurai dessillé vos yeux,— quand je vous aurai dit que l'un de ces fugitifs...

Et il désigna mon père.

— ... Est le représentant du peuple Paul Duhamel, le chef de l'expédition.

— Qui nous affirmera que c'est la vérité ? demanda le soupçonneux guetteur.

— M. le comte de Chavannes lui-même, répondit le recteur, car il a dû le connaître à Paris.

Tous les regards se tournèrent vers le comte qui ne put s'empêcher de baisser les yeux devant le rigide républicain dont il s'était précipitamment approché.

— Rendez-moi témoignage, monsieur le comte, dit le recteur impassible.

— Vous avez dit la vérité, mon père, murmura Octave.

— Cet homme ne voulait pas se sauver, malgré les prières de son soldat, ajouta le prêtre. Il persistait à attendre la mort sur le rocher qu'il avait atteint. Il échappait donc à notre vengeance et nous perdions les papiers importants qu'il devait porter sur lui. J'ai essayé de le tromper et de l'attirer dans nos mains par l'attrait d'un salut certain.

— Oh ! comble de lâcheté ! s'écria mon père. Serpent, comme je t'avais bien deviné !

Mais le recteur, sans s'émouvoir, continua :

— Une autre fois, mes gars, soyez moins prompts à soupçonner et à accuser un homme qui a dévoué sa vie au triomphe du roi. — Soyez toujours aussi purs que moi, monsieur le comte. — Mes gars, emmenez ces hommes à la chapelle de Kerbader qui leur servira de prison. Allez ! je vais prier Dieu pour attirer les bienfaits de sa grâce sur vos têtes, — et demain, nous le remercierons solennellement du succès qu'il nous a accordé.

Ces paroles furent accueillies par les cris de joie enthousiastes des paysans.

Pour moi, cachée dans un coin obscur de la grotte, absorbée dans la contemplation du noble visage de mon père, — je restai terrifiée par la trahison du recteur, je ne pouvais y croire, je ne pouvais la comprendre.

— Êtes-vous donc le génie du mal ? lui dis-je, lorsque le comte et les gars eurent disparu avec leurs prisonniers et que je me retrouvai seule avec lui.

— Vous aussi, Camille, vous avez été dupe du rôle que je viens de jouer, dit-il avec un sourire mélancolique. Mais c'était le seul moyen qui me restât pour le sauver peut-être, en me sacrifiant pour lui. Vous saurez tout bientôt, mon enfant. Mais d'abord je veux m'occuper de votre sûreté. Je vais vous conduire à la maison que j'habite. Elle est isolée,— à un quart de lieue de la mer, — et là vous n'aurez rien à craindre.

Dès le lendemain matin, le comte de Chavannes forma un conseil de guerre composé des quatre à cinq gentilshommes qui l'accompagnaient à l'affaire de Kerbader, et mon père fut condamné à mourir de la mort du soldat, ainsi que le pauvre Brindejonc.

Le recteur, qui avait regagné toute la confiance des chefs comme celle des gars, demanda une entrevue avec le représentant, pour l'exhorter à mourir en chrétien.

Les sentiments religieux étaient trop profondément respectés chez les Vendéens pour qu'une telle requête rencontrât la moindre objection.

Le recteur fut introduit dans la sacristie de la chapelle où se trouvaient les prisonniers Paul Duhamel et Brindejonc.

— Tu viens jouir de ton triomphe, lui dit mon père avec cet orgueil de l'homme courageux qui va mourir.

— Je viens sauver votre âme, répondit à voix haute le prêtre qui craignait que ses paroles ne fussent épiées.

— Arrière, hypocrite ! s'écria le représentant. Trêve de jargon fanatique ! Crois-tu parler encore à tes stupides paysans ?

Mais le recteur s'était rapproché de lui, et il répliqua très-vite et à voix basse :

— Paul, tu es condamné. Il faut fuir, entends-tu. Tu vas te couvrir de ma soutane et sortir à ma place.

— Jamais je n'emploierai la ruse et le déguisement pour échapper à la mort, dit Paul Duhamel avec fermeté. Garde tes vêtemens profanés !

— Tu es fou, murmura le recteur hors de lui. Allons! hâte-toi, le temps presse.

Et aussitôt il voulut lui enlever l'écharpe de représentant que le patriote avait voulu porter pour marcher à la mort.

Mais à ce moment, Brindejonc tressaillit et s'écria :

—Maudit tartufe! tu ne nous feras pas mordre deux fois à l'hameçon. Va te gausser de nous en enfer, mon cadet. Rira bien qui rira le dernier.

Et saisissant un pistolet rouillé et hors de service qu'il avait trouvé dans un coin de la sacristie, il en asséna un coup terrible sur la tête du recteur.

Le malheureux ouvrit les bras, chancela comme un homme ivre, murmura :

— Frère, prends... ma soutane... sauve-toi... et il tomba sur les dalles, raide et inanimé.

Mon père resta pétrifié d'horreur à la vue de cette scène tragique, qu'il n'avait pas eu le temps de prévenir.

Brindejonc le pressa alors de suivre le conseil du recteur, — mais il lui répondit froidement :

— Le chef ne doit pas revenir vivant du champ de bataille où gisent ses soldats. Quant à toi, je t'ordonne de partir pour annoncer le désastre de cette expédition. Que les Vendéens ne mettent pas à profit la sécurité de nos généraux.

— Tu le veux, citoyen? dit Brindejonc.

— Je le veux! répliqua mon père.

Et tout fut dit entre ces deux républicains sincères.

Le représentant et le volontaire s'embrassèrent en pleurant, malgré leur stoïcisme. Puis Brindejonc endossa la soutane du recteur et parvint à tromper les gars chargés de veiller sur les prisonniers, — et à s'éloigner de la chapelle de Kerbader.

Comme il ne connaissait pas le pays, il errait encore au hasard deux heures après, et se trouvait auprès de la maison qui me servait d'asile, lorsque de grandes rumeurs, se propageant sur la côte, lui apprirent qu'on avait découvert son évasion et que l'on était à sa poursuite.

Ces rumeurs m'effrayèrent, moi, qui, immobile à la porte de la maison, attendais le retour du recteur et de mon père, qu'il m'avait promis de sauver.

J'allais rentrer, lorsque je vis déboucher d'un sentier de traverse la soutane noire du prêtre : je crus qu'on avait découvert son projet, — et qu'il fuyait les paysans furieux. — Je courus à lui.

Deux cris nous échappèrent en même temps.

— Brindejonc!

— Mam'zelle Camille!

Les cris des gars se rapprochaient.

Je le fis rapidement entrer avec moi dans une *cache* secrète que m'avait révélée le recteur et qu'il avait fait pratiquer dans un mur de son habitation depuis le commencement des troubles.

Les gars entrèrent dans la maison et la fouillèrent, mais inutilement.

Quelques jours après, nous nous mîmes en route, — et à travers mille dangers nous parvînmes à la ville de Bressuire, qui était retombée en ce moment au pouvoir des bleus.

Brindejonc me ramena ensuite à Paris; — mais je ne tardai pas à quitter cette capitale, agitée par tant de bouleversements successifs, pour venir avec la bonne Marthe me réfugier dans cette solitude de Liverdun, son pays. Brindejonc retourna à l'armée de Vendée et servit sous les ordres de Hoche.

Il s'informa du sort de M. de Chavannes. On lui assura qu'il était passé en Angleterre, où sa cour assidue près des princes l'avait plus avancé dans leur faveur que ses services héroïques en Bretagne et en Vendée.

Depuis, je n'ai jamais entendu parler du comte Octave; mais j'ai précieusement gardé sa promesse de mariage, — frêle souvenir dont la vue évoque à ma pensée tous les bonheurs et toutes les souffrances de ma jeunesse.

Ici s'arrêtait le manuscrit de madame Clavel. Cette lecture fit sur l'esprit naturellement poétique et romanesque de Gabriel une impression plus dangereuse que salutaire. Elle exalta l'imagination, — les rêves fabuleux — et même les ambitions secrètes de ce jeune homme, — et elle eut certainement une influence terrible sur la destinée qui allait s'ouvrir pour lui.

Peut-être tenterons-nous plus tard de raconter la vie du fils de Camille, — si cette longue histoire, qui n'en est pour ainsi dire que le prologue, n'a point découragé la patience de nos lecteurs.

FIN DE LA MAITRESSE DUN VENDÉEN.

LE CURÉ DE St-GERMAIN-DES-PRÉS

PAR DINOCOURT.

La paroisse de ce nom, située comme chacun sait, dans la partie la plus populeuse du faubourg Saint-Germain, était desservie, il y a vingt ans, par un digne prêtre, qui joignait à l'ardente charité de saint Vincent de Paul, le caractère paisible et tolérant de Fénelon. Ennemi du faste et tout dévoué à ses pauvres, il fréquentait beaucoup plus souvent les greniers du peuple que les hôtels des grands; aussi était-il moins connu de ces derniers que de la classe souffrante, à laquelle il prodiguait ses soins et ses consolations.

C'était un homme de haute taille, que le poids déjà assez lourd des années n'était point parvenu à courber. Sa figure, imposante et noble, reflétait toutes les vertus de son âme; ses traits avaient un caractère de bienveillance tel qu'on ne pouvait se défendre de l'aimer à la première vue, et ce sentiment était singulièrement fortifié encore, lorsqu'on l'entendait proclamer, en chaire, les vérités de la religion, ou même exprimer ses opinions personnelles sur un sujet quelconque dans l'intimité de la conversation. Il fallait venir à lui malgré soi, parce que son éloquence avait quelque chose de doux, de pénétrant, qui subjuguait le cœur, et dont la raison même subissait aussi le charme. Cependant, et parfois, cette éloquence était vive, *imagée*, saisissante, et alors il devenait encore difficile de lui résister, car sa parole empruntait une autorité sans égale à la profondeur de ses convictions, à l'ardeur de sa foi religieuse ; mais cela n'arrivait que quand il se trouvait aux prises avec quelque champion de l'athéisme, qui ne craignait pas d'entamer avec lui quelque controverse, dans le fol espoir de le battre et de s'amuser de son embarras ; ou, d'autres fois encore, lorsqu'il avait affaire à quelque pécheur endurci, entré par trop avant dans les voies de l'impénitence finale.

Dans une des soirées pluvieuses et froides du mois de novembre 1816, une main agita avec violence la sonnette de son humble maison ; le digne homme venait de se mettre à table pour souper ; il dit à sa domestique d'aller ouvrir et d'introduire la personne qui s'annonçait d'une manière aussi bruyante, car il juge à ce signe manifeste d'une grande hâte, qu'on vient requérir son saint ministère pour quelque chose de très-urgent, et sa pieuse charité ne lui permet pas de se faire attendre dans ces sortes d'occasions.

La vieille Brigitte rentre bientôt accompagnée d'un jeune homme de vingt-trois à vingt-quatre ans, proprement mis, et dont tout l'extérieur décèle un homme de bonne éducation, comme l'expression inquiète et animée de sa physionomie révèle le trouble de son âme. Peut-être c'est un bon fils sur le point de perdre sa mère, et qui vient supplier le curé de se munir pour elle des sacrements. Il lui demande avec bonté ce qui l'amène ; le jeune homme, qui a deviné sa pensée, s'empresse de le détromper :

— Grâce au ciel, lui dit-il, je n'ai pas à trembler pour un de mes proches, monsieur le curé ; mais le motif qui m'amène ici vous paraîtra sans doute assez respectable pour vous faire excuser mon empressement à venir vous troubler à pareille heure ; pouvez-vous m'entendre quelques instants ?

— Parlez, mon enfant, mais surtout reprenez haleine, si vous croyez pouvoir le faire sans compromettre les intérêts que vous paraissez prendre si chaudement.

Et, jugeant au peu de mots qui venaient de lui être dits, qu'il pouvait prendre le temps de souper, il se rapprocha de la table et attendit, en se servant, que l'inconnu fût en état de l'instruire du sujet de sa visite.

— Ma démarche vous paraîtra peut-être bien extraordinaire, dit enfin ce dernier, dont l'air accusait chez lui plus d'embarras qu'il ne paraissait en avoir éprouvé en entrant. Malgré le vif désir que j'avais de vous voir, et malgré la confiance que m'inspire votre bonté si bien connue, j'éprouve à présent, je l'avoue, une sorte de confusion du parti que j'ai pris de venir si brusquement vous déranger pour réclamer vos bons offices, dans une affaire dont il serait possible que vous ne voulussiez pas vous mêler.

— Dites toujours, mon fils, répliqua le vieillard, surpris d'un exorde si différent de celui qu'il avait attendu.

Et, jugeant bien que le jeune homme avait besoin d'être rassuré, il ajouta que rien ne devait lui faire craindre de s'ouvrir à lui d'une chose qu'il avait déclarée d'ailleurs être d'une nature respectable, et qui, selon toute apparence, n'était pas non plus dépourvue d'importance. Quant à la crainte qu'il manifestait de lui voir refuser ses bons offices, il devait être bien persuadé d'avance qu'il faudrait pour cela qu'il lui fût tout à fait impossible de l'en aider, et, dans ce cas, il serait encore plus affligé que lui-même du refus qu'il serait obligé de lui donner.

— Assez, mon père, assez ! dit le jeune homme, honteux de son hésitation et suffisamment encouragé par les bienveillantes paroles de ce digne pasteur. Ce n'est pas de vous, ajouta-t-il, mais de moi seulement que je me suis défié, car je sais que votre charité vous fait passer sur bien des choses et vaincre bien des répugnances quand il s'agit de soulager des infortunés. Or, comme c'est pour solliciter de vous un service de ce genre que vous me voyez ici maintenant, je vais parler en toute confiance. Connaissez-vous, parmi vos paroissiennes, une veuve du nom de Lebrun et ses deux filles, que vous avez pu remarquer, les dimanches, à chaque première basse messe, se tenant toujours toutes trois à l'entrée de la chapelle de la Vierge ?

— J'ai très-souvent vu trois dames vêtues de noir, à la place que vous m'indiquez, mais je ne les connais pas autrement ; j'ignorais même leur nom jusqu'à ce jour...

— Oh ! monsieur le curé, reprit le jeune homme avec chaleur, si vous les connaissiez comme je les connais ! Trois anges, je vous le jure ; trois martyres résignées, de la plus poignante infortune ; c'est pour elles, mais à leur insu, que je viens vous implorer !

— Que puis-je faire ? dit le vieillard, ému jusqu'aux larmes de l'enthousiasme de leur jeune protecteur ; sont-elles dans le besoin et font-elles partie de cette classe si à plaindre d'indigents qu'un invincible sentiment de honte empêche de recourir aux trésors de la bienfaisance publique. S'il en est ainsi, dites-le moi, faites-les moi connaître ; j'irai les voir et pleurer avec elles, mais ce ne sera pas du moins sans apporter quelque soulagement à leur misère.

— Leur détresse est grande, mon père ; mais elles expireraient de honte, si elles n'en devaient être tirées que par l'emploi d'un pareil moyen ; vous connaissez assez le cœur humain pour n'en point être étonné. Non, c'est par une autre voie qu'il faut essayer d'arriver à ce résultat, et c'est sur cela même que je suis venu vous consulter ; vous seul pouvez être l'instrument de leur salut, si vous voulez bien vous prêter à ce que je vais vous demander, et si le ciel ne nous refuse pas son appui.

« Je dois, avant d'aller plus loin, vous dire à quel titre je m'intéresse à ces dames ; elles habitent, depuis dix ans, la maison où j'occupe moi-même une modeste chambre depuis quinze ou seize mois seulement ; mais il y a déjà dix-sept ans que madame Lebrun est tombée dans le cruel état où elle est aujourd'hui. Elle perdit à cette époque son mari, militaire distingué, mais qui, retiré du service depuis assez peu de temps, avait eu le malheur de confier trente mille francs, reste d'une fortune patrimoniale assez considérable, à un homme déloyal, sans honneur, qui n'a pas eu honte de s'approprier cette somme, encore qu'elle fût devenue pour lui, qui n'avait rien avant que M. Lebrun la lui prêtât, le fondement de la brillante fortune dont il a joui depuis sans remords. Ce ne sont pas ces trente mille francs seulement qu'il a volés à cette malheureuse famille, c'est encore cent mille écus que cette somme avait dû rapporter à son trop confiant prêteur, puisque ce prêt avait été fait sous condition d'association, et que ce même capital, employé dans les fournitures de l'armée, avait permis à ce brigand de réaliser plus de cinq cent mille francs de bénéfice, dans le court espace de trois ans. »

Le curé leva les mains au ciel en poussant un profond soupir et demanda au jeune homme comment, les choses étant ainsi, la veuve Lebrun n'avait pas réussi à se faire rendre justice d'un vol aussi criant en recourant aux tribunaux.

— La mort subite et prématurée de son mari, en Allemagne, où il était allé pour les affaires de la société, explique le défaut de succès des réclamations de cette malheureuse dame. M. Lebrun, par un malheureux excès de confiance dans la bonne foi de son associé, n'avait, pour toute reconnaissance de cette somme de trente mille francs, qu'un acte sous seing privé, que sa femme ne trouva plus quand elle voulut le produire en justice ; l'imprudent major, car c'était le grade que son mari occupait dans l'armée, tenait toujours dans son portefeuille, et cet acte n'y était plus quand ce portefeuille fut remis à la veuve.

— Ah ! quelle trahison ! s'écria le vieillard ; est-ce que son associé l'aurait soustrait ?

— Non, pas lui, mais sans doute un de ses domestiques qui voyageait habituellement avec le major, domestique dont on n'a jamais pu découvrir les traces depuis cet événement.

— Mais alors comment cette dame put-elle savoir la situation des affaires de la société et réclamer ses droits devant les tribunaux, si tant est qu'elle l'ait fait ?

— Elle avait su cette situation de son mari lui-même, qui, la surveille de ce fatal voyage, lui disait en l'embrassant : « Ma chère amie, c'est la dernière fois que je te quitte, toi et nos enfants ; il faut savoir s'arrêter à propos ; j'ai dit à S... qu'à mon retour nous réglerions définitivement, et que je le laisserais suivre tout seul sa brillante carrière. Comme il me revient à présent, pour ma part, cent mille écus, plus les trente mille francs, dont il a fait pour nos communs intérêts, un si bon usage, je compte, avec cette dernière somme, acquérir cette maison de campagne, où tu parais si heureuse avec tes enfants, et les revenus des trois cent mille francs nous permettront d'y passer, tous ensemble, de beaux jours, et d'une manière assez honorable, comme tu vois. »

— Si je ne craignais pas de porter un jugement téméraire, dit le vénérable pasteur, je croirais volontiers que c'est cet avertissement donné à son associé qui a perdu ce malheureux officier...

— Sa veuve en conserve encore aujourd'hui l'affreux soupçon, et je dois ajouter qu'elle essaya de le faire partager aux juges devant lesquels elle avait traduit ce misérable ; mais le défaut de preuves, pour faire prévaloir une aussi terrible accusation, lui fit une loi de se montrer fort circonspecte à cet égard ; son avocat lui en avait fait envisager les funestes conséquences. Elle succomba dans sa demande, d'abord parce que les moyens de le prouver lui manquèrent ; en second lieu, parce que la position brillante de son adversaire donnait encore, à ce dernier, sur elle un grand avantage ; il nia effrontément avoir emprunté un sou à M. Lebrun, et il convint bien moins encore d'avoir fait avec lui le moindre acte de société. Néanmoins, comme il fallait expliquer, d'une manière plausible, ses rapports avec lui, il n'hésita pas à déclarer qu'il l'avait employé à titre d'agent et rétribué comme tel, dans des proportions très-libérales, ce dont il ne se repentait pas, parce qu'il avait toujours fait preuve d'autant de zèle que d'intelligence. Ce fut après cette perfide et mensongère déclaration que les juges repoussèrent la trop juste demande de la malheureuse veuve et ajoutèrent encore à sa ruine en la condamnant aux frais du procès. Ces frais s'élevaient à une somme considérable ; elle fut obligée, pour l'acquitter, de vendre son argenterie et ses bijoux, puis de quitter, avec ses deux filles en bas âge, la charmante campagne qu'elle habitait, pour venir se confiner dans Paris et chercher, par son travail, les moyens de les élever. Que vous dirai-je de plus que vous n'ayez déjà deviné ? Les premières années furent encore pour elle les moins difficiles à passer, parce que ce qui lui restait de mobilier l'aida longtemps à conjurer la misère, au moyen de ventes successives qu'elle en fit, quand le besoin le commandait. Le temps marcha, les enfants grandirent et purent venir en aide à leur mère ; mais les maladies firent souvent un triste contrepoids à cet avantage ; il fallut se restreindre, se priver chaque jour de plus en plus, se passer de choses qu'on avait regardées la veille comme nécessaires ; avec cela, les gains de femmes, à Paris, sont mesurés sur une si petite échelle ! Enfin, elles en sont venues à se loger, depuis dix ans, dans la maison où elles sont encore aujourd'hui ; deux chambres au quatrième, un loyer de cent vingt francs, qu'elle ne réussissent pas toujours à payer exactement. Et pourtant quel ordre ! quelle économie ! c'est à se refuser du feu la moitié de l'hiver ; l'ouvrage leur fait souvent défaut, et il y a une si grande concurrence !

— Je ne conçois que trop bien leur détresse ; mais que pensez-vous donc que je puisse faire pour les tirer de cette triste situation ? je n'en aperçois pas le moyen.

— Le moyen, le voici, et peut-être est-ce le ciel qui me l'a inspiré ! Ce n'est que depuis fort peu de temps que je suis dans la confidence des malheurs de cette intéressante famille ; madame Lebrun, comme toutes les femmes d'esprit, n'aime pas à se livrer, devant les étrangers, à d'inutiles récriminations contre un sort qu'ils n'ont pas plus qu'elle la possibilité de changer, et j'ignorerais probablement encore aujourd'hui la cause de ses peines, si quelques légers services, que j'avais été assez heureux pour lui faire accepter, ne m'eussent acquis une grande part à son estime, j'ose même dire. à son amitié. Mais enfin, du jour que je fus honoré de toute sa confiance, je ne cessai plus de rêver au moyen de changer son sort. Le hasard fit que le notaire chez lequel je travaille quelques heures par jour, pour m'aider à supporter les frais de mes études en droit, que je suis sur le point d'achever, fût précisément le notaire de ce misérable spoliateur, et je fis tout au monde pour le déterminer à en tirer quelque chose ; mais mon patron, indifférent, comme le sont presque tous les gens heureux, aux souffrances qui ne les atteignent pas, me déclara tout net qu'il ne lui en ouvrirait jamais la bouche. « D'ailleurs, ajouta-t-il, le mal est sans remède, puisqu'il est le résultat d'une chose jugée, et jugée depuis près de vingt ans ; lui demander même quelques secours en faisant un appel à sa commisération pour cette famille ne me semble pas plus praticable. Outre que madame Lebrun, vous me l'avez dit vous-même, rougirait de rien lui devoir à pareil titre, n'oubliez pas qu'il ne voudrait jamais lui donner seulement un écu, fût-ce même pour lui racheter la vie, parce qu'il conserve contre elle une rancune sans égale, pour raison des efforts qu'elle a faits, au temps de son procès avec lui, pour le déshonorer dans l'opinion des juges et du public. Et puis, entre nous, ajouta cet homme égoïste et froid, vous concevez que je ne puis m'exposer à perdre un si bon client, en allant lui rebattre les oreilles de choses que je sais devoir lui être désagréables. Savez-vous, mon cher ami, que S... est maintenant plus que millionnaire et que la considération lui est acquise de toutes parts; que ses fils son trevêtus d'emplois brillants; que ses filles ont épousé des gens aussi richement pourvus, et qu'il ne faut pas, lorsqu'on est homme public, comme je le suis, risquer de se troubler avec une pareille famille, pour le plaisir de rendre service à des gens qu'on n'a pas autrement de raison d'obliger. »

— C'était une réponse facile à prévoir, dit en soupirant le curé, et je présume que vous n'avez plus insisté.

— Vous l'avez dit, je dévorai en silence mon indignation et ne lui en reparlai plus depuis; mais lui-même, il y a quelques jours, m'apprit d'un air tout alarmé, que S... était gravement malade et en danger de mort, d'après la déclaration des médecins. Eh bien! répondis-je, ce sera un brigand de moins sur la terre, et il en restera encore assez sans lui. Ma réponse fit froncer le sourcil à mon patron; pour lui, ce brigand mort était un client de moins, et il me fit bien voir, à sa promptitude à se retirer, que je lui avais souverainement déplu. Le jour même, en rentrant chez moi, je trouvai une lettre de sa main, contenant l'invitation de m'abstenir de rentrer dans son étude...

— C'était encore une chose facile à prévoir, dit le curé en souriant; vous avez agi en véritable jeune homme.

— Je ne m'en défends pas; mais ce que j'ai sur le cœur, il faut toujours que je le dise, quoi qu'il m'en puisse arriver. Mais je reviens à l'idée dont j'ai été frappé et qui m'a déterminé à venir vous trouver; cette idée, la voici, et c'est la situation de S... qui me l'a suggérée. Je me suis en effet assuré, par mes informations, qu'il était réellement très-mal, et que les médecins n'en attendaient plus rien. Maintenant, comme ce misérable est de votre paroisse, éprouveriez-vous de la répugnance à chercher à pénétrer jusqu'à lui, et si vous y parveniez, n'aimeriez-vous pas à faire tous vos efforts pour l'amener à réparer son crime envers l'honnête famille dont il a causé la ruine? Ne pensez-vous pas comme moi que vos paroles, comme prêtre, pourraient avoir une bien grande puissance sur un homme réduit à un pareil état et sur le point, tout chargé d'iniquités, d'aller rendre ses comptes à Dieu? Quelle que soit votre détermination à cet égard, je dois ajouter que ceci a besoin de rester secret entre nous, car je n'ai pas voulu en dire un seul mot à madame Lebrun; la pauvre dame, je craindrais tant de lui mettre au cœur un espoir qui pourrait être suivi d'une amère déception!

Le jeune homme cessa de parler; mais l'anxiété de son visage et la timide expression de son regard, arrêté sur le vénérable curé, prouvaient assez jusqu'à quel point il craignait d'être refusé; la réponse se fit assez longtemps attendre pour justifier cette crainte.

Le vieillard réfléchissait à la délicatesse de la commission, et il connaissait assez le caractère et les mœurs de l'individu auprès duquel il s'agissait de la remplir, pour en apprécier d'avance toutes les difficultés. Il savait mieux que personne que S...

était un homme dur, un cœur sordide, et que ses richesses n'avaient jamais eu d'autre usage, dans ses mains, que de satisfaire les plus viles passions. De plus, il n'ignorait pas qu'il avait toujours affecté, par le monde, et dans la vue de se donner le vernis d'un esprit supérieur, le plus effronté mépris pour la religion. Le moyen d'espérer tirer le moindre parti d'un pareil sujet, avec une si intime connaissance de tant de vices si hideux, quand surtout ces vices avaient, autant dire, toujours fait partie de son être!...

Ce fut ce que le digne prêtre expliqua en soupirant au jeune homme, qui l'écoutait avec une attention religieuse, mais d'un air bien découragé.

— Je vous fais vous-même juge de ces difficultés, ajouta-t-il après lui avoir esquissé les principaux traits du caractère de cet homme si méprisable; outre qu'il n'est pas dans mes habitudes de me présenter, en pareil cas, dans les maisons où l'on ne m'a point appelé, et j'ai de bonnes raisons pour soupçonner que la porte de celle-ci restera fermée pour tout ce qui a forme d'ecclésiastique, je reste convaincu, lors même que j'aurais réussi à arriver jusqu'à lui, que ma démarche sera tout à fait sans résultat pour la famille à laquelle vous avez, du reste, si noblement raison de vous intéresser. Au premier mot que je lui dirais, ce malheureux est capable d'appeler ses valets pour me faire chasser, et je n'ai pas besoin de vous dire, tout humble que je sois d'ailleurs, comme c'est mon devoir de l'être, que je n'aimerais pas à m'attirer un pareil affront, non pour moi, je vous prie de le croire, mais pour le blâme que ce scandale ne manquerait pas d'attirer sur tous les autres ministres de la religion. La malignité exploiterait cet incident à son profit; on crierait partout à l'intolérance, on répéterait dans les journaux que nous envahissons les maisons des mourants, au mépris des familles; que la cupidité nous fait mépriser les douleurs les plus sacrées; que sais-je encore! Vous-même, jeune homme, qui m'invitez à faire cette tentative, ne savez-vous pas assez l'esprit du siècle pour pressentir de quelle manière elle serait interprétée?

Le jeune protecteur de la pauvre famille baissa les yeux et garda le silence; il était atterré de la force logique de ces arguments; il sentait bien l'impossibilité de les repousser.

— Eh bien! monsieur le curé, dit-il enfin en se croisant les bras sur la poitrine, prenez que je ne vous ai rien dit; mais convenez que cette famille est bien à plaindre! puisque l'appui d'un homme d'un aussi noble caractère que le vôtre lui manque dans une occasion aussi précieuse, et qui ne se reproduira jamais pour elle.

— Cette manière de répondre prouve que vous sentez toute la justesse de mes raisons.

— Il faudrait manquer de bonne foi pour n'en pas convenir; mais cela n'en est pas moins très-malheureux pour cette pauvre mère de famille, que le chagrin dévore sous les yeux de ses enfants, et qui n'auront pas même le moyen de lui acheter un cercueil...

— En sont-elles donc là? dit le prêtre, vivement ému de cette pénible réflexion qui lui parut ressembler à un reproche; eh bien! j'irai les voir; donnez-moi leur adresse...

— La voilà, mais c'est inutile, repartit le jeune homme en lui remettant une carte; vous comprenez sans doute que votre visite trahirait le secret de ma démarche auprès de vous, et que j'ai de très-fortes raisons pour la leur laisser ignorer.

Le curé prit l'adresse avec un air rêveur, et, après un instant de silence, il dit avec le plus profond attendrissement :

— Ecoutez, mon jeune ami, vous m'avez trop intéressé pour que je ne tente pas de faire, en faveur de vos protégées ce dont vous m'avez si éloquemment sollicité.

Une exclamation de bonheur signala toute la reconnaissance du jeune homme, et il saisit la main du vieillard, sans pouvoir faire autre chose que la lui serrer avec force.

— Oui, ajouta ce digne pasteur, je ferai taire ce que vous avez eu raison d'appeler mes répugnances pour une démarche aussi pénible et dont j'entrevois pour moi de si désagréables résultats; mais comme ministre du Dieu des affligés, je sens qu'en présence des maux qui affligent cette intéressante famille, je dois m'occuper plus de sa misère que de ses scrupules. Allez la retrouver et continuez de faire ce que vous venez de faire pour elle, si vous le jugez nécessaire; demain, à pareille heure, j'aurai vu l'artisan de sa ruine, ou c'est qu'il ne m'aura point été possible d'arriver jusqu'à lui, et plaise au ciel que le résultat soit différent de celui que j'appréhende !

Le jeune homme se confondit en remerciements qui partaient du fond du cœur, et dit avec un ton de confiance qui frappa l'ecclésiastique :

— Je vous ai trop souvent entendu avec ravissement dans la chaire de vérité pour douter du succès de vos exhortations à ce misérable, si vous réussissez à vous trouver face à face avec lui. Vous avez déjà opéré des conversions plus difficiles que ne promet de l'être celle-là, puisque vous avez ramené à la foi des hommes pleins de vigueur et de véritable incrédulité; alors que celui-là n'a pour appuyer la sienne que sa stupide vanité jointe à la plus profonde ignorance, avec cela qu'on peut déjà le supposer assiégé des terreurs de l'autre vie.

Cela dit, l'âme rehaussée de meilleures espérances, le jeune homme salua respectueusement le curé.

La nuit de cet excellent homme fut agitée et devait l'être. Si le tableau de la détresse de cette triste famille, en assiégeant son imagination, l'affermissait dans l'engagement qu'il avait pris d'aller éveiller le remords dans le cœur de l'artisan de cette détresse, l'image des scènes et du scandale que pourrait faire éclater son apparition à l'hôtel S..., ne se peignait pas moins vivement à sa pensée. Ces deux idées contraires, se combinant entre elles, lui occasionnèrent des songes également funestes, et qui eurent pour lui les cruels effets du cauchemar. Tantôt il voyait cette pauvre mère expirante dans les bras de ses deux filles et attachant sur lui un regard armé de l'expression du plus amer reproche; tantôt il s'entendait insulter par de grossiers éclats de rire : c'étaient les valets de S... qui le repoussaient au commandement de leur maître; le moribond lui-même se dressait plein de fureur sur son lit, et la foule, au dehors de l'hôtel, poussait des vociférations aussi menaçantes. Il s'éveillait alors et, plein de terreur, quittait précipitamment sa couche, pour chercher à calmer par la prière le trouble de son âme; il demandait à Dieu la grâce d'être délivré de ces terribles obsessions.

Le matin le trouva tout accablé de cette pénible lutte; ce fut encore dans la prière qu'il retrouva le moyen de retremper les forces de son âme et de s'affermir dans la résolution de tenir sa promesse de la veille. Il partit de chez lui vers dix heures, bien déterminé à n'y rentrer qu'après avoir accompli, autant qu'il le pourrait, cette redoutable mission, et il n'était pas de caractère à reculer devant le péril, si grand qu'il pût être, quand il avait une fois décidé de s'y exposer. Il ne forma non plus aucune espèce de plan pour attaquer l'ennemi, parce que, comme tous les hommes véritablement courageux et qui comptent sur leurs bonnes inspirations, il se fiait aussi sur les siennes pour faire face au danger, s'il devait en avoir à courir; il ne fit pas un moindre fonds sur sa présence d'esprit pour régler sa conduite sur les circonstances.

Il entra dans la rue de l'Abbaye, où demeurait ce mauvais riche; le fumier étendu devant la façade de son hôtel le lui aurait suffisamment indiqué, s'il ne l'eût bien connu d'ailleurs. Il fit en soupirant la réflexion que c'était là une bien vaine précaution de l'opulence pour empêcher l'heure suprême de sonner, quand l'ange de la mort avait reçu de Dieu l'ordre de pousser l'aiguille au terme fatal.

Il frappe, la porte s'ouvre; le concierge, qui voit un ecclésiastique en cheveux blancs, et qui est lui-même d'un âge avancé, s'incline respectueusement et lui demande ce qu'il veut; sur sa réponse qu'il désire voir M. S..., cet homme dit en secouant la tête, qu'il a reçu l'ordre exprès de ne laisser entrer aucun prêtre.

Le début n'était pas encourageant; mais comme il était prévu, le curé demanda au concierge de qui il tenait cet ordre ?

— De mon maître lui-même, répondit-il avec le même ton de déférence; mais, pour mon compte, je vous assure bien qu'à sa place je n'en aurais jamais voulu donner un pareil; avec ça qu'on dit qu'il ne passera pas la journée; mais vous savez que quand on a des ordres...

— C'est juste, mon ami; mais est-il donc si abandonné à lui-même qu'il n'ait auprès de lui personne de sa famille dans un pareil moment?

— Oh! ce n'est pas le monde qui lui manque, c'est plutôt lui qui manquera au monde, car il a d'abord sa fille, et puis madame, d'ailleurs...

— Madame? il a encore sa femme! je l'ignorais, dit le pasteur, pour qui cette circonstance parut être un trait de lumière; eh bien! ne pourriez-vous, sans contrevenir à vos ordres, me faire parler à votre maîtresse; elle n'a peut-être pas autant d'horreur pour les prêtres que paraît en avoir son mari.

— Oh! ça, vous l'avez dit, la pauvre chère dame; bien au contraire elle, c'est une si brave dame; mais...

— Eh bien! eh bien! dit le curé, à qui les moments paraissaient précieux, obligez-moi d'aller lui dire vous-même, vous-même, entendez-vous, que j'ai le plus extrême besoin de lui parler en particulier; je dis vous-même, parce que je ne voudrais pas avoir à faire aux domestiques de la maison, qui n'ont peut-être pas ces bons sentiments que vous paraissez avoir.

Cette espèce de petit compliment fit le meilleur effet du monde sur l'âme un peu vaniteuse du portier, qui se mit en devoir d'aller s'acquitter, aussi discrètement que possible, de sa commission; il revint dix minutes après, autorisé à conduire l'ecclésiastique dans l'appartement particulier de madame.

— Grâce à Dieu, dit le curé, les choses vont beaucoup moins mal que je n'avais osé l'espérer.

Arrivé dans l'appartement, il y trouva madame S... et sa fille, toutes deux plongées dans la plus extrême tristesse et, à ce qu'il lui parut aussi, dans un grand embarras. Il conjectura, non sans raison, que sa présence en était en partie cause.

La réponse de madame S... lui prouva qu'il ne s'était pas trompé.

— Mon Dieu, monsieur, lui dit-elle, pardonnez-moi si je tremble de vous voir ici, et croyez bien que je me suis fort exposée en vous recevant; si vous connaissiez la terrible humeur de mon mari! Je suis loin de partager ses préventions contre le corps respectable auquel vous appartenez; Dieu m'est témoin qu si j'étais maîtresse, il ne quitterait pas cette vie sans les consolations de la religion.

— Est-il donc si décidé à les repousser?...

— Ce serait à le voir mourir d'un accès de fureur, si on lui en faisait seulement la proposition.

— Je le plains, madame; mais pourtant si son salut vous est cher, il me semble, pardonnez-moi la sévérité de l'expression, qu'il serait de votre devoir de vous élever au-dessus de cette crainte. Avez-vous du moins essayé de lui faire sentir la nécessité de se réconcilier avec Dieu?

— Hélas! il n'y a jamais cru, dit avec un profond sentiment de tristesse la pauvre dame.

— De l'athéisme, je m'en étais douté! murmura le digne pasteur en levant les yeux au ciel, et comme s'il eût puisé une force toute nouvelle dans cette sorte de muette invocation : eh bien! dit-il, madame, il faut vous armer de courage et m'aider à sauver cette âme en péril.

— Oh! monsieur, que me proposez-vous?

— L'accomplissement d'un devoir, et d'un devoir qui fait peser sur vous une effrayante responsabilité. Dieu sait bien ce qu'il fait, madame! auprès du mal il place toujours le remède; auprès de votre mari, frappé d'aveuglement et d'irréligion, il vous a mise avec votre piété, votre foi, pour ouvrir ses yeux aux lumières de la vérité et son cœur au repentir de ses fautes; vous seriez comptable au ciel même de n'avoir pas fait usage de ces dons précieux dans une occasion aussi solennelle.

— O mon Dieu! mon Dieu! dit madame S... joignant les mains avec terreur, je n'en aurai jamais la force; c'est que vous ne le connaissez pas, si vous me faites une pareille proposition.

Sa fille ajouta, non moins terrifiée que sa mère, que la chose était impossible à tenter.

— Cependant, mesdames, ajouta le courageux ecclésiastique, s'il est vrai que vous ne conserviez plus le moindre espoir de le retenir à la vie, il faut pourtant bien mettre de côté ces craintes, puériles auprès de celles que doit vous faire concevoir son passage à l'éternité. Après de si graves considérations, j'aurais sans doute mauvaise grâce à vous parler du fâcheux éclat qui attirerait sur vous l'attention du monde, si le cercueil qui va sortir d'ici devait passer devant l'église sans y entrer; à cet égard, je dois vous dire, comme curé de cette paroisse, que je ne transigerais pas avec mes devoirs, par ménagement pour des susceptibilités de famille; la porte du temple, dont la garde m'est confiée, ne s'ouvrirait pas pour les dépouilles mortelles d'un homme qui aurait renié Dieu en rendant le dernier soupir. Ni larmes ni prières ne me feraient départir de cette résolution; ce serait autoriser le sacrilége et encourager l'impiété; tout le scandale de cette mort et de ce refus retomberait sur vos têtes.

L'état de ces deux femmes faisait réellement pitié : elles sentaient la force accablante de ces raisons; elles conjurèrent ce digne homme de venir à leur secours et finirent, c'était là où il avait voulu les amener, par lui proposer de se charger de cette périlleuse mission. Madame S..., en lui faisant cette proposition, ajouta que c'était dans la crainte d'échouer, si elle ne s'en acquittait pas elle-même.

— Avec cela, dit-elle, je ne sais si je me trompe, mais je crois qu'il est assiégé d'une pensée importune, qui ajoute considérablement à l'irascibilité de son caractère. J'ignore quelle peut être cette pensée, mais j'ai tout lieu de soupçonner qu'elle se rattache au souvenir de quelque mauvaise action; ce souvenir le tourmente évidemment et communique, je n'en doute pas, à son regard, la farouche expression qu'on lui remarque, surtout depuis deux jours qu'il se sent plus mal.

— Raison de plus, madame, pour lui venir en aide, dit le curé en se levant vivement; c'est un rayon de la grâce d'en haut qu'il attend pour se connaître et se repentir. Nous sommes tous trois solidaires, à l'heure qu'il est, du salut de cette âme en danger; conduisez-moi vers lui et laissez-moi combattre; nous nous reverrons après le triomphe.

Il dit et plein de son enthousiasme, qu'il a réussi enfin à communiquer à ces deux faibles femmes, il se dirige avec elles vers la chambre du mourant.

Il entre et l'aperçoit comme assoupi sur ses oreillers, les yeux fermés et la face amaigrie, déjà livide comme celle d'un cadavre arraché à la vie par une mort violente. L'unique garde-malade qui veille à son chevet se lève et se retire sur l'ordre des deux dames, qui ont pris sur elles de rester, sauf à s'enfuir si la scène devient trop violente. Madame S... s'est même armée d'assez de résolution pour lui parler la première, et a prié le curé de se tenir à l'écart pour ne point être aperçu. Le malade se réveille en sursaut, comme sortant d'un rêve pénible; son regard fixe et brillant s'arrête étonné, mais hagard, sur sa femme et sa fille, et, d'une voix creuse et irritée, leur demande ce qu'elles viennent faire. C'est à peine si l'angélique douceur de la voix de sa fille a le pouvoir de calmer son exaspération. A cette question :

— Comment vous trouvez-vous?

Il répond avec la brusquerie ironique, poignante, d'un homme au désespoir de se sentir mourir :

— Bien... très-bien... fort bien même, et les médecins sont des misérables s'ils vous ont dit que j'étais mal...

— Mon ami, ils n'ont pas dit que vous fussiez mal...

— Ah! fit-il, comme si cette réponse eût fait descendre un rayon d'espoir dans son cœur.

Et quelque atroce douleur interne étant venue absorber, éteindre ce rayon, il s'écria avec un accent frénétique :

— Eh bien! qu'ils me sauvent donc s'ils ont dit cela, qu'ils me délivrent de ce feu dévorant qui brûle mes entrailles. Oh! les scélérats! comme ils me volent mon argent...

— Cela se calmera, mon ami; vous savez qu'on ne guérit pas tout d'un coup; eh! tenez, vous voilà déjà mieux, et ce mieux, j'en suis sûre, augmenterait encore, si, au lieu de vous préoccuper autant de votre mal, vous portiez vos pensées sur quelque chose de consolant...

— Eh bien ! quoi ? qu'est-ce que vous voulez dire avec votre consolant? Est-ce qu'il y a quelque chose qui puisse consoler un homme dans la position où me voilà ! c'est la santé qu'il me faut. Oh ! avec la santé, je serai bientôt consolé, mais sans elle... Oh ! encore ces atroces douleurs ! à moi ! à moi...

Et un effroyable soupir, un soupir déchirant couronna cette horrible exclamation...

Les deux femmes épouvantées, croyant qu'il allait passer, avaient poussé un cri, et le curé, partageant leurs craintes, avait avancé la tête pour voir le malade; mais sa grande habitude du spectacle des douleurs humaines lui ayant fait reconnaître que celle-ci ne devait pas emporter le malade, il se retira discrètement et rassura les dames par un signe.

Il ne s'était pas trompé; S... revint à lui, mais comme un homme irrité d'avoir encore eu à lutter avec une crise, quand il avait espéré n'en plus avoir.

— Encore passé, dit-il.

Mais fixant sur sa femme et sa fille des yeux étincelants :

— Vous voyez bien que vous m'avez trompé, leur dit-il en frémissant; allez-vous-en! allez-vous-en! je vous déteste! vous ne m'avez pas soulagé!

Ces pauvres dames se défendirent de leur mieux de ce reproche et parvinrent encore à le calmer; alors madame S... essaya de nouveau ses insinuations et lui parla de nouveau de la nécessité d'occuper son esprit de pensées consolantes et douces, comme pouvaient l'être, par exemple, elle hasarda bravement l'expression, les grandes espérances de la religion.

Le coup atteignit en plein but, mais l'atteignit de manière à déterminer l'éclat qu'elle avait si fort appréhendé.

— Qu'est-ce que vous me dites là, misérable ! s'écria-t-il avec une force qu'on ne lui aurait pas soupçonnée; vous venez me parler de religion! à moi?... bon pour vous, pécore que vous êtes; mais moi, mais moi ! et d'ailleurs, pourquoi venez-vous me chanter cette sottise aux oreilles ? c'est donc en ce cas que vous me croyez en danger de mort? Vous en avez menti, misérable ! je ne mourrai pas, entendez-vous ! je vous dis que je ne veux pas mourir !...

— Eh ! mon Dieu non, mon ami, je...

— Taisez-vous ! taisez-vous ! vous dis-je ; vous êtes une misérable femme qui voulez me tuer !...

— Mais mon ami...

— Si ! vous voulez me tuer, c'est prouvé, puisque vous venez me parler de choses qu'on ne dit d'ailleurs jamais qu'à quelqu'un près de mourir. Ah ! de la religion! ah! des prêtres! un confesseur, n'est-ce pas? et tous les corbeaux de la paroisse autour de moi! Ah! qu'ils y viennent! qu'ils y viennent!...

— Que votre volonté soit faite! dit l'intrépide curé, inaccessible à la crainte que la fureur de ce frénétique était si bien faite pour inspirer.

Cette soudaine apparition produisit sur S... un effet impossible à décrire. Il aurait vu la mort se dresser devant lui, qu'il n'aurait pas été plus saisi. La rage et l'épouvante avaient bouleversé ses traits, en leur communiquant une expression satanique; les deux dames étaient écrasées de terreur dans l'attente de ce qui allait se passer ; la figure calme du prêtre contrastait avec ces physionomies si troublées.

— Un prêtre ici ! s'écria le malade en faisant des efforts convulsifs, mais vains, pour se précipiter hors de son lit, et, révolté de son impuissance, il vomit d'affreuses imprécations, appela ses valets à grands cris, en prononçant avec frénésie le mot trahison, accusation qu'il dirigeait particulièrement contre sa femme et sa fille.

Cette dernière, en entendant un grand bruit de pas dans l'appartement voisin, et ne doutant pas que ce ne fussent les domestiques qui accouraient, attirés par les cris de leur maître, se hâta de sortir de la chambre pour les empêcher d'y venir; elle n'y rentra qu'après les avoir renvoyés à leur service. Tout cela s'était passé en beaucoup moins de temps qu'on n'en peut mettre à le dire. L'impassible ecclésiastique se tint constamment debout, immobile, les bras croisés, regardant d'un air affligé les vains efforts du malade.

— Oh ! retirez-vous, retirez-vous, dit ce dernier du ton d'un désespéré, votre vue me tue; je vous dis qu'elle me tue, que me voulez-vous ? vous savez bien que je n'ai rien à vous dire.

— C'est que je pense tout le contraire, répondit imperturbablement le saint homme, descendez au fond de vous-même, et vous reconnaîtrez que vous avez en effet besoin, bien besoin de me par er.

— Je vous dis que non! et puis d'ailleurs vous savez que je ne crois pas à vous autres, que je n'y ai jamais cru ; je l'ai dit, je l'ai dit par tout le monde, et je vous la crie encore ici !...

— Vous devez pourtant croire une chose, c'est qu'un prêtre est un homme comme vous, un homme qui a un cœur et des sentiments de charité, dont il aime à faire usage envers ceux de ses semblables qu'il voit aux prises avec la souffrance.

— Oh! si vous pouviez diminuer celle que je sens là, je vous aimerais, je vous bénirais, je vous enrichirais; mais autrement! Non, taisez-vous, ne me parlez pas, je ne veux pas vous entendre... allez-vous-en...

— Aussi est-il dans mon intention de m'en aller, mais ce ne sera du moins pas sans avoir essayé de calmer, d'adoucir, je ne dis pas vos douleurs corporelles, mais celles cuisantes qui torturent votre âme...

— Mon âme! je n'en ai pas, qu'est-ce qu'une âme ? tous les savants conviennent qu'il ne peut y en avoir...

— Mais si les savants se trompaient?

— Je vous dis qu'ils ne se trompent pas.

— Quelle preuve en avez-vous?

La question parut embarrasser cet homme, qui ne devait son impiété qu'à son ignorance. Il réfléchit quelques instants, et, faute de pouvoir prouver son assertion, il se contenta de répondre qu'il n'était pas possible que des savants se trompassent..

— Vous le voyez, dit le pasteur, charmé d'ailleurs d'être arrivé déjà à pouvoir converser aussi paisiblement avec lui, après l'en avoir vu d'abord si prodigieusement éloigné; vous affirmez, sans pouvoir donner la raison de votre affirmation, c'est déjà une preuve fort peu favorable à sa justesse; mais vous seriez bien plus étonné encore de votre opinion, si je vous prouvais, moi, que, loin d'être, comme vous le croyez, celle de tous les savants, elle est au contraire celle du plus petit nombre, et qu'elle est précisément combattue par les plus grands noms de la science, par les plus hauts génies dont elle s'honore.

— Est-ce que ce serait possible ? dit S... du ton saisi, mais de bonne foi, d'un ignorant à qui l'on fait, pour la première fois, toucher au doigt sa sottise...

Puis, comme si cette idée eût été armée du pouvoir d'imprimer la terreur à sa conscience, il ajouta sur le ton de l'effroi :

— Oh! oh! non, non, ce n'est pas possible! ne me dites pas cela, ce serait trop affreux!

— Pourquoi serait-ce affreux, je vous prie ?

S... garda le silence et le rompit un moment après pour dire sur le ton de l'effroi :

— Parce que s'il y avait une âme il y aurait un Dieu, et que si Dieu existait, il faudrait croire à l'enfer... Et c'est affreux, vous dis-je, de croire à l'enfer...

— Mais à côté de la croyance de l'enfer, il y a celle du paradis.

— C'est qu'il n'y en aurait pas pour moi de paradis, dit d'une voix étouffée ce malheureux.

— C'est encore là ce qui vous trompe ; vous y auriez des droits tout comme un autre, si vous faisiez ce qu'il faut pour vous réconcilier avec Dieu.

— Eh bien! que faudrait-il faire? demanda ce malheureux, dominé par la terrible idée de la mort.

— Laissez-nous seuls maintenant, dit le curé, pénétré de la profondeur de cette réponse, car elle était pour lui l'indice d'une grande victoire, de la complète conversion du pécheur.

Les dames avaient fait un mouvement pour se retirer. S..., saisi d'une vague terreur, s'écria :

— Oh ! ne me laissez pas seul avec lui!...

Mais quoiqu'il eût mis dans cette prière toute l'expression qu'y pouvait jeter l'angoisse de son âme, les deux femmes se retirèrent sans y déférer, car elles aussi pressentaient avec joie le triomphe de l'ecclésiastique.

— Elles m'ont laissé! dit avec désespoir ce malheureux.

Et sa tête tomba sur sa poitrine, dans l'attitude d'un homme absorbé par la stupeur.

Le curé laissa à ce paroxysme le temps de se calmer et revint, avec un art admirable et une douceur inouïe, sur l'important et grave sujet qu'il avait à traiter; il lui démontra, sans quitter le ton de la causerie familière, les plus saintes vérités de la religion; cita les respectables autorités qui les avaient de tout temps temps défendues avec succès contre les attaques des impies ; il retraça avec une tendre éloquence les devoirs de la vie chrétienne et démontra comment ceux qui avaient eu le malheur de les transgresser par faiblesse ou par ignorance pouvaient être relevés de ces fautes, devant le Seigneur, en s'en repentant avec sincérité, mais surtout en les réparant autant que cela était en leur pouvoir.

Le digne homme, en faisant vibrer ainsi cette corde délicate, ne doutait pas que son auditeur ne fût pressé du besoin de s'ouvrir à lui du crime secret qui excitait ses terreurs, sinon ses remords; ce fut ce qui arriva, car S..., dans un moment d'émotion, joignit ses deux mains avec force et dit d'une voix sourde :

— Mais croyez-vous qu'il y ait aussi de la miséricorde là-haut pour... la honte et l'effroi l'empêchèrent d'achever.

L'homme de Dieu compléta généreusement sa pensée en ajoutant :

— Pour le crime? même pour le crime il y en a, mon fils! il faut qu'il y en ait, puisqu'il s'en est trouvé pour les bourreaux de Jésus-Christ, du moins pour ceux qui se sont repentis sincèrement.

— Que je serais heureux si je pouvais le croire!

— Quel intérêt voulez-vous que j'aie à vous tromper ?

Il se fit un moment de silence ; mais, à l'extrême surprise du curé, ce pécheur, qu'il croyait entièrement converti, ou du moins bien près de l'être, s'écrie tout d'un coup, sortant de sa méditation :

— Oh non ! décidément rien de tout cela n'est vrai; vous faites avec moi ce que tous les prêtres font avec tous les autres hommes, du métier, rien que du métier; allez-vous-en! je serai couvert de ridicule, si j'en reviens, quand on saura que vous êtes venu!...

— Malheureux! s'écria d'une voix tonnante le curé, et c'est à ces vaines considérations que vous sacrifiez le salut de votre âme! A genoux! et priez sans prendre garde à ce monde, qui va vous manquer, et qui, dans tous les cas, ne vous rachètera pas de l'enfer, si votre impiété vous y précipite.

Cette terrible image fit dresser les cheveux à la tête de ce malheureux et déracina le reste de ses doutes avec une violence et avec une rapidité pareilles à celles de l'ouragan dans une plaine, dont il emporte au loin la récolte; l'effroi contracta de nouveau tous ses traits, et ce fut avec une précipitation qui tenait du délire qu'il fit au curé l'aveu de son crime envers le major Lebrun.

Le scélérat l'avait fait empoisonner, comme sa veuve n'en avait que trop bien conçu le soupçon, et le domestique, qui n'avait plus reparu, était le complice de cet odieux forfait. S... lui avait, pendant dix ans, payé une pension dans un village de la Moravie pour acheter son silence; mais S..., malgré son succès contre la malheureuse veuve, n'avait reconquis une complète sérénité qu'après avoir appris la mort de ce misérable.

Après cette effroyable confession, S... demanda en tremblant au curé s'il croyait encore qu'il pût se trouver dans le ciel de la miséricorde pour un crime aussi noir. La réponse du prêtre fut que la bonté de Dieu était grande, et qu'il l'éprouverait s'il se repentait sincèrement et s'il était disposé à lui en donner de bonnes preuves.

— Oh! je donnerais de mon sang, s'il en fallait, pour acheter mon pardon, dit S... avec exaltation.

— Ce n'est pas votre sang qui réparerait le tort que vous avez fait à cette famille, mais son bien que vous avez retenu injustement, et qu'il est de votre devoir de lui rendre jusqu'au dernier sou.

— Qu'à cela ne tienne, pour obtenir ma grâce de là-haut! répliqua vivement ce pécheur converti; rappelez sur-le-champ ma femme et ma fille, pour qu'elles vous comptent, devant moi, la somme que je dois à ces malheureuses gens; mais ne déshonorez pas ma mémoire et ma famille, en publiant mon crime, c'est toute la grâce que je vous demande...

. . . .

. . . .

Le soir de ce même jour, madame Lebrun était avec ses deux filles et leur jeune ami, l'étudiant, occupés à causer de leurs infortunes; un coup frappé discrètement à leur porte les a fait tressaillir; sur une invitation d'entrer, paraît le vénérable curé de Saint-Germain-des-Prés, que le jeune homme reconnaît avec une émotion facile à comprendre.

Après les compliments d'usage, le bon pasteur fait à madame Lebrun la demande de ses deux filles pour quêter, en faveur des pauvres, à la paroisse, pour le prochain dimanche. Cette pauvre dame, étonnée de la demande, mais surtout effrayée de la dépense que cette cérémonie devra lui occasionner, hésite, balbutie un remerciement mêlé à beaucoup d'excuses, dont ce digne homme comprend très-bien le motif; mais plaçant sur la table un portefeuille où se trouvaient trois cent cinquante mille francs en billets de banque, il dit en souriant :

— Il y a là de quoi payer bien des robes blanches et des bouquets de quêteuses.

Alors tout s'expliqua, et comme il y a des situations qu'on affaiblirait en cherchant à les décrire, inutile de chercher à dépeindre l'extase, le ravissement de cette intéressante famille : elle est en larmes, en sanglots, aux genoux de cet homme providentiel; lui-même en répand aussi d'abondantes; mais quand l'heureuse mère le presse d'accepter la moitié de ce riche portefeuille pour les besoins de l'église :

— Pour ne pas vous refuser tout à fait, dit-il en se levant pour se retirer, j'accepterai, dès que vous aurez changé un de ces billets, cent francs pour mes pauvres; je suis moi-même, aujourd'hui, plus riche que vous, puisque j'ai réussi à convertir à Dieu un grand pécheur, qui en avait nié l'existence pendant quarante ans.

FIN DU CURÉ DE SAINT-GERMAIN-DES-PRÉS.

LE MOINE DE SAIRE, Légende des marins de la Manche,
PAR OCTAVE FÉRÉ.

Depuis Saint-Vaast-le-Hougue jusqu'à Reville, petite commune qui occupe une langue de terre formant une pointe avancée dans la Manche, s'étend une chaussée qui sépare la mer d'immenses marécages constamment impraticables. Cette chaussée se termine par un pont jeté sur la Saire, à son embouchure, en face d'une île appelée Tatihou, sur laquelle est construit un lazaret.

A part les marécages, cette contrée est du plus bel aspect. La campagne se déroule au pied de magnifiques collines, mur naturel de champs fertiles et verdoyants. Sur la dernière hauteur, qui semble de loin faire un pas dans la mer, s'élève la pornelle, humble et modeste monument pour la prière du pauvre, qui, seul, habite cette côte. Là, toujours exposée aux orages, aux ouragans, cette humble église n'a jamais failli à son devoir de bienfaisance. Son but, à elle, n'est pas de faire l'admiration des curieux et des artistes, mais de sauver des dangers sans nombre que présente la côte les marins auxquels elle indique les *roches aiguës*, écueils traîtreux cachés sous une mer tranquille. Pour les marins, gens au cœur croyant, pour les habitants de ces campagnes, hommes simples, pénétrés des anciennes chroniques, tant de malheurs arrivés sur ces écueils n'ont pas une cause naturelle, c'est une puissance surhumaine qui les dirige. Voici le récit qu'ils en font :

Un soir, au baisser du jour, la fille d'un vieux pêcheur, dont la cabane, dominant les environs, était bâtie, ainsi qu'un nid de mouettes, sur le sommet le plus élevé des roches de Reville, tout à l'angle de la pointe du cap, la gentille Milly revenait de ramasser des coquillages qu'elle avait recueillis dans une corbeille d'osier. Elle se hâtait, car la mer était basse depuis longtemps, et, sur ce rivage uni, le flux et le reflux se font en un instant. La belle enfant s'en allait chantant quelques refrains d'un vieux noël, dont l'air se modulait sur sa marche, comme il se prêtait aux manœuvres des marins ou au travail des pêcheurs. En tournant quelques blocs de falaise, sur lesquels elle recueillait parfois des moules, elle aperçut un jeune homme assis, qui semblait plongé dans de profondes réflexions. Elle s'inclina, car le rêveur n'était autre que messire Hamon de Reville, second fils du seigneur de la paroisse. Elle essaya même d'exciter son attention par un léger bruit, mais ni sa révérence, ni son mouvement, ne purent tirer Hamon de sa rêverie. Tournant alors la tête vers la mer qui devait remonter bientôt et submerger les falaises, elle s'approcha de lui, et vivement émue de son audace, elle frappa doucement de sa main sur son bras. Il leva brusquement la tête :

— Qui me dérange?

— Monseigneur, dit-elle en baissant les yeux, excusez-moi.

En voyant cette charmante fille, Hamon s'était apaisé bien vite.

— Que voulez-vous? lui dit-il avec bonté.

— Monseigneur, voici l'heure de la marée.

— Que m'importe?

— C'est que vous ne pouvez rester ici, la mer va couvrir ces rochers à plus de dix pieds.

— Eh bien? dit-il avec indifférence.

— Mais, monseigneur, si vous ne vous hâtez, j'entends le flot qui vient, vous serez noyé.

— N'est-ce que cela?

— Oh! de grâce! de grâce! monseigneur, partez! suivez-moi.

— Je peux mourir ici, dis-tu?

— Au nom du ciel, fuyez.

— Va, mon enfant, merci et adieu.

— Mais cela ne se peut pas! je vous en conjure; voyez, voyez l'écume blanche qui devance les lames; nous n'avons plus que quelques secondes. Au nom de ceux qui vous aiment, venez!

— De ceux qui m'aiment! reprit-il avec amertume, de ceux qui m'aiment, va, pars, fuis, mon enfant, tremble pour toi, songe à ceux qui t'aiment, toi! mais moi!...

— Monseigneur, dit-elle résolûment en posant à terre sa corbeille, il ne sera pas dit qu'un bel et brave gentilhomme comme vous sera mort devant moi sans que j'y misse obstacle; puisque vous voulez rester ici, j'y demeurerai avec vous.

Cela dit, elle s'assit sur un roc, les bras croisés.

— Par l'âme de ma mère, s'écria Hamon, tu es une admirable femme! C'est moi qui céderai; Dieu ne veut pas que je meure ce soir, car je serais damné de te faire mourir avec moi. Conduis-moi par le plus bref chemin.

Milly reprit silencieusement sa corbeille, la plaça sur son épaule, et, plus leste qu'une barque favorisée du vent, elle prit sa course si rapidement, malgré son fardeau, que son compagnon avait peine à la suivre. A peine mettaient-ils le pied sur la chaussée que le flot arrivait bouillonnant en frapper la base et s'y brisait en mille jets qui retombaient comme une pluie fine.

— Tu m'as sauvé la vie, dit Hamon, c'est un funeste présent que je te dois, mais parle, que veux-tu ?

— Moi, monseigneur ? que pourrais-je vous demander ? Je ne veux rien.

— Si fait ! si fait, j'exige...

— Eh bien ! monseigneur, promettez-moi de ne plus avoir de ces vilaines idées, car c'est un grand mal de se tuer ; la vie est si belle !

— Oui, mon enfant, pour toi la vie est belle, parce que, autour de toi, tout est tendresse et amour.

— C'est vrai, monseigneur, j'aime tant mon père, il m'aime tant aussi !

— Ton père... c'est seulement ton père que tu aimes !

— Et vous voulez mourir, vous qui avez aussi un père, et qui avez de plus que moi un frère qui vous chérit !

— Comment te nomme-t-on, ma jolie pêcheuse ?

— Milly.

— Milly, aime toujours ton père, sois heureuse, bénis Dieu qui t'a fait naître pauvre.

— Monseigneur, vous m'avez promis de ne plus songer à mourir ?

— Adieu, Milly, mon ange protecteur ; l'heure s'avance, ton père, ton père qui t'aime, s'inquiète de ta longue absence ; va le rejoindre.

— Vous m'avez promis...

— Tu es mon ange, je te dois la vie, je vivrai, je souffrirai ; adieu, Milly, va embrasser ton père.

— Bonsoir, monseigneur, dit-elle d'un accent si triste qu'il fit venir une larme dans les paupières de Hamon.

Elle prit le petit sentier qui menait à sa chaumière, et, en se retournant plusieurs fois dans le trajet, elle aperçut le chevalier immobile à la place où elle l'avait quitté, les yeux tournés vers elle.

A la veillée, tandis que son père raccommodait les mailles d'un filet, elle ne chanta pas comme à l'ordinaire, sa main laissa par moments son fuseau inactif, elle songeait qu'il était bien triste qu'un beau gentilhomme comme le second fils de monseigneur de Reville ne fût pas heureux.

— Mon père, dit-elle tout à coup, est-il vrai que monseigneur ait de la préférence pour un de ses deux fils ?

A cette question, le vieillard la regarda en souriant.

— Quoi ! tu t'occupes aussi des médisances du village ! Laisse cela, mon enfant, aux bavards, aux oisifs ; les affaires des grands ne regardent pas les petits ; monseigneur ne peut faire autrement que de donner tous ses biens avec ses titres à son fils aîné : c'est l'usage, c'est la loi.

— Mais qu'aura donc l'autre ?

— L'autre ? une robe de moine.

— Ah ! je comprends tout maintenant.

— Que dis-tu donc ?

— Je comprends ce qu'on dit dans le village.

— A quoi bon t'occuper de ces choses ?

— C'est vrai, j'ai tort, dit-elle en l'embrassant ; Dieu est bon, j'ai un père qui m'aime.

Le lendemain, sur la grève, elle vit venir à elle messire Hamon. Sa poitrine éprouva une sensation qu'elle n'avait jamais ressentie ; son visage bruni par le soleil se colora plus vivement encore ; elle s'arrêta, n'osant ni avancer ni reculer, attendant.

Elle était admirable ainsi, la fille des rochers, la tête couverte d'un large chapeau de paille entouré d'un ruban de couleur, les cheveux noirs comme le jais, tombant en deux tresses sur ses épaules, le sein couvert d'un corsage rouge, n'ayant pour autre vêtement qu'un court jupon à rayures. Ce n'était pas une femme frêle comme un roseau, pâle comme une marguerite fleurie sous la mousse, ce n'était pas non plus une amazone aux regards hardis. Ses formes arrondies étaient admirablement modelées, son visage était régulier, presque fier, son teint légèrement cuivré était adouci par le contraste adorable de deux yeux bleus d'une douceur extrême.

— Que vous êtes jolie ! Milly, dit le chevalier en lui prenant une main qu'elle n'osa retirer.

Ce compliment accrut son embarras.

— Vous m'avez dit hier que vous n'aimiez que votre père ?

— Oh ! certainement ! repartit-elle avec un empressement qu'elle eût voulu ensuite dissimuler.

— Celui-là sera bien heureux que vous aimerez autrement que d'un amour filial.

— Monseigneur, le temps passe, ma tâche n'est pas encore finie.

— Nous l'achèverons ensemble.

— Vous ! monseigneur ! Elle montrait en souriant des dents plus blanches que l'ivoire.

— Moi, Milly, qui vous prie de m'accepter aujourd'hui pour compagnon de travail.

En même temps, il se mit à ramasser aussi des coquillages. Lorsque la corbeille d'osier fut pleine, ils regagnèrent la chaussée, et, comme la veille, Milly se retournant à trois reprises, aperçut Hamon immobile, la suivant du regard.

Les jours d'après, ce fut de même, mais, chaque fois, les doux propos du chevalier devenaient plus tendres, chaque fois, le cœur de la fille du pêcheur battait plus fort. Si bien qu'un jour, assis à l'ombre, dans les falaises, Hamon lui racontait ses souffrances ; elle s'efforçait de le consoler, en s'affligeant avec lui. Hélas ! n'était-ce pas aussi injustice, cruauté ! Lui si jeune, si noble, si beau, parce qu'il avait un frère qu'on voulait marier à une grande dame, on le privait non-seulement de ses biens, de ses dignités, mais du bonheur ! Un ordre d'un père inexorable, juge souverain, despote absolu, avait décidé qu'il irait dans un cloître ensevelir sous un froc sa jeunesse et sa liberté, son présent et son avenir ! Adieu donc beaux rêves, belles espérances ! Gloire, fortune, plaisirs, il fallait comprimer les battements de son cœur, les élancements de son âme. Mettre ce vaillant jeune homme dans un cloître, c'était river le couvercle d'un cercueil sur un vivant ; mais qu'importait à l'inflexible volonté de monseigneur de Reville, qu'importait au cœur sec et envieux du frère de la victime ! Il fallait que l'aîné d'une si noble race pût faire grande figure par le monde, soutenir par des prodigalités l'éclat de son blason ; cela valait bien qu'on immolât ce second fils, qui avait eu grand tort de se donner la peine de naître, vraiment !

— Que ne suis-je né comme toi, Milly, ignoré, pauvre, obscur ; il n'y aurait pas de déshonneur pour moi à vivre du travail de mes mains ; au lieu d'aller mourir de désespoir dans un monastère maudit, je respirerais l'air libre de la mer, ayant pour me consoler de mes chagrins, pour me reposer de mes fatigues, le cœur et le sein d'une femme adorée!

—N'y a-t-il donc aucun moyen d'empêcher ce malheur?

— Si fait! il en est un, chanceux, désespéré.

— Puis-je vous y servir?

— Tu y seras de moitié.

— Quel est-il?

— La fuite. Tu m'accompagneras?

— Partout.

— Merci, merci; je n'ai donc pas trop présumé de ton amour! — Demain, au point du jour, attends-moi à la croix de bois, au delà du pont de Saire. — Quoi! tu pleures?...

— Et mon père que j'oubliais!

— Ah! c'est vrai! Tu ne peux venir avec moi! Allons, tu vois bien que je suis maudit... Nous ne nous verrons plus; demain, ce n'est pas au rendez-vous que j'irai, c'est au couvent.

— Eh bien! non! s'écria-t-elle, non! Quel le ciel me punisse, que mon père me maudisse; Hamon, vous l'emportez, au point du jour, je vous attendrai à la croix du pont.

Elle fut exacte au rendez-vous, mais Hamon ne vint pas. Son père, redoutant quelque résistance de sa part, l'avait, pendant la nuit, fait enlever par ses gens et transporter, malgré ses efforts furieux, au couvent voisin. Une cellule obscure, un cachot, dirai-je, le reçut d'abord, jusqu'à ce que le désespoir cédant à la rage, la douleur à la colère, épuisé d'un mois de violences et d'imprécations, il sentit que la lutte était trop inégale, qu'il fallait subir le joug, dévorer et cacher ses tortures.

Cette résolution prise, il se laissa, sans murmurer, passer la robe blanche de novice, ceignit ses reins d'un grossier cordon, attacha à son côté, au lieu de son épée, un chapelet et un crucifix. Humble, pieux, modeste, il mérita d'être cité aux plus anciens mêmes comme un digne exemple, et le supérieur lui annonça un jour que, par égard pour ses mérites, on abrégerait le temps de son noviciat, et que sous peu il serait admis à prononcer ses vœux. Mais lui, honteux enfin d'une dissimulation qui répugnait à sa noble nature, à cette nouvelle, il résolut d'accomplir un projet pour lequel il lui avait fallu tromper tous les esprits, capter la confiance, éloigner tous les soupçons. On n'avait pas songé une seule fois, depuis son apparente conversion, à visiter la cellule. La fenêtre donnait sur la campagne; il avait dessolé un des barreaux en fer qui la garnissaient; la nuit, quand chaque membre de la communauté fut endormi, il fit une corde de ses couvertures coupées en bandelettes, et se laissa glisser.

Jusque-là, le ciel lui-même semblait favoriser son évasion. La nuit était sombre à ne rien distinguer à deux pas. Le vent qui soufflait avec force apportait le bruit des vagues de la mer soulevées par l'orage. Il se dirigea de son mieux sur la pointe de Reville, vers la demeure de sa bien-aimée. En songeant à elle, son cœur battait d'un inexprimable sentiment d'amour, il oubliait tout ce qu'il avait souffert, et l'ouragan, et la pluie qui tombait à torrents, et la liberté! il allait revoir Milly! Son existence entière était désormais dans un mot.

Traversant les champs, gravissant les rochers, il arriva jusqu'à la cabane du pêcheur. L'orage était déchaîné dans toute sa fureur, des éclats du tonnerre ébranlaient le ciel sillonné par mille éclairs. Les habitants de la chaumière étaient faits à cette formidable voix, le vieillard dormait profondément,

et si Milly était éveillée, ce n'était pas le tonnerre qui causait son insomnie. Oh! non, c'est qu'elle était ainsi depuis le jour fatal qui lui avait ravi celui qu'elle aimait! Pour elle, pauvre fille, plus de repos, plus de sommeil, plus d'espérance! Tout à coup, sur sa couche, elle tressaillit. Il lui sembla avoir entendu un léger bruit à la porte. Ce n'était pas l'orage, cette fois, ni le vent qui ébranlait la chaumière. On frappa une seconde fois trois coups... son cœur eut un pressentiment, elle alla ouvrir.

—Milly! s'écria le novice en l'apercevant à la lueur des éclairs.

— Silence! mon père repose.

— Que faire?

— Tiens, le ciel s'éclaircit, l'orage s'apaise, la mer se calme, la barque de mon père est amarrée au bas de la falaise, tu sais manier la rame, là-bas est l'île de Tathiou, nous y trouverons un abri.

— Mais ne crains-tu rien? regarde, les flots sont encore agités, le vent est contraire.

— Moi aussi je suis rameur, à nous deux nous serons plus forts que les flots.

— Viens donc! et Satan nous soit en aide.

— Invoquons Dieu plutôt.

— Dieu! reprit-il avec un sourire qui fit une impression pénible sur sa compagne, Dieu! depuis longtemps, il m'a abandonné; cet habit maudit que ses prêtres m'ont forcé de revêtir atteste la reconnaissance que je lui dois!

— Hamon, dit la jeune fille effrayée de ces sacriléges paroles arrachées par l'amertume à son amant, vous aviez raison, la mer est mauvaise; retournons à la cabane, je vous y cacherai de mon mieux.

— Non pas, nous voici arrivés, l'autre rive est sûre! En mer.

Elle n'osa résister; bientôt le frêle esquif quitta le bord. Mais le ciel devint plus sombre, l'ouragan gémit; les vagues s'élevèrent comme des montagnes. Les rames furent impuissantes contre les flots dont parfois elles touchaient à peine la surface, et dans lesquels parfois aussi elles se plongeaient jusqu'à la poignée, suivant que le canot se trouvait à leur sommet ou dans leurs sillons. Ce fut un horrible moment. Silencieux sur leur banc, les deux imprudents entrevoyaient avec terreur une mort inévitable. Leurs rames leur furent enlevées par un coup de mer qui submergea à moitié l'embarcation. Alors, ils se sentirent tout à fait perdus, et tombèrent pour la dernière fois dans les bras l'un de l'autre! puis Hamon se dressant tout debout, essaya d'attirer du secours, par cet appel des marins en danger :

— Sauve la vie! sauve la vie!

D'abord, la voix sinistre de la tempête lui répondit seule; mais enfin la nacelle, portée par le roulis plus près des falaises, permit à ses cris d'arriver à la chaumière du pêcheur. Les naufrages aperçurent la clarté d'une torche allumée par lui; ils le virent descendre vers le petit havre où il arrêtait habituellement sa barque; le pauvre homme croyait avoir à porter du secours à des étrangers en détresse. Ne trouvant pas sa nacelle, il dirigea ses regards vers le point d'où venait les cris; il aperçut le novice qui tendait vers lui les bras, enveloppé comme un spectre dans les plis de sa robe blanche.

— Malheur! malheur! s'écria-t-il.

Au même instant, il sembla que la mer creusât dans son lit un abîme sans fond; le canot y fut englouti : les deux lames se rapprochèrent. L'Océan redevint calme, uni comme une glace, le ciel bleu, la lune éclatante, et l'on aperçut sur la pointe des falaises un vieillard agenouillé priant pour les morts. Il arrosait ses invocations de larmes amères, car il avait trouvé déserte la chambre de sa fille bien-aimée.

Le ciel eut-il égard à ses touchantes prières? Oui, sans doute; il ne fut pas plus rigoureux que ce vieillard si cruellement trahi et qui trouvait dans son cœur des pardons, des prières, pas une imprécation. Mais comme nul ne pria pour l'âme du novice sacrilège, elle fut condamnée à errer jusqu'à la fin des siècles dans les lieux témoins de ses péchés. Depuis cette nuit terrible, quand un voyageur attardé est contraint de parcourir la chaussée qui sépare le marais de la mer, et que la celle-ci est dans son plein, il n'a pas fait un long trajet qu'il entend des cris d'une affreuse angoisse; il porte les regards vers le point d'où ils partent; une forme humaine, couverte d'un vêtement blanc, se débat sur les vagues. Le premier mouvement, en pareille occurence, est de chercher à sauver le malheureux qui va périr, le voyageur regarde autour de lui; précisément à ses pieds, il a un canot muni de tous ses agrès. Instinctivement, il détache la nacelle, la rame fait son office; mais, à mesure qu'il avance, la mer emporte l'être qui va périr, et dont la voix épuisée fait entendre encore ces mots:

— *Sauve la vie! sauve la vie!*

Le sauveteur redouble d'efforts; tout entier à sa courageuse entreprise, il ne s'aperçoit pas qu'il va donner dans l'écueil le plus dangereux de toute la côte. Le courant saisit la barque qu'un bras fatigué ne peut retenir, l'entraîne en tourbillonnant sur la pointe des roches perfides. Elle s'entr'ouvre et disparaît avec celui qui la montait. Alors un infernal éclat de rire retentit dans les airs, et l'apparition fantastique s'évanouit à son tour. Le moine de Saire a rempli sa tâche.

FIN DU MOINE DE SAIRE.

LE DRAGON DE VILLEDIEU, Chronique de Normandie,

PAR OCTAVE FÉRÉ.

I

C'est un charmant pays que celui de Villedieu-les-Bailleuls! Le laboureur y peut semer à coup sûr son grain, le sol y est toujours fécond. Les prairies sont verdoyantes et épaisses; les arbres y deviennent grands et vigoureux, les champs y sont abondants et fertiles. Aussi comme est joyeux l'aspect de ses belles campagnes! C'est une contrée privilégiée dans la Normandie, si privilégiée pourtant déjà!...

Un seul lieu contraste avec cette nature vivante et vigoureuse, avec cette riante végétation. Non loin du tertre sur lequel s'élève l'église, s'étend, dans une longueur de quelques centaines de pas, un ravin profondément creusé dans des roches calcinées. On a le cœur calciné de passer ainsi, sans transition, dans cette solitude; ce n'est plus la fraîcheur de la plaine, la beauté d'une campagne verte et riche; on n'a sous les yeux que quelques arbres rachitiques, produits comme à regret par une nature souffrante, quelques buissons de genêts et d'épines, ce que Dieu donna à l'homme après sa chute. Le terrain, environné de rochers arides, n'offre ensuite que de la terre noire comme de la cendre, des cailloux brûlés du soleil, traversés par un ruisseau; mais ce n'est pas, comme ailleurs, une source limpide et joyeuse, celui-ci mouille de ses eaux rares et troublées quelques touffes de joncs desséchées qu'il agite en fuyant. — En avançant un peu, on retrouve toujours la désolation, le deuil; des bruyères, des ronces disputent quelque suc à des pierres au milieu desquelles on découvre une cavité de plusieurs pieds de diamètre. — C'était la retraite du Dragon.

Dans ce temps-là, tout était poésie et surnaturel; il y avait partout des génies et des fées cruelles ou bienfaisantes.

Un crime, crime horrible, crime que la plume ne peut redire, que la bouche ne peut prononcer, que l'oreille ne peut entendre, fut commis par un puissant baron du pays des Bailleuls. Les petits subissent toujours les fautes des grands...

Il n'y eut plus de danses le soir dans le village, plus de doux propos sur le gazon des taillis, plus de promenades dans les prairies...

Un monstre hideux, implacable, envoyé par l'Enfer, ravageait le pays, détruisait les moissons; sa gueule était un gouffre, il en sortait de la flamme et de la fumée...

Malheur alors au berger attardé dans la plaine, au laboureur conduisant son attelage, au pâtre gardant le bétail; malheur! le dragon ne respectait rien.

Dans une telle détresse, les plus sages du village, voyant que les cierges brûlés devant la madone de l'église, les neuvaines et les messes étaient inutiles, s'en furent consulter un devin, homme habile et de grande réputation, qui habitait une chaumière isolée.

Plus d'une jeune fille avait tendu la main sous ses yeux clairvoyants, et maint jeune gars lui avait montré son front pour qu'il jugeât son avenir. — Il avait des secrets qui guérissaient tous les maux, des conseils qui calmaient tous les chagrins. — Ses cheveux étaient blancs, sa parole tremblante, mais son esprit était sain.

— Vieillards, dit-il aux envoyés, je sais ce qui vous amène. Le mal est grand, le remède urgent.— J'ai étudié tous ces temps pour connaître l'enchanteur qui a déchaîné le serpent, je puis maintenant le consulter et tâcher de le fléchir; mais c'est un grand et sévère génie, je crains de ne rien obtenir.

Les vieillards le supplièrent si vivement qu'il leur assigna rendez-vous sous trois jours.

Sa réponse fut triste, la voici:

— Que chaque mois, à la lune nouvelle, une jeune fille, la plus belle du pays, soit exposée à l'entrée de la vallée des Rochers; le serpent s'en contentera; mais, si cela n'est exécuté, le village sera détruit tout entier.

Les messagers, en revenant au hameau, avaient le front baissé, leur démarche était sombre; on comprit qu'ils apportaient une fâcheuse réponse.

La désolation se répandit bientôt sous toutes les chaumières; pour la première fois, on vit des jeunes filles se plaindre d'être belles... Les mères (leur cœur est toujours tendre) se prosternaient devant l'hôtel de la madone, la mère sainte; mais le ciel était irrité.

— Qui caressera nos cheveux blancs? s'écriaient les vieillards; qui consolera notre agonie? qui posera des fleurs sur nos têtes, et chantera aux veillées?... Qu'avons-nous donc fait pour que le ciel nous abandonne!...

Le nom du Dragon se répandit au loin, et l'on vit accourir de preux et nobles chevaliers, mais leurs dames ne revirent plus leurs écharpes... On citait, entre eux, le vaillant seigneur de Rouverai, qui commandait sur les plaines d'Argentan et la riche forêt de Gouffern. Jamais son cœur intrépide n'avait eu soupçon de la peur; jamais sa poitrine ne s'était soulevée à l'approche d'un danger : les coups que portait son bras ne tombaient jamais à faux : lorsqu'il entrait dans une lice de tournoi, tout chevalier baissait sa lance et sa visière; mais, cette fois, sa taille de géant et sa force prodigieuse lui firent faute; victime comme ses prédécesseurs, il fut un cadavre dont les ossements blanchis restèrent exposés sur le sol, monument de la faiblesse humaine contre la puissance surnaturelle.

Le monstre pourtant devait être vaincu, et des mains plus jeunes en triompheraient.

II.

Entendez-vous résonner, sous les voûtes du vieux castel féodal, les sons harmonieux d'un luth?... Entendez-vous ces éclats d'enthousiasme lorsque la voix du jeune ménestrel a terminé chaque strophe de son hymne guerrier?...

Voyez-vous comme les visages de ces nobles seigneurs sont animés! Celui-ci, qui met la main sur la poignée de son glaive, c'est le très-puissant comte de Pierrefitte. Cet autre, aux longs cheveux noirs qui tombent sur ses épaules, et qui a la figure en feu, il se nomme le baron des Yveteaux. En voici un qui a fait le tour de l'Europe pour combattre pour sa dame. Celui-là a reçu cette balafre du plus redoutable des rois d'armes qu'il n'a pas craint d'affronter... Ils sont tous réunis ici pour un tournoi qu'a fait publier, par la Neustrie entière, le seigneur de ce lieu. Mais... quel est donc ce jeune chevalier aux cheveux blonds, et dont les yeux sont si beaux? — Il doit être de grand renom, que le voilà placé à la droite du maître du château, sire Oscar des Bailleuls?... Cependant son front est triste, l'écharpe d'amour qui entoure son bras est noire; sa coupe reste pleine, tandis que les autres nobles hommes vident souvent la leur. C'est pitié, en vérité, de le voir si soucieux en si joyeuse compagnie! Il doit avoir à peine vingt années; le duvet de son menton est rare et ses mains sont blanches. Quel chagrin le peut donc torturer? — Ah! ne l'avez-vous pas deviné? C'est lui qui a été fiancé, il y a huit jours, avec Hélène, la vierge au doux sourire, à la voix tendre, au maintien gracieux!... et voici que demain c'est le premier jour de la lune nouvelle; Hellène est la plus belle de la contrée; le sort l'a maudite!!!

Pauvres jeunes gens! il y avait bien de l'avenir pourtant dans leurs cœurs!

— Oh! ne doit-il pas être justement déchiré dans son âme, lorsqu'il songe que ces belles tresses brunes qu'il aimait à voir flotter, ces bras qu'il devait presser, cette taille de fée, ce visage d'ange, tout ce trésor qui était à lui, va lui être arraché! — Le lit nuptial, ce sera quelque rocher souillé de sang et de limon; les soupirs d'amour, d'horribles gémissements; et l'époux, avec ses paroles de joie.... un monstre féroce qui déchire et pollue!

Mais quels chants a donc dits le barde? Voilà tous les chevaliers debout, l'épée à la main. Quelle puissance il y a dans ses accents pour les émouvoir ainsi!

— Elle ne mourra pas! s'écrie Francisque, et, saisissant sa lance, il se couvre de sa pesante armure, de ses cuissarts de fer, ordonne de harnacher son cheval de caparaçons de bataille, et les voilà tous deux, masse de fer, s'avançant contre le repaire du serpent.

— *Elle ne mourra pas!* ont répété les chevaliers comprenant leur compagnon et applaudissant à son généreux dessein.

— Dieu et ma Dame...

Francisque articule ces mots sacramentels, frémissant de colère, d'amour et aussi... de jalousie! Il aperçoit le monstre prêt à s'élancer sur lui.

Une lutte horrible, indescriptible, s'engage entre le dragon et le beau fiancé. Le cheval, intrépide comme son maître, bondit autour de la bête furieuse, qui, vomissant des tourbillons de fumée et de soufre brûlant, cherche à les enlacer de ses mille nœuds mortels. — La lance souple et solide de Francisque lui porte de rudes coups, elle frappe au défaut de la gorge; le dévouement de l'amour aura sa récompense! Voyez, le dragon est étendu sur le flanc, il râle, son sang noir et bitumineux coule plus fort que les eaux du ruisseau dans lesquelles il se débat. — Vaine espérance! Comme le chevalier s'avance pour donner le dernier coup, le redoutable reptile profite de la confiance de son adversaire, le renverse avec sa monture, l'étouffe de son souffle infernal, et tous trois, vainqueurs et vaincu, expirent à la fois.

Le guerrier généreux fut enseveli dans ses drapeaux.

L'écho du ravin redit le dernier nom que prononça sa bouche :

— Hellène!

On recueillit avec respect les restes sanglants du héros, un long cortége défila dans le cimetière, et la terre se referma. Mais, le lendemain, le glas retentit encore dans le clocher; il y eut encore des prières pour les morts... Le ciel avait eu pitié d'Hellène, il avait repris son âme, pour achever dans le ciel l'union fiancée sur la terre.

FIN.